LE MASQUE DE L'OUBLI

DU MÊME AUTEUR CHEZ POCKET

dans la même collection

MIROIRS DE SANG
LA MORT À LA TRAÎNE
LA NUIT DES CAFARDS
LA NUIT DU FORAIN
LA PESTE GRISE
UNE PORTE SUR L'HIVER
LA VOIX DES TÉNÈBRES
LES YEUX DES TÉNÈBRES
LA MAISON INTERDITE
FIÈVRE DE GLACE
LUNE FROIDE
MR. MURDER

en Pocket Thriller

PRISON DE GLACE

COLLECTION TERREUR
dirigée par Patrice Duvic

DEAN R. KOONTZ

LE MASQUE DE L'OUBLI

POCKET

Titre original :
THE MASK

Traduit par
Sophie BALMA

Ce livre a paru pour la première fois, aux Etats-Unis, sous le pseudonyme de *Owen West.*

Si vous souhaitez recevoir régulièrement notre zine **« Rendez-vous ailleurs »**, écrivez-nous à :

« Rendez-vous ailleurs »
Service promo Pocket
12, avenue d'Italie
75627 PARIS Cedex 13

PRESSECO

PAPIER RECYCLÉ
NATURE PROTÉGÉE

ISBN 2-266-02567-8

Ce livre est dédié à
Willo et Dave Roberts
et à
Carol et Don McQuinn
qui n'ont pas d'autres défauts
que de vivre trop loin de chez nous

Une psalmodie pour elle, deux fois morte parce qu'elle est morte si jeune. »

Edgar Allan POE, « Le nore ».

« Et beaucoup de folie et plus de péché et d'horreur font l'âme de l'intrigue. »

Edgar Allan POE, « Le Ver Conquérant ».

« L'extrême terreur nous rend les gestes de notre enfance. »

CHAZAL.

PROLOGUE

Laura était dans la cave, pour le nettoyage de printemps. Elle détestait cela. Ce n'était pas le travail en lui-même qui la rebutait. De nature industrieuse, elle aimait plutôt qu'on lui confie des tâches ménagères. Non, c'était la cave qui lui faisait peur.

D'abord c'était un endroit sombre. Les quatre fenêtres, haut placées et guère plus larges que des meurtrières ne laissaient filtrer à travers leurs carreaux poussiéreux qu'une faible lumière crayeuse. Même avec l'appoint de deux lampes, la grande cave conservait jalousement sa part d'ombre, comme refusant de s'exposer totalement à un œil étranger. La faible clarté, ambrée et vacillante, de ces lampes permettait tout juste de discerner les murs de pierres humides et une imposante chaudière à charbon inutilisée par ce doux après-midi de mai. Sur des étagères superposées, des rangées et des rangées de bocaux poussiéreux réussissaient à réfléchir la lumière sans que l'on puisse pour autant deviner leur contenu — fruits ou légumes en conserve, préparés à la maison et stockés là durant les neuf derniers mois. Les coins de la pièce demeuraient obscurs et le plafond bas, avec ses poutres apparentes, était comme tendu de draperies mortuaires.

De plus, la cave avait une odeur déplaisante. Elle sentait le moisi. Au printemps et en été, les saisons les plus humides, un champignon vert et gris se développait dans les angles des murs, comme quelque croûte galeuse et répugnante aux pourtours frangés de milliers de spores blanchâtres qui évoquaient des œufs d'insectes. Il en émanait une odeur légèrement écœurante qui venait s'ajouter à celle de renfermé.

Pourtant, ce n'était ni la pénombre, ni la moisissure, ni l'atmosphère viciée qui effrayaient Laura. C'était surtout les araignées. Elles régnaient en maîtresses sur les lieux. Il y en avait de petites, brunes et d'une incroyable rapidité ; d'autres gris anthracite, légèrement plus grandes mais tout aussi insaisissables que leurs brunes congénères. Les plus terribles étaient des araignées géantes, bleu-noir, aussi grosses que le pouce.

Tout en époussetant les bocaux, attentive aux mouvements furtifs des araignées, Laura se mit à éprouver un ressentiment croissant à l'égard de sa mère. Celle-ci aurait quand même pu lui laisser faire le ménage dans la maison plutôt que dans la cave ! Ni sa mère ni tante Rachel ne craignaient les araignées. Alors pourquoi justement l'envoyer, elle, elle qui en avait si peur ? Sans doute parce qu'elle était d'humeur à la punir. Une humeur terrible, noire comme des nuages d'orage. Une humeur sombre que Laura connaissait bien et qui s'emparait de plus en plus souvent de sa mère. Lorsque celle-ci se trouvait dans cet état, c'était presque quelqu'un d'autre. Elle devenait méconnaissable, perdait toute douceur et toute gaieté. Autant Laura aimait sa mère, autant elle détestait cette femme hargneuse et pleine de haine, cette femme méchante qui l'avait envoyée à la cave avec les araignées.

Laura continuait à essuyer les bocaux de pêches, de poires et de petits pois, attendant nerveusement l'arrivée inévitable d'une araignée et souhaitant être plus âgée et déjà mariée. Lorsque, soudain, un bruit inattendu la fit sursauter. Au début, on aurait dit la plainte lointaine d'un oiseau exotique. Mais très vite le bruit se fit plus fort, la plainte plus pressante. Laura leva les yeux vers le plafond, écouta attentivement cette espèce de ululement inquiétant qui venait d'en haut. Il lui fallut quelques instants pour reconnaître la voix de sa tante Rachel. Qui poussait un cri de panique.

A l'étage, un objet se fracassa sur le sol. Cela fit un bruit de porcelaine brisée. Vraisemblablement le vase bleu de sa mère. Si c'était le cas, elle serait encore d'humeur massacrante pour le reste de la semaine.

Laura s'éloigna des étagères et se dirigea vers l'escalier de la cave. En entendant sa mère crier à son tour, elle s'immobilisa brusquement. Ce n'était pas un cri de rage provoqué par la chute du vase, mais un cri de terreur.

Au-dessus de sa tête, retentirent aussitôt des bruits de pas précipités en direction de la porte d'entrée. Celle-ci s'ouvrit puis se referma dans un grand claquement.

Tante Rachel était maintenant à l'extérieur de la maison. Elle criait. Les mots restaient incompréhensibles mais sa voix exprimait la peur.

Laura sentit une odeur de fumée.

Elle se précipita dans l'escalier, vit de pâles langues de feu au sommet. La fumée n'était pas encore très épaisse, mais elle avait une odeur âcre.

Le cœur battant, Laura grimpa jusqu'à la dernière marche de l'escalier. Des vagues de chaleur la firent grimacer. Néanmoins, elle réussit à apercevoir la cuisine à travers le rideau de flammes. Celui-ci n'était pas compact. Demeurait un petit passage par lequel elle pourrait se glisser pour atteindre la porte de derrière, qui donnait dans la cuisine.

Laura souleva sa longue jupe, et la tint serrée contre ses hanches afin que le tissu ne s'enflamme pas. Elle avançait avec précaution sur le palier en feu, lorsque la cuisine explosa dans un jaillissement de flammes jaune et bleu, qui virèrent aussitôt à l'orangé. D'un mur à l'autre, du sol au plafond, la pièce n'était plus qu'un immense brasier. Plus moyen de se frayer un passage à travers l'incendie.

Dans la cuisine, les fenêtres explosèrent, et le feu, changeant subitement de direction, s'engouffra brusquement sur le palier, s'élançant vers Laura de manière menaçante. Surprise, elle recula de quelques pas, et tomba dans l'escalier. Elle tenta de se raccrocher à la rampe, mais la manqua et s'écroula au pied des marches. Sa tête heurta violemment le sol dallé.

Elle lutta pour ne pas perdre connaissance, telle une nageuse épuisée se raccrochant à un radeau. Lorsqu'elle fut certaine de ne pas s'évanouir, elle se releva. Une douleur brûlante irradiait dans le haut de sa tête. Elle porta l'une de ses mains à son sourcil droit. Un mince filet de sang coulait d'une entaille peu profonde. Laura eut un léger étourdissement.

Durant ce bref instant d'inconscience, le feu avait gagné le palier, puis progressé jusqu'au sommet de l'escalier. A présent, il atteignait déjà la première marche.

Laura ne parvenait pas à obtenir une image nette de cet angoissant spectacle. L'escalier qui montait, le feu qui descendait, se fondaient devant ses yeux en un brouillard orange.

Des fantômes de fumée s'avançaient dans la cage d'escalier. Ils étendaient des bras imaginaires, comme pour l'enlacer.

Elle mit ses mains en porte-voix.

— Au secours !

Personne ne répondit.

— A l'aide ! Je suis dans la cave !

Toujours pas de réaction.

— Tante Rachel ! Maman ! Pour l'amour de Dieu, aidez-moi !

En guise de réponse, Laura n'entendit que le grondement croissant du feu.

Jamais elle ne s'était sentie aussi seule. Malgré les vagues de chaleur déferlant sur elle, elle tremblait de froid.

Bien qu'elle ressentît toujours des élancements dans la tête, et que du sang coulât encore de sa blessure à l'arcade sourcilière, sa vision était désormais plus nette. Hélas, le spectacle qu'elle découvrait n'avait rien d'attrayant.

Clouée sur place par une fascination morbide, Laura regarda le feu ramper vers le bas de l'escalier, glisser sur les marches avec la rapidité du lézard. Il s'élançait le long des montants de la rampe, puis ondulait de nouveau vers le sol en crépitant.

La fumée atteignit le bas de l'escalier et enveloppa Laura. Elle toussa, et cela aiguisa la douleur dans sa tête. Elle éprouva à nouveau un léger vertige, posa une main sur le mur pour reprendre son équilibre.

Tout allait trop vite. La maison partait en fumée comme un tas de petit bois.

Je vais mourir ici.

Cette pensée la tira de sa torpeur. Elle ne voulait pas mourir. Elle était beaucoup trop jeune. Elle avait toute sa vie devant elle, tant de choses merveilleuses à découvrir, des choses dont elle rêvait depuis longtemps. C'était vraiment trop injuste. Elle « refusait » de mourir. Laura tourna le dos à l'escalier en feu, mit une main sur sa bouche et son nez, mais cela ne la protégea pas vraiment de la fumée.

Elle vit des flammes à l'autre bout de la cave, et pendant un instant elle se crut encerclée, définitivement piégée. Elle poussa un cri désespéré, puis s'aperçut qu'en réalité, le feu n'avait pas encore gagné l'autre extrémité de la pièce. Les deux flammes qu'elle avait vues n'étaient que celles des lampes qui éclairaient déjà la cave avant l'incendie. Ces deux flammes ne présentaient aucun danger, emprisonnées qu'elles étaient à l'intérieur de leur globe de verre.

Laura toussa de nouveau très fort, et la douleur qu'elle ressentait à la tête s'intensifia. La jeune fille avait de la difficulté à se concentrer. Ses pensées ressemblaient à des gouttes de mercure glissant les unes contre les autres, fusionnant, se séparant, changeant de forme si souvent qu'elles ne signifiaient plus rien.

Laura pria en silence et avec ferveur.

Juste au-dessus de sa tête, le plafond gronda et sembla se déplacer. Elle retint sa respiration pendant quelques secondes, serra les dents et demeura là, crispée, le regard fixe, attendant d'être ensevelie sous les décombres. Mais elle vit que le plafond n'allait pas s'effondrer — pas encore.

Tremblante, Laura se dirigea vers la plus proche des quatre fenêtres ménagées haut dans les murs. Elle était rectangulaire, d'une hauteur d'environ vingt centimètres, sur quarante-cinq centimètres de large. Beaucoup trop petite donc, pour que Laura puisse l'utiliser afin de s'échapper. Quant aux autres fenêtres, elles étaient tout aussi étroites.

L'air devenait de plus en plus irrespirable. Laura avait les sinus brûlants, douloureux, et dans la bouche, le goût amer de la fumée.

Trop longtemps, elle demeura sous la fenêtre, les yeux

levés vers la maigre lumière du carreau poussiéreux, éprouvant un intolérable sentiment de frustration. Elle avait pourtant la certitude qu'il existait un moyen de sortir de la cave.

Oui, il y avait une issue, un chemin qui menait vers l'extérieur et qui n'avait rien à voir avec les fenêtres. Seulement elle ne parvenait pas à détacher son esprit de celles-ci. Elle était comme hypnotisée par la lumière laiteuse qui filtrait par les carreaux, de même qu'elle avait été fascinée par la vue des flammes avançant sur elle, quelques minutes plus tôt. La douleur dans son crâne se faisait de plus en plus aiguë, et à chaque élancement, ses pensées se brouillaient un peu plus.

Je vais mourir ici.

Une vision effrayante lui traversa l'esprit. Elle se vit prendre feu, ses cheveux noirs devenus blonds sous l'effet des flammes et dressés sur sa tête. Elle vit son visage fondre comme de la cire, dégageant des bulles et de la vapeur. Elle vit ses traits se dissoudre sous l'effet de la chaleur, jusqu'au moment où son visage n'eut plus rien d'humain et ressembla à celui d'un démon hideux aux orbites sans yeux.

« Non ! »

Laura ferma les yeux pour chasser cette vision. La tête lui tournait de plus en plus. Elle aurait eu besoin d'une grande bouffée d'air frais pour laver ses poumons pollués. Hélas, à chaque nouvelle inspiration elle inhalait encore un peu plus de fumée. Sa poitrine la brûlait.

Ce fut alors qu'elle entendit le bruit. Un martèlement cadencé, non loin d'elle. Ce bruit était plus fort que les battements de son cœur, qui pourtant tambourinait violemment contre ses tympans.

Elle se mit à marcher en rond dans la cave, toussant, se protégeant la bouche, à la recherche de la source de ce martèlement. Elle luttait pour recouvrer le contrôle d'elle-même, s'efforçant d'ordonner le cours de ses pensées.

Le martèlement cessa.

— Laura...

Au-delà du grondement incessant du feu, une voix criait son nom.

— Laura...

Je suis là, en bas, dans la cave ! voulut-elle hurler. Mais il ne sortit que des sons rauques de sa bouche. Laura avait la gorge irritée par l'âcreté de la fumée et l'air atrocement chaud.

Bientôt elle n'eut plus la force de se tenir sur ses jambes. Elle s'effondra sur le sol, à genoux sur la pierre, puis glissa lentement contre le mur, jusqu'à se retrouver allongée par terre, sur le côté.

— Laura...

Le martèlement reprit. Un poing tambourinait contre une porte.

Laura découvrit que l'air était plus pur au niveau du sol. Elle en inspira de grandes bouffées avec frénésie, profitant de ce répit.

Pendant quelques secondes, la douleur dans sa tête se fit moins vive, ses pensées s'éclaircirent, et elle se souvint qu'il existait un accès à la cave par l'extérieur, sur la façade nord de la maison. Deux portes... hélas fermées de l'intérieur, si bien que personne ne pouvait venir la délivrer. Dans sa confusion, sa panique, elle avait oublié l'existence de ces portes. Mais si elle recouvrait son sang-froid, elle pourrait s'échapper.

— Laura !

C'était la voix de tante Rachel.

La jeune fille rampa jusqu'au coin nord-ouest de la pièce. Les portes se trouvaient là, en haut d'un petit escalier. Elle gardait la tête baissée, aspirant l'air vicié, mais néanmoins respirable, qui circulait au ras du sol. Elle déchira sa robe et s'érafla les genoux au contact du mortier qui liait les pierres.

Sur sa gauche, toute la cage d'escalier brûlait. Des flammes gagnaient les poutres du plafond. La lueur du feu, dans l'air enfumé, rougeoyait tout autour d'elle, lui donnant l'illusion de ramper dans un tunnel de flammes. Vu la vitesse à laquelle l'incendie se développait, cette illusion deviendrait bientôt réalité.

Ses yeux étaient humides et gonflés. Elle les essuya, tandis qu'elle progressait peu à peu vers la sortie. Elle ne voyait presque plus rien, utilisant la voix de Rachel comme repère, se fiant à son instinct.

— Laura !

La voix était toute proche. Juste au-dessus d'elle.

Laura tâtonna le long du mur, jusqu'à ce qu'elle repère le renfoncement dans la pierre. Elle y pénétra, grimpa sur la première marche, puis leva la tête. Mais elle ne vit rien. Il faisait noir comme dans un four.

— Laura, réponds-moi. Chérie, est-ce que tu es là ?

Rachel était hystérique. Elle criait si fort et martelait les portes de ses poings avec un tel acharnement qu'elle n'eût pas entendu la voix de Laura, si celle-ci avait été en état de lui répondre.

Mais où était sa mère ? Ne s'inquiétait-elle pas de son sort ? Ne l'aimait-elle donc vraiment pas ?

Accroupie dans cet espace étroit, obscur et étouffant, Laura leva le bras et posa sa main sur l'une des deux portes en pente, au-dessus de sa tête. Le panneau résistait, tremblait et vibrait sous l'impact des coups donnés par Rachel. Laura chercha le loquet à l'aveuglette. Elle posa la main sur la fermeture métallique et chaude — et sur quelque chose d'autre. Une chose étrange et inattendue. Une chose qui se tortillait. Petite, mais « vivante ». Laura eut un sursaut convulsif et retira sa main. Mais la bête avait grimpé sur ses doigts et resta accrochée à elle. Elle avança sur le dos de sa main en lui frôlant la peau, rapide et légère. Puis elle fila le long de son poignet et s'infiltra sous la manche de sa robe avant que Laura ait pu s'en débarrasser.

Une araignée !

Elle ne l'avait pas vue, mais elle savait que c'était une araignée. Une grande araignée, aussi grosse que son pouce, avec un corps charnu, brillant comme une goutte d'huile noire et bien grasse. Dégoûtante. Pendant quelques instants, Laura, figée sur place, retint son souffle.

Elle sentit l'araignée avancer le long de son bras. Puis réalisant soudain que l'horrible bête avait gagné du terrain, elle se ressaisit. Elle lui donna une claque à travers sa manche. Mais elle la manqua. L'araignée la piqua juste au-dessus du coude. Laura tressaillit sous l'effet de la douleur, brève mais vive. La créature répugnante fila sous son aisselle. Elle la piqua là aussi. Et subitement, Laura eut l'impression de vivre le pire des cauchemars. Elle craignait les araignées plus que tout au monde — certainement plus que le feu, car dans sa tentative désespérée pour tuer la bête, elle avait totalement oublié que la maison brûlait. Elle s'en souvint soudain, fit un bond en arrière sous l'effet de la panique, roula jusqu'en bas des marches. Elle atterrit sur le sol de la cave et se fêla une hanche sur la pierre. L'araignée se faufila sous sa chemise et se blottit entre ses seins. Laura voulut crier, mais aucun son ne sortit de sa bouche. Elle posa sa main sur le corps de l'insecte et appuya très fort. Même à travers le tissu, elle sentait l'araignée gigoter furieusement sous la pression de ses doigts. Tout contre ses seins nus, le petit corps se débattit frénétiquement, jusqu'à la mort. Laura eut des hauts-le-cœur. Mais pas à cause de la fumée.

Plusieurs secondes après avoir tué l'araignée, elle demeura lovée sur le sol, dans une position fœtale, tremblant de tous ses membres d'une manière incontrôlable. La masse répugnante et humide de l'araignée écrasée glissa lentement entre ses seins. Laura aurait voulu plonger sa main dans sa chemise et arracher cette chose gluante à sa peau, mais elle en était incapable. Elle était obsédée par l'idée que la bête reviendrait alors à la vie et lui piquerait les doigts.

Elle sentit le goût du sang dans sa bouche. Elle s'était mordu la lèvre.

Maman...

C'était la faute de Maman. Elle l'avait envoyée ici, à la cave, tout en sachant qu'il y avait des araignées. Pourquoi sa mère était-elle toujours aussi prompte à donner des punitions, si avide de la brimer ?

Au-dessus de sa tête, une poutre craqua, puis tomba. Le sol de la cuisine s'effondrait. Laura eut la sensation de lever les yeux vers l'enfer. Des étincelles dégringolèrent sur elle. Sa robe prit feu, et elle se brûla les mains en l'éteignant.

C'est la faute de Maman.

Les paumes des mains et les doigts à vif, Laura ne pouvait plus ramper sur le sol. Aussi se remit-elle sur ses pieds, bien que le fait de se relever lui demandât un effort considérable. Elle vacillait sur ses jambes, avait des élancements dans la hanche et la tête lui tournait.

Maman m'a envoyée ici.

Laura ne voyait plus qu'une lumière orangée et palpitante, à travers laquelle d'amorphes fantômes de fumée glissaient et tourbillonnaient. En traînant les pieds, elle s'avança vers les marches qui menaient aux portes de la cave, mais elle s'aperçut très vite qu'elle se dirigeait dans la mauvaise direction. Elle revint sur ses pas — ou du moins, elle reprit le chemin qu'elle pensait avoir parcouru — et buta dans le fourneau. Elle avait perdu tout sens de l'orientation.

C'est la faute de Maman.

La jeune fille referma ses mains ensanglantées en deux poings vengeurs. Avec une rage incontrôlable, elle se mit à tambouriner sur le fourneau, comme si c'était sa mère qu'elle frappait.

La charpente de la maison en feu se tordit et gronda. Dehors, au-delà de la fumée, la voix de Tante Rachel répétait inlassablement :

« Laura... Laura... »

Pourquoi sa mère n'était-elle pas là, en train d'aider Rachel à briser les portes de la cave ? Mais pour l'amour de Dieu que fabriquait-elle ? Lançait-elle de l'huile sur le feu ?

Une poutre s'effondra, lui tomba sur le dos, la projetant violemment contre les étagères. Les bocaux se fracassèrent sur le sol, et Laura s'écroula sous une pluie d'éclats de verre. Elle sentit l'odeur des pêches et des petits pois.

Avant qu'elle pût se demander si elle avait des os brisés, avant même qu'elle pût redresser la tête, une nouvelle poutre s'abattit, lui clouant les jambes au sol.

Elle ressentit une douleur si incroyablement violente qu'elle la refoula dans un coin reculé de son cerveau. Plutôt que d'y succomber, elle agitait ses bras dans tous les sens, pestait contre son destin et maudissait sa mère. Dire qu'elle n'avait même pas seize ans...

Elle éprouva soudain une haine incommensurable à l'égard de sa mère. Le sentiment violent la remplit d'une telle énergie qu'elle fut presque capable de soulever la poutre qui lui bloquait les jambes.

Que le diable t'emporte, Maman !

Le plancher de l'étage supérieur s'effondra sur celui du rez-de-chaussée dans un bruit d'explosion.

Que le diable t'emporte, Maman !

Puis le plafond de la cave céda à son tour.

Maman...

PREMIÈRE PARTIE

UN ÊTRE MAUDIT APPROCHE

Au picotement de mes pouces,
Je sens qu'un être maudit approche.
Ouvrez, serrures,
A quiconque frappe !

SHAKESPEARE, *Macbeth*, Acte IV, Scène 1

1

Sur un fond de nuage d'un gris menaçant, les éclairs dessinaient leurs trajectoires déchiquetées, comme des fêlures se propageant dans de la porcelaine, illuminant par instants les voitures garées sur le parking. De violentes bourrasques fouettaient les arbres. La pluie frappait les fenêtres du bureau de O'Brian avec des accès de fureur soudains, avant de ruisseler le long des carreaux, brouillant la vue sur l'extérieur.

O'Brian était assis, dos aux fenêtres. Tandis que des éclairs zébraient le ciel bas, et que la foudre semblait exploser juste au-dessus du toit, il lisait le formulaire que Paul et Carol Tracy venaient de lui remettre.

Alfred O'Brian était un petit homme impeccable. Rasé de près, fraîchement coiffé, élégamment habillé, les chaussures parfaitement cirées. Son costume gris perle paraissait sortir de chez le teinturier et sa moustache extraordinairement symétrique des mains d'un expert.

Quand on le voit, assis comme ça, immobile, se dit Carol, on le prendrait presque pour un mannequin.

Lorsqu'elle l'avait rencontré pour la première fois, une semaine plus tôt, elle l'avait trouvé guindé. Mais elle avait vite été conquise par son sourire, ses manières élégantes. Et surtout, elle appréciait vivement qu'il désirât tant les aider, elle et Paul.

Carol jeta un coup d'œil à son mari, assis sur une chaise

à côté de la sienne, son attitude crispée trahissait son anxiété. Paul fixait intensément O'Brian. Mais lorsqu'il sentit Carol le regarder, il tourna la tête vers elle et lui sourit. Ce sourire eut un effet bénéfique sur la jeune femme. Il n'était ni beau ni laid, cet homme qu'elle aimait. Il avait l'air franc. Son visage était extrêmement attirant parce que ouvert, et comme habité par la gentillesse et la sensibilité. Ses yeux noisette savaient exprimer toute une gamme d'émotions subtiles.

Carol avait rencontré Paul six ans auparavant, lors d'un congrès de psychologie. Et d'entrée son regard, intelligent et chaleureux, lui avait plu.

Depuis, ce regard n'avait plus cessé de l'intriguer. A présent Paul souriait, et ce sourire semblait signifier : Ne t'inquiète pas, O'Brian est de notre côté. Ça va marcher. Je t'aime.

Elle lui rendit son sourire et feignit d'avoir confiance, bien qu'elle sût qu'il n'était pas dupe.

Carol aurait voulu ne pas douter du soutien de Mr O'Brian. Objectivement, il n'y avait aucune raison qu'il rejetât leur demande. Ils étaient jeunes et en bonne santé. Paul avait trente-cinq ans, elle trente et un. Des âges parfaits en somme, pour se lancer dans cette aventure. Ils menaient l'un et l'autre une brillante carrière, se trouvaient à l'abri des soucis matériels, étaient respectés par leur entourage et unis par les liens d'un mariage plus solide que jamais. En bref, ils possédaient le profil parfait pour adopter un enfant. Néanmoins, elle s'inquiétait.

Carol adorait les enfants et se réjouissait à l'idée d'en élever un, et même deux. Ces quatorze dernières années, elle avait obtenu trois doctorats dans trois universités différentes, elle s'était établie dans son métier. Ayant toujours privilégié sa vie professionnelle, elle avait manqué d'innombrables fêtes, différé trop souvent vacances et week-ends. Adopter un enfant était un désir sincère qu'elle entendait bien satisfaire sans plus tarder.

Elle éprouvait un besoin presque physique d'être mère, d'éduquer des enfants, de les aider à s'épanouir. Mais elle savait que ce désir profondément ancré en elle venait en partie du fait qu'elle ne pouvait plus concevoir.

Ce que nous désirons le plus au monde, c'est toujours ce que nous ne pouvons avoir, pensait-elle.

Carol était restée stérile suite à un acte stupide et impardonnable commis longtemps auparavant. Il eût été moins pénible pour elle que cette stérilité fût naturelle, car ainsi, elle n'eût pas culpabilisé. Carol avait été une enfant profondément perturbée, élevée par des parents alcooliques et violents, qui l'avaient fréquemment battue et torturée psychologiquement. A quinze ans, elle était entrée en rébellion contre eux et contre le monde entier. Elle n'était alors qu'un concentré de haine, se méprisant elle-même. Et durant les heures les plus sombres de son adolescence tourmentée, elle s'était retrouvée enceinte. Affolée, ne sachant vers qui se tourner, elle avait essayé de masquer son état en portant une gaine, en mangeant le moins possible pour ne pas grossir. Finalement, il y eut des complications et elle faillit en mourir. Le bébé naquit prématurément, mais en bonne santé. Elle avait demandé qu'il fût adopté et ne s'en était plus préoccupée pendant plusieurs années. Mais ces derniers temps, elle pensait souvent à cet enfant, et regrettait de n'avoir pu le garder. A l'époque, le fait qu'elle fût devenue stérile ne l'avait pas affectée. Elle pensait alors ne plus jamais vouloir concevoir. Mais grâce à l'aide morale que lui avait apportée Grace Mitowski, une psychologue pour enfants s'occupant bénévolement de pupilles sous tutelle judiciaire, la vie de Carol avait complètement changé. La jeune fille avait peu à peu acquis l'estime d'elle-même, et regretté par la suite de ne plus pouvoir mettre un enfant au monde.

Heureusement, elle considérait l'adoption comme la solution idéale à son problème. Elle se sentait capable d'aimer un enfant adopté comme s'il eût été le sien. Elle savait qu'elle serait une mère formidable et avait hâte de le prouver — non pas au monde mais à elle-même.

O'Brian leva les yeux de la demande d'adoption puis sourit. Ses dents étaient extrêmement blanches.

— Ça m'a l'air très bien, dit-il, et même parfait. Parmi les couples qui viennent nous voir, rares sont ceux qui disposent de telles références.

— C'est gentil de nous le dire, remarqua Paul.

— Mais pas du tout, objecta O'Brian. Ce n'est que la simple vérité.

— Merci, dit Carol.

O'Brian s'appuya contre le dossier de son siège, croisa ses mains sur son estomac.

— J'aimerais que vous répondiez à quelques questions, annonça-t-il, celles que va me poser la commission chargée d'analyser les demandes d'adoptions.

Carol se raidit légèrement.

O'Brian sembla remarquer sa réaction car il ajouta aussitôt :

— Ce ne sera pas très long, croyez-moi. Je ne vous poserai pas la moitié des questions auxquelles doivent répondre les couples qui passent dans mon bureau.

Malgré l'attitude rassurante de O'Brian, Carol demeurait tendue.

Dehors, le ciel virait au noir, tandis que des nuages menaçants se rapprochaient de la terre.

O'Brian pivota sur son fauteuil pour faire face à Paul.

— Docteur Tracy, vous considérez-vous comme un hyperactif ?

Paul parut surpris par la question. Il battit des paupières, puis répondit :

— Je ne suis pas certain de comprendre ce que vous voulez dire.

— Vous êtes bien président du département d'anglais à l'université.

— Oui, depuis un an et demi. Mais j'ai pris un semestre sabbatique. C'est le vice-président qui me remplace en ce moment.

— N'est-il pas rare qu'un homme aussi jeune que vous occupe un tel poste ?

— En effet, admit Paul, mais je ne le considère pas comme un honneur. Vous savez, il s'agit d'un travail ingrat, ardu. Mes collègues plus âgés m'ont astucieusement manipulé pour que j'accepte ce poste. Ainsi, ils en sont débarrassés.

— Je vous trouve bien modeste, remarqua O'Brian.

— Mais non. Je vous assure que ma position n'a rien d'extraordinaire.

Carol, pour sa part, savait que son mari occupait un

poste honorifique et très prisé. Mais elle comprenait pourquoi Paul minimisait son rôle. Le fait que O'Brian l'eût traité d'hyperactif l'avait perturbé. Elle-même se sentait perturbée. Qu'y avait-il de répréhensible à se réaliser simultanément dans plusieurs domaines ? Quel paradoxe, vraiment, que cela pût jouer contre eux !

Derrière les hautes fenêtres, un éclair zébra le ciel. Le jour baissa pendant une seconde, de même que les lumières dans le bureau de O'Brian.

— Vous êtes également écrivain, remarqua O'Brian, s'adressant toujours à Paul.

— Oui.

— Vous avez écrit un manuel scolaire très prisé par les professeurs de littérature américaine, rédigé une douzaine de monographies sur les sujets les plus variés, ainsi qu'une histoire du Comté. Vous avez également écrit deux livres pour enfants « et » un roman.

— En tant que romancier, intervint Paul, j'ai eu à peu près autant de succès qu'un cheval essayant de marcher sur un fil. Le critique du *New York Times* a dit que mon livre était un exemple parfait d'académisme, brillant par son absence de construction et de trame narrative.

O'Brian sourit.

— Est-ce que tous les écrivains se souviennent de leurs mauvaises critiques par cœur ?

— Je ne crois pas, non. Mais celle-ci m'est restée gravée en mémoire pour la bonne et simple raison qu'elle m'a parue assez justifiée.

— Ecrivez-vous actuellement un autre roman ? Est-ce pour cela que vous avez pris un semestre sabbatique ?

Paul ne fut pas surpris par cette question. Il voyait désormais très bien où O'Brian voulait en venir.

— Effectivement, je travaille à un nouveau roman. Et cette fois il y a une intrigue !

Il rit, se moquant de lui-même.

— Vous vous occupez également d'œuvres de charité ?

— Très peu.

— Vous plaisantez ! le contra O'Brian. J'ai sous les yeux la liste de toutes les œuvres recueillant votre soutien — tout cela en plus de vos responsabilités à l'université et de votre travail d'écrivain. Et vous ne pensez pas être un hyperactif ?

— Sincèrement pas. Les œuvres de charité ne me prennent que quelques heures par mois. J'assiste à cinq ou six réunions environ. Rien de bien considérable, vous voyez.

Paul avança légèrement le buste sur sa chaise.

— Peut-être craignez-vous que je n'aie pas suffisamment de temps à consacrer à un enfant. Si c'est cela qui vous inquiète, alors rassurez-vous. Le temps, je le prendrai. Cette adoption compte énormément pour nous, Mr O'Brian. Nous désirons très fort un enfant, l'un et l'autre, et si jamais nous avons la chance de pouvoir en adopter un, nous ne le négligerons pas, croyez-moi.

— Oh, mais je vous crois, s'empressa de dire O'Brian, levant les mains dans un geste pacifiste. Je n'ai pas voulu dire ça. Je suis de votre côté. Sincèrement.

Il pivota sur son fauteuil et fit face à Carol.

— Et vous Docteur Tracy — l'autre Docteur Tracy —, vous considérez-vous comme une femme hyperactive ?

De nouveau, un éclair zébra le ciel. Le tonnerre gronda et fit vibrer les hautes fenêtres.

Carol profita de l'interruption due au coup de tonnerre pour réfléchir à la réponse qu'elle allait faire. Elle jugea qu'O'Brian apprécierait davantage la franchise que la modestie.

— Oui, j'ai bien peur que oui. Je participe aux mêmes œuvres de charité que Paul. En outre, je sais qu'il est rare à mon âge d'avoir une telle renommée en tant que psychiatre. Je donne régulièrement des conférences à l'université. Et je fais actuellement une étude sur les enfants autistiques. Durant l'été, je m'occupe de mon potager. Pendant les mois d'hiver, il m'arrive de faire de la broderie. Mais surtout, je n'oublie jamais de me brosser les dents, trois fois par jour, *tous* les jours.

O'Brian rit.

— Trois fois par jour, vraiment ? Ça, c'est un signe qui ne trompe pas !

Le rire chaleureux de O'Brian rassura Carol. Aussi lui dit-elle, avec une plus grande confiance en elle :

— Je crois comprendre ce qui vous inquiète. Vous vous

demandez si Paul et moi n'aurons pas des exigences trop grandes vis-à-vis de cet enfant.

— Exactement, répondit O'Brian. Les gens hyperactifs ont tendance à trop demander à leurs enfants.

— Mais seulement lorsqu'ils n'ont pas conscience du danger d'une telle attitude, intervint Paul. Carol et moi savons parfaitement qu'un enfant doit être guidé, et non façonné selon nos propres désirs et ambitions.

— Tout à fait, renchérit Carol.

O'Brian parut satisfait par la réponse de Paul.

— Je m'attendais que vous me disiez cela.

De nouveau, un éclair déchira le ciel. La foudre sembla frapper le pâté de maisons d'à côté. Le tonnerre gronda à deux reprises. La lumière vacilla dans le bureau de O'Brian, faillit s'éteindre, puis revint à la vie comme par magie.

— Dans ma profession, dit Carol, je traite des enfants et des adolescents ayant les problèmes les plus divers. Certains parents attendent de leurs enfants des merveilles dans tous les domaines. Et croyez-moi, les pauvres petits m'arrivent dans un sale état. S'il y a une chose dont je me garderai bien c'est de trop demander à mon enfant. Je connais trop les conséquences désastreuses d'une telle attitude.

— Voilà un argument valable, approuva O'Brian, bien amené, et qui jouera en votre faveur auprès de la commission. Mais il y a une autre question qu'ils risquent de me poser : Supposons que l'enfant que vous avez adopté soit... euh... moins intelligent que vous. Pour des gens avec une vie intellectuelle aussi intense que la vôtre, ne serat-il pas frustrant d'avoir un enfant d'une intelligence moyenne, voire en dessous de la moyenne ?

— En réalité, dit Paul, même si nous pouvions faire un enfant, rien ne garantirait qu'il soit un petit génie. Et à supposer qu'il soit, disons, un peu lent, eh bien nous l'en aimerions tout autant. Et cela reste valable pour n'importe quel enfant que nous adopterions.

— Je pense que vous avez une trop haute opinion de nous, Mr O'Brian, dit Carol. Nous ne sommes des génies ni l'un ni l'autre, grand Dieu ! Si nous avons réussi dans nos professions, c'est essentiellement en travaillant, beaucoup, et non parce que nous sommes exceptionnellement intelligents.

— Par ailleurs, intervint Paul, on ne s'attache pas qu'aux êtres intelligents. Il existe une foule de qualités qui forcent l'attention.

— Bien, fit O'Brian. Je suis ravi que vous pensiez cela. Je crois que la commission appréciera.

Des sirènes de pompiers retentissaient dans le lointain. Carol tendit l'oreille. Le bruit des sirènes se fit plus fort, plus proche en quelques instants.

— Il semblerait que la foudre ait fait de réels dégâts, remarqua Paul.

O'Brian fit pivoter son fauteuil vers la fenêtre centrale, qui se trouvait juste derrière son bureau.

— Oui, on dirait qu'elle n'est pas tombée loin.

Carol regarda à l'extérieur avec attention, mais elle ne vit pas de fumée sur les toits du voisinage. Puis la vue fut brouillée par les tombereaux de pluie qui se déversaient violemment sur les carreaux.

Le bruit des sirènes augmenta.

— Il y a plusieurs camions de pompiers, annonça O'Brian.

Les camions passèrent à proximité du bureau, puis s'éloignèrent, fonçant vers le pâté de maisons suivant.

O'Brian se leva de son fauteuil, et se mit à la fenêtre.

Tandis que le bruit des premières sirènes diminuait, d'autres se mirent à hurler sur leurs traces.

— Ça a l'air sérieux, remarqua Paul.

— Je vois de la fumée, dit O'Brian.

Paul se leva à son tour et vint à la fenêtre.

Quelque chose de terrible se prépare.

Cette pensée surgit de l'esprit de Carol, avec la violence subite d'un coup de fouet en pleine face. Un courant de panique inexplicable l'irradia subitement. Elle serra les accoudoirs de son fauteuil avec une telle force qu'elle se cassa un ongle.

Quelque chose de terrible se prépare.

Soudain, l'atmosphère devint lourde, oppressante, comme si l'air, chaud, « épais », se chargeait de quelque gaz empoisonné et amer. Carol respirait difficilement.

Eloignez-vous des fenêtres !

Elle voulut leur crier cet avertissement, mais aucun son ne sortit de sa bouche. La panique lui avait coupé la voix. Paul et O'Brian se tenaient debout devant les fenêtres, ils lui tournaient le dos l'un et l'autre. Aussi ne pouvaient-ils pas voir qu'une peur soudaine et paralysante l'avait saisie.

Peur de quoi ? se demanda-t-elle. Mais grand Dieu qu'est-ce qui m'effraie à ce point-là ?

Carol lutta contre cette peur irrationnelle qui lui bloquait les muscles et les articulations. Elle commençait à peine à se lever lorsque tout se déclencha.

Des coups de tonnerre meurtriers explosèrent comme un feu de salve. Sept ou huit éclairs monstrueux aveuglèrent Carol. Chaque grondement de tonnerre furieux s'enchaînait au précédent, le surpassant en intensité. La jeune fille sentit ses os vibrer. Chaque éclair se rapprochait un peu plus des hautes fenêtres brillantes, puis noires, puis étincelantes, puis blanches, argentées, cuivrées...

Les terribles explosions de lumière violette et blanche produisirent une série d'images stroboscopiques, saccadées, qui s'imprimèrent pour toujours dans la mémoire de Carol : « Paul et O'Brian se tiennent debout devant les fenêtres. Leurs silhouettes se détachent à l'avant-plan du feu d'artifice naturel. Ils paraissent petits, vulnérables. Dehors, la pluie tombe, comme avec des moments d'hésitation. Les arbres fouettés par le vent semblent près de s'arracher du sol. La foudre s'abat sur un gros érable, puis une chose noire, menaçante, surgit du cœur de l'explosion. Cette chose en forme de torpille fonce sur la fenêtre centrale. O'Brian se protège le visage avec son bras, dans une demi-douzaine de mouvements saccadés. Paul se tourne vers O'Brian, tend le bras dans sa direction. Les deux hommes ressemblent aux personnages d'un film dont la pellicule bégaie dans le projecteur. O'Brian titube sur le côté. Paul le rattrape par une manche, le tire vers lui, hors d'atteinte — seulement une fraction de seconde après que l'érable a été fendu par la foudre. Une énorme branche enfonce la fenêtre du milieu. Une petite branche feuillue balaye le visage de O'Brian, faisant sauter ses lunettes — son visage, pense Carol, ses yeux ! — Puis Paul et O'Brian tombent sur le sol, hors de vue. L'énorme branche de l'érable frappé par la foudre s'écrase sur le bureau de O'Brian dans une gerbe d'eau, de verre brisé et de copeaux de bois fumants. Le bureau s'effondre sous la violence de l'impact. »

Carol se retrouva sur le sol, près de sa chaise renversée. Elle ne se souvenait pas être tombée.

Dans la pièce, les néons s'éteignirent un instant, puis se rallumèrent.

Elle était étendue sur l'estomac, une joue contre le sol. En état de choc, elle fixait les éclats de verre et les feuilles d'érable mouillées qui jonchaient le tapis. Tandis que la foudre continuait à s'abattre du ciel déchaîné, le vent s'engouffra à travers la fenêtre pulvérisée et fit voler quelques-unes de ces feuilles en une danse frénétique, comme celle d'un derviche tourneur. Accompagnées par la musique cacophonique de la tornade, elles voltigèrent, tourbillonnèrent à travers le bureau, puis se dirigèrent vers un placard vert. Un calendrier se décrocha du mur, se mit à voler, sur les ailes de janvier et de février, piquant du nez, puis filant vers le plafond, telle une chauve-souris. Deux tableaux s'agitèrent sur leur attache métallique, essayant de se libérer. Il y avait des papiers partout — des formulaires, des lettres, des feuilles de journaux — bruissant, tourbillonnant, puis s'élevant vers le plafond, avant de plonger, puis d'atterrir tout ensemble sur le sol dans un mouvement ondulant, avec un sifflement de serpent.

Carol avait le sentiment, fort inquiétant, que toute cette animation dans la pièce n'était pas seulement due au vent, mais à une ... « présence ». Quelque chose de menaçant. Un poltergeist vraiment méchant. Des esprits démoniaques semblaient avoir envahi la pièce, échauffant leurs muscles occultes, et prenant brièvement possession d'un corps composé uniquement de feuilles d'arbres et de papiers froissés.

C'était là une idée folle, pas du tout le genre de pensées qu'avait généralement Carol. Mais une peur superstitieuse s'était insinuée en elle.

La foudre tomba encore. Et encore.

Carol tressaillit. Elle se demanda si la foudre pouvait passer à travers une fenêtre ouverte et entoura sa tête de ses bras pour se protéger.

Son cœur battait la chamade, elle avait la bouche sèche.

Elle pensa à Paul et son cœur se mit à battre de manière encore plus frénétique. Il était quelque part sous la fenêtre, de l'autre côté du bureau, hors de vue, coincé sous une branche d'érable. Carol ne le croyait pas mort. Il ne s'était pas trouvé directement sur la trajectoire de l'arbre.

O'Brian, en revanche, pouvait très bien avoir succombé. Tout dépendait de la façon dont la branche l'avait atteint à la tête, s'il avait eu de la chance ou non. Lorsque ses lunettes lui avaient été arrachées, une petite branche pointue avait très bien pu s'enfoncer dans l'un de ses yeux, jusqu'à son cerveau. Quant à Paul, il était sûrement vivant. Oui, assurément. Néanmoins, il pouvait être gravement blessé, en train de perdre son sang...

Carol entreprit de se redresser, impatiente de retrouver Paul et de lui apporter les premiers soins dont il aurait pu avoir besoin. Mais un nouvel éclair aveuglant, accompagnant un coup de tonnerre assourdissant, vibra juste derrière les fenêtres. La jeune femme sentit ses muscles mollir, sous l'effet de la peur. Elle n'eut même pas la force de ramper. Sa faiblesse soudaine la mit en fureur. Elle avait toujours été très fière de sa force, de sa détermination sans faille, et maintenant... maudissant sa couardise, elle retomba sur le sol.

On essaie de nous empêcher d'adopter un enfant.

Cette idée incroyable lui traversa l'esprit avec la même force que l'intuition de la catastrophe de tout à l'heure. Pressentiment terrible intervenu quelques secondes seulement avant que la fenêtre n'explose.

On essaie de nous empêcher d'adopter un enfant.

Non. C'était ridicule. La tempête, la foudre, n'étaient que des événements naturels. Ils n'avaient pas été dirigés contre Mr O'Brian uniquement parce qu'il allait les aider à adopter un enfant. Absurde.

Ah oui ? pensa-t-elle, tandis que le bruit fracassant du tonnerre et la lumière impie d'un éclair emplissaient la pièce. Des événements naturels, hein ? Où as-tu déjà vu des éclairs comme celui-là ?

Elle se blottit contre le sol, tremblante, gelée, plus terrifiée qu'elle ne l'avait jamais été. Elle essaya de se persuader qu'elle avait peur de la foudre, car c'était là une peur rationnelle, légitime. En vain. Il y avait autre chose que la foudre qui la terrifiait. Quelque chose d'indéfinissable, sans forme, sans nom, dont l'indéniable présence dans cette pièce faisait jaillir en elle une panique irrationnelle.

Une colonne composée de feuilles d'érable et de papiers de toutes sortes tourbillonna à travers la pièce, glissant tout droit vers elle. C'était une colonne énorme de cinquante centimètres de diamètre sur deux mètres de haut. Elle s'arrêta tout près de Carol, frémissant, sifflant, changeant de forme, et la jeune femme se sentit menacée par cette chose. Elle leva les yeux vers la tornade bruissante, et eut l'impression démente que celle-ci la regardait. Au bout de quelques secondes, la colonne mouvante se déplaça légèrement sur la gauche, puis revint devant Carol, hésita avant de filer vers la droite. Mais elle revint une fois de plus, se dressant devant la jeune femme, comme prête à fondre sur elle et à la réduire en miettes avant de l'absorber avec les feuilles, les enveloppes et les journaux qui la constituaient.

Ce n'est qu'une simple tornade ! se dit Carol, agacée.

Le fantôme façonné par le vent s'éloigna d'elle.

Tu vois ? se sermonna-t-elle. Ce n'est rien qu'un bric-à-brac sans vie. Qu'est-ce qui m'arrive ? Je perds la tête, ma parole !

Elle se souvint de cette vieille théorie, sensée vous rassurer dans des moments comme celui-ci : si vous vous croyez fou, cela signifie que vous êtes parfaitement sain d'esprit. En effet, un vrai fou ne doute jamais de sa santé mentale. En tant que psychiatre, elle savait qu'il s'agissait là d'une théorie un peu simpliste, mais cependant exacte. Je n'ai donc pas perdu l'esprit, se dit-elle.

Néanmoins, cette pensée effrayante, irrationnelle s'insinua de nouveau en elle : *On essaie de nous empêcher d'adopter un enfant.*

Si le maelström dans lequel elle baignait n'était pas un événement naturel, alors, qu'était-ce ? Allait-elle croire que la foudre était tombée avec l'intention consciente de transformer Mr O'Brian en torche vivante ? Quelle idée stupide, vraiment. Qui pouvait se servir de la foudre comme d'un pistolet ? Dieu ? Non, Dieu ne s'était pas attaqué à Mr O'Brian dans le but d'interrompre le processus d'adoption enclenché une semaine plus tôt. Alors qui ? Le diable en personne ? Crachant sa foudre sur le pauvre O'Brian depuis les profondeurs de l'enfer ? Non, c'était vraiment une idée trop absurde.

Si Carol n'était pas totalement sûre de croire en Dieu, elle était absolument certaine de ne pas croire au diable.

Une autre fenêtre explosa, couvrant la jeune fille d'éclats de verre.

Puis les éclairs cessèrent.

Le rugissement du tonnerre devint simple grondement, décroissant comme le bruit d'un train qui s'éloigne. Le vent soufflait toujours à travers les fenêtres brisées, mais avec moins de force que tout à l'heure, La mini-tornade s'affaissait sur le sol, en piles de papiers tremblotants, comme si elle était épuisée.

Quelqu'un...

Quelqu'un...

Quelqu'un... essaie de nous empêcher de...

Carol bloqua net cette pensée. Elle était une femme instruite, fière de son niveau intellectuel et de son bon sens. Elle ne pouvait se permettre de succomber à des peurs aussi irrationnelles.

Un temps anormalement mauvais — c'était là l'explication de ce phénomène. Les journaux relatent régulièrement de tels caprices climatiques : Trois centimètres de neige à Beverly Hills ; une journée torride en plein cœur de l'hiver, dans le Minnesota ; la pluie tombant par intermittence d'un ciel apparemment sans nuages. Bien qu'on n'ait pas dû voir beaucoup d'orages de la violence de celui-ci, il y en avait eu dans le passé, sans nul doute. En réalité, si vous ouvriez un livre des records au chapitre « foudre », vous deviez trouver une longue liste de phénomènes incroyables, à faire pâlir d'envie cet orage-là.

Carol réussit enfin à chasser de son esprit démons, fantômes, et autres poltergeists.

Dans le calme relatif qui suivit la fin abrupte de l'orage, elle sentit ses forces revenir. Elle réussit à se mettre à genoux. Des éclats de verre tombèrent en tintant de sa jupe grise et de son chemisier vert. Elle n'avait aucune coupure, ni même la moindre éraflure. Néanmoins, la tête lui tournait un peu, et le sol tangua autour d'elle pendant quelques secondes.

Dans l'un des bureaux d'à côté, une femme se mit à crier d'une manière hystérique. Il y eut d'autres cris, simplement alarmés, ceux-ci. Puis quelqu'un appela Mr O'Brian. Personne n'avait encore fait irruption dans le bureau pour voir ce qui s'était passé. Cela signifiait que la tourmente n'avait pris fin que quelques secondes plus tôt. Carol avait pourtant l'impression qu'il s'était écoulé au moins deux minutes depuis la fin de ce cauchemar.

Du côté des fenêtres, quelqu'un poussa un léger grognement.

— Paul ? demanda-t-elle.

S'il y eut une réponse, elle ne l'entendit pas, car un bref coup de vent fit de nouveau bouger les feuilles.

Carol se souvint brusquement de la manière dont la branche s'était abattue sur le visage de O'Brian et elle frissonna. Mais Paul n'avait pas été touché. L'arbre l'avait manqué. A moins que...

Paul !

Ses craintes ravivées, Carol se remit sur ses pieds. Elle fit rapidement le tour du bureau, enjambant des branches cassées et une corbeille à papier renversée.

2

Ce même mercredi après-midi, après un déjeuner composé d'un potage en conserve et d'un sandwich au fromage, Grace Mitowski alla dans son bureau et se pelotonna sur le sofa pour dormir une heure ou deux. Elle ne faisait jamais la sieste dans sa chambre. Cela eût trop officialisé la chose. Bien qu'elle fît la sieste trois ou quatre fois par semaine depuis un an, elle n'avait pas encore accepté le fait d'avoir besoin de repos au milieu de la journée. La sieste, se disait-elle, c'est bon pour les enfants ou pour les vieillards à bout de souffle. Grace n'était plus une enfant, ni une jeune femme — ni même une femme d'âge moyen —, mais tout âgée qu'elle était, elle ne se sentait nullement à bout de souffle. Se retrouver au lit au début de l'après-midi lui donnait l'impression d'être malade.

Aussi faisait-elle la sieste sur le canapé, volets fermés, bercée par le tic-tac de la pendule de la cheminée.

A soixante-dix ans, Grace Mitowski avait l'esprit toujours aussi vif. Sa matière grise était intacte. Seul son corps, ce traître, lui causait des désagréments. Elle souffrait d'une légère arthrose dans les mains. En outre, chaque fois que le temps était humide — comme ce jour-là — elle ressentait de petites douleurs dans l'épaule, dues à une périarthrite. Bien qu'elle pratiquât tous les exercices recommandés par son médecin et qu'elle fît quatre kilomètres à pied chaque matin, Grace avait de plus en plus de mal à maintenir son tonus musculaire.

Depuis qu'elle était toute jeune, elle adorait les livres. Jusqu'à un âge avancé, elle avait été capable de lire toute la matinée, tout l'après-midi et une bonne partie de la soirée sans se fatiguer la vue. Or aujourd'hui, après seulement quelques heures de lecture, elle avait les yeux brûlants. Grace regardait chacune de ses infirmités avec une extrême indignation et menait contre celles-ci un combat sans relâche, bien qu'elle sût qu'il s'agissait là d'une bataille perdue d'avance.

Mais ce mercredi après-midi-là, elle céda à sa fatigue, se détendit, et s'endormit en moins de deux minutes.

Grace rêvait peu, et ne faisait des cauchemars que très rarement. Pourtant ce jour-là, dans le bureau rempli de livres, son sommeil fut continuellement troublé par de mauvais rêves. Elle bougea à plusieurs reprises, se réveilla à moitié, et s'entendit haleter, en proie à la panique. Une fois même, émergeant d'une affreuse vision, elle s'entendit hurler de terreur, et s'aperçut qu'elle s'agitait violemment sur sa couche, torturant ses épaules douloureuses. Elle tenta de se réveiller complètement mais n'y parvint pas. Quelque chose dans son rêve, quelque chose de sombre et de menaçant se dressait et la repoussait dans un sommeil toujours plus profond avec des mains froides et moites, l'entraînant dans un espace totalement dénué de lumière où une créature innommable baragouinait, grommelait et gloussait.

Une heure plus tard, lorsqu'elle émergea de ce cauchemar et se réveilla enfin, elle était debout à quelques pas du sofa, dans la pénombre de la pièce. Pourtant, elle ne se souvenait pas s'être levée. Elle tremblait et ruisselait de sueur.

— *Il faut que je le dise à Carol Tracy.*

— *Que tu lui dises quoi ?*

— *Que je la prévienne.*

— *Mais de quoi ?*

— *Il va arriver quelque chose. Mon Dieu...*

— *Mais quoi ?*

— *La même chose que dans le rêve.*

— *Que s'est-il passé dans le rêve ?*

Déjà, le souvenir de son cauchemar s'estompait. Ne lui restait en mémoire que des fragments d'histoire.

Mais Carol était présente dans ce cauchemar, et elle courait un grave danger. Cela, Grace s'en souvenait. Et d'une certaine manière, elle savait que ce rêve n'était pas qu'un simple rêve...

Tandis que le cauchemar devenait de plus en plus flou, Grace prit conscience qu'elle se trouvait dans une quasi-obscurité. Avant de s'endormir, elle avait éteint les lampes et fermé les persiennes. Seuls quelques chétifs rais de lumière filtraient le long des volets. Grace eut soudain la certitude, irrationnelle mais inébranlable, qu'une entité appartenant à son rêve l'avait suivie jusqu'ici. Une entité vicieuse et démoniaque ayant subi une métamorphose magique : De créature appartenant à l'imagination pure, la chose s'était transformée en être de chair, et se trouvait tapie dans un coin de la pièce, l'observant, prête à frapper.

— *Arrête !*

— *Mais le rêve était...*

— *Seulement un rêve.*

Le long des volets, les minces rayons de lumière s'intensifièrent brusquement, puis faiblirent, avant d'augmenter de nouveau en intensité, tandis qu'un éclair illuminait le ciel, au-dehors. Il tonna presque aussitôt.

Puis il y eut toute une série de coups de tonnerre plus violents les uns que les autres et d'éclairs incroyablement brillants. Pendant une demi-minute, des fils électriques d'un blanc aveuglant, et parcourus d'étincelles, semblèrent courir dans les fentes des volets.

A peine réveillée, encore groggy et légèrement perturbée, Grace se tenait debout au milieu de la pièce obscure, vacillant sur ses jambes. Elle écoutait le tonnerre et le bruit du vent, regardait l'extraordinaire pulsation lumineuse des éclairs. L'extrême violence de l'orage paraissait irréelle. Aussi en conclut-elle qu'elle se trouvait encore sous l'influence de son rêve et n'avait qu'une perception inexacte des événements. L'ouragan ne pouvait être aussi sauvage qu'il le paraissait.

Grace...

Elle crut entendre quelqu'un l'appeler de la plus haute des étagères, juste derrière elle. A en juger par la façon dont avait été prononcé son nom, cet être devait avoir une malformation de la bouche.

Il n'y a rien derrière moi ! Rien du tout.

Pourtant, elle n'osa pas se retourner.

Lorsque finalement les éclairs cessèrent et que les coups de tonnerre décrurent, l'air parut plus épais qu'une minute auparavant. Grace avait du mal à respirer. La pièce paraissait également plus sombre.

Grace...

Une atroce impression de claustrophobie l'envahit. Les murs à peine visibles semblèrent onduler et se rapprocher d'elle, comme si la pièce pouvait rapetisser d'un moment à l'autre, jusqu'à avoir les dimensions exactes d'un cercueil.

Grace...

Elle se dirigea en trébuchant vers la fenêtre la plus proche, se cogna une hanche contre son bureau et faillit se prendre le pied dans le fil de la lampe. Avec des mouvements maladroits, elle s'acharna sur le loquet des volets. Elle réussit finalement à les ouvrir en grand. Une lumière grise mais rassurante envahit la pièce. Grace cligna des yeux, ravie. Elle regarda le ciel chargé de nuages, résistant à l'envie pressante mais démente, de jeter un coup d'œil par-dessus son épaule. Y avait-il réellement une chose monstrueuse tapie là, derrière elle, l'observant avec un sourire sardonique ? Grace prit de profondes inspirations, comme si la lumière elle-même — davantage que l'oxygène — la revigorait.

Sa maison était située au sommet d'un petit tertre, au bout d'une rue calme. De grands pins et un saule pleureur la protégeaient des regards indiscrets. De la fenêtre de son bureau elle pouvait voir, quelques kilomètres plus loin, les faubourgs de la ville battus par la pluie. Harrisburg, la capitale de l'Etat, se dressait solennelle, morne, avec ses immeubles serrés les uns contre les autres sur les rives du fleuve. Les nuages flottaient bas sur la ville, entraînant derrière eux des barbes de brume effilochée, qui masquaient les derniers étages des buildings.

Lorsque Grace eut vaincu la torpeur due au sommeil et que ses nerfs se furent calmés, elle pivota sur elle-même et inspecta la pièce des yeux. Un frisson de soulagement la parcourut, dénouant ses muscles contractés.

Elle était seule.

Grâce à une accalmie temporaire, elle pouvait de nouveau entendre le tic-tac de la pendule. Il n'y avait aucun autre bruit dans la pièce.

Eh oui, tu es toute seule ici, se dit-elle avec mépris. Tu t'attendais à quoi ? A trouver un gremlin aux dents acérées ? Tu ferais mieux de te surveiller, Grace Louise Mitowski, si tu ne veux pas te retrouver dans un asile de vieillards, assise toute la journée dans un rocking-chair, devisant gaiement avec des fantômes, laissant des infirmières souriantes éponger la salive coulant sur ton menton.

Ayant toujours eu une vie intellectuelle intense, elle craignait la sénilité rampante plus que tout autre chose. Certes, elle avait toujours l'esprit aussi vif. Mais demain, et après-demain, qu'en serait-il ? Grâce à ses connaissances en psychiatrie, et parce qu'elle avait continué à s'informer sur le sujet après avoir fermé son cabinet, elle était au courant de toutes les dernières découvertes concernant la sénilité. Elle savait que seulement quinze pour cent des vieillards en étaient atteints. Elle n'ignorait pas non plus que l'on pouvait en guérir dans la moitié des cas ; en faisant de l'exercice et en ingérant une nourriture appropriée. Elle savait donc qu'il y avait peu de chances qu'elle devînt sénile, le risque étant de un sur dix-huit. Néanmoins, et bien que consciente de sa préoccupation excessive à ce sujet, elle se faisait du souci. Et le simple fait d'avoir pensé que quelque chose d'hostile et de surnaturel s'était trouvé dans le bureau, quelques minutes plus tôt, la perturbait considérablement. Vu sa longue existence de sceptique, elle ne pouvait croire, même un seul instant, à la réalité d'un phénomène surnaturel.

Mais mon Dieu, quel cauchemar horrible, ç'avait été !

Jamais encore elle n'avait fait un aussi mauvais rêve. Bien que tous les détails terrifiants se fussent totalement estompés dans sa mémoire, elle se souvenait clairement de l'ambiance du rêve — la peur atroce qui vous tord les tripes, imprégnant chaque image menaçante.

Elle frissonna.

En rêvant, elle avait abondamment transpiré, et à présent sa sueur était glacée.

Hormis le climat de terreur qui avait dominé son rêve, la seule chose dont elle se souvenait clairement était que Carol criait, appelait à l'aide.

Jusqu'à présent, Grace n'avait jamais rêvé de Carol. Aussi était-il tentant d'interpréter son apparition dans ce cauchemar comme un signe prémonitoire. Mais par ailleurs, il n'était guère surprenant que Carol ait joué un rôle dans ce rêve : le thème de l'être aimé en danger revient souvent dans les cauchemars. N'importe quel psychologue vous le dirait. Or Grace était psychologue, une bonne psychologue de surcroît, bien qu'elle entamât sa troisième année en tant que retraitée. Grace aimait profondément Carol, comme sa propre enfant.

Elle avait rencontré la jeune femme seize ans plus tôt. Carol était alors une délinquante de quinze ans, agressive et rebelle. Elle venait de donner naissance à un bébé et avait failli en mourir. A la suite de cet épisode traumatisant, elle s'était retrouvée enfermée dans un centre de redressement pour détention illégale de marijuana et une foule d'autres délits. A cet époque, outre son travail dans un cabinet privé, Grace consacrait huit heures par semaine à aider les psychologues du centre dans lequel Carol était détenue. L'adolescente était incorrigible, toujours prête à vous sauter à la gorge dès que vous lui souriiez. Néanmoins, sous des dehors rudes, son intelligence et sa gentillesse innées transparaissaient, pour qui prenait la peine de l'observer de plus près. Grace avait pris ce soin, et elle avait été intriguée, puis impressionnée. Le langage provoquant, le tempérament vicieux et l'amoralité affichée de la jeune fille, n'étaient rien d'autre que des mécanismes de défense contre les tortures physiques et psychologiques que lui infligeaient ses parents.

Tandis que Grace faisait peu à peu remonter l'horrible histoire de la monstrueuse vie familiale de Carol, elle fut de plus en plus convaincue que cette vie dans un centre de redressement ne valait rien à la jeune fille. Elle avait usé de son influence auprès du tribunal, pour que les parents de Carol fussent définitivement privés de leurs droits parentaux à son égard. Par la suite, elle avait fait en sorte de devenir la tutrice de la jeune fille. Elle avait vu cette enfant répondre à son amour, à ses conseils, assisté à la métamorphose d'une adolescente dépressive, égoïste, autodestructrice, en une jeune femme chaleureuse, sûre d'elle, admirable. La nouvelle Carol avait des rêves, des désirs, c'était une femme sensible, avec une forte personnalité. Le fait d'avoir pris part à cette étonnante transformation représentait certainement la plus grande satisfaction de sa vie.

Le seul regret qu'elle gardait, dans sa relation avec Carol, était d'avoir dû l'inciter à faire adopter son bébé. Mais il n'y avait raisonnablement pas eu d'autre solution. A cette époque, Carol était incapable, aussi bien financièrement qu'émotionnellement ou mentalement, d'élever un enfant. Si elle avait eu charge d'âme, jamais elle n'aurait pu s'épanouir et devenir une femme équilibrée. Elle serait restée malheureuse toute sa vie, et n'aurait pas su rendre son enfant heureux. Hélas, même maintenant, seize ans plus tard, Carol se sentait encore coupable d'avoir abandonné le bébé. Son sentiment de culpabilité s'intensifiait le jour de l'anniversaire de l'enfant. Chaque année, ce jour-là, Carol sombrait dans une profonde dépression et se repliait sur elle-même, ce qui ne lui ressemblait pas. La crise d'angoisse dont elle souffrait, en ce jour fatidique, était révélatrice du sentiment de culpabilité qu'elle éprouvait toute l'année, à un moindre degré. Grace regrettait de ne pas avoir prévu cette réaction. Elle aurait pu alors travailler dans ce sens et calmer par avance le sentiment de culpabilité de sa protégée.

Lorsque Carol et Paul adopteront un enfant, peut-être qu'alors la jeune femme aura l'impression de rétablir un juste équilibre. Avec le temps, son sentiment de culpabilité avait des chances de diminuer.

Grace le souhaitait. Elle aimait Carol comme sa propre fille et ne voulait que son bonheur.

L'idée de la perdre lui était insupportable. Cependant, son apparition dans un cauchemar ne présentait rien d'alarmant. Ce n'était certainement pas un mauvais présage.

Moite de sueur, Grace se tourna de nouveau vers la fenêtre du bureau, recherchant de la chaleur et de la lumière.

Mais il faisait froid. Le ciel était plombé, menaçant. Le vent se jetait contre la fenêtre et murmurait sous l'avant-toit, un étage plus haut.

En ville, non loin du fleuve, une colonne de fumée s'éleva dans le ciel. Grace ne l'avait pas remarquée une minute plus tôt, mais elle devait déjà exister. Elle était trop importante pour être apparue en quelques secondes. Même à cette distance, Grace pouvait voir l'éclat d'un feu à la base de la colonne.

Elle se demanda si la foudre avait déjà fait son sale travail. Elle se souvint alors de la violence inouïe des éclairs et des coups de tonnerre juste après son réveil. A ce moment-là, elle avait pensé que ses sens émoussés par le sommeil exagéraient considérablement la violence de l'orage. Cette tourmente aveuglante, assourdissante, menaçante, avait-elle été bien réelle ?

Grace jeta un coup d'œil à sa montre.

Sa station de radio préférée diffuserait son bulletin d'informations horaire dans moins de dix minutes. Peut-être y aurait-il un reportage sur l'orage.

Après avoir remis les coussins en place sur le sofa, Grace sortit du bureau. Elle repéra aussitôt Aristophane. Il se trouvait près de la porte d'entrée, au bout du couloir du rez-de-chaussée. Il était assis la tête fièrement redressée, sa queue enroulée autour de ses pattes de devant, comme s'il voulait dire : « Le chat siamois est la plus belle des choses au monde, et moi, je suis un magnifique échantillon de cette race aristocratique. Aussi aimerais-je que tu ne l'oublies pas. »

Grace tendit une main vers lui, frottant rapidement son index contre son pouce.

— Minou-minou-minou, fit-elle.

Aristophane ne bougea pas.

— Minou-minou-minou. Viens ici Ari. Allez mon bébé.

Aristophane se leva, passa dans l'embrasure de la porte, puis disparut dans le living-room obscur.

— Espèce de petit prétentieux, dit Grace, affectueusement.

Elle alla dans la salle de bains du rez-de-chaussée, se passa de l'eau sur le visage, puis se brossa les cheveux. Cette légère toilette lui fit oublier son cauchemar. Elle commença peu à peu à se détendre. Ses yeux étaient humides et injectés de sang. Elle y appliqua quelques gouttes de collyre.

Lorsqu'elle sortit de la salle de bains, Aristophane était de nouveau assis dans le couloir. Il la regardait.

— Minou-minou-minou, lui dit-elle, cajolante.

Il fixait ses yeux sur elle, sans ciller.

— Minou-minou-minou.

Aristophane se mit sur ses pattes, redressa la tête, puis posa sur sa maîtresse un regard inquisiteur, étincelant. Lorsqu'elle fit un pas vers lui, il pivota sur lui-même, fila furtivement, puis disparut de nouveau dans le living-room.

— Très bien, fit Grace. Tu peux me snober, si tu veux. Mais attention, tu risques de te retrouver privé de croquettes ce soir.

Dans la cuisine, elle alluma les lumières, puis la radio. On l'entendait assez clairement, malgré quelques crachotements dus à l'orage.

Pendant l'annonce habituelle des catastrophes en tout genre, Grace mit un nouveau filtre en papier dans la cafetière électrique, puis y versa du café moulu de Colombie et une demi-cuiller de chicorée. L'incendie ne fut relaté qu'en fin du bulletin d'information, dans un communiqué sommaire. Le reporter savait seulement que la foudre avait frappé un groupe d'immeubles dans le centre ville, et qu'une église était en feu. Il promettait de donner de plus amples détails dans la demi-heure.

Lorsque le café fut prêt, Grace s'en versa une tasse, qu'elle emporta jusqu'à la petite table de la cuisine. Elle tira une chaise, puis s'assit face à l'unique fenêtre de la pièce.

Dans le jardin, les myriades de roses — rouges, orangées, blanches, jaunes — paraissaient étrangement lumineuses, d'une phosphorescence surnaturelle.

Deux journaux de psychologie étaient arrivés au courrier du matin. Grace en ouvrit un avec un plaisir anticipé. Alors qu'elle était plongée au milieu d'un article sur la psychologie des criminels, il y eut soudain un blanc entre deux chansons à la radio. Durant ces quelques secondes de silence absolu, elle entendit des bruits furtifs derrière elle. Elle se retourna sur sa chaise et aperçut Aristophane.

— Tu viens t'excuser ? s'enquit-elle.

Puis elle comprit qu'il avait dû l'observer à son insu, et que soudain confondu, il se crispait. Chaque muscle de son petit corps était tendu comme un arc. Il faisait le gros dos, et ses poils se hérissaient le long de son échine.

— Ari ? Qu'est-ce que tu as, espèce d'idiot ?

Le siamois fit volte-face, puis sortit de la cuisine à toute allure.

3

Carol était assise sur une chaise chromée aux coussins de vinyle noir. Elle buvait du whisky à petites gorgées, dans un gobelet en carton.

Paul était écroulé sur une chaise, à côté de sa femme. Il avalait son whisky à grands traits. C'était un excellent bourbon, du Jack Daniel's black label, qu'un avocat dont les bureaux jouxtaient ceux de O'Brian, avait eu la bonne idée de leur proposer. Paul avait eu droit à une double dose.

La salle d'attente, dans les bureaux de O'Brian, était plutôt exiguë. Néanmoins, la plupart des gens travaillant à cet égage s'y étaient rassemblés. Ils parlaient de la foudre qui s'était abattue sur l'immeuble, se réjouissaient que celui-ci n'ait pas pris feu, et s'émerveillaient du fait que l'on ait rétabli l'électricité aussi rapidement. Mais en réalité, ils étaient essentiellement venus pour jeter un coup d'œil sur les gravats jonchant le bureau de O'Brian. La rumeur des conversations n'aidait pas vraiment Paul à se détendre les nerfs.

Toutes les trente secondes environ, une blonde oxygénée à la voix perçante répétait la même phrase : « Je n'arrive pas à croire que personne n'ait été tué ! Je n'arrive pas à y croire. » Chaque fois qu'elle parlait, sa voix s'élevait au-dessus du vacarme et faisait tressaillir Paul. « Je n'arrive pas à croire que "personne" n'ait été tué. » Et il y avait dans sa voix comme une pointe de regret.

Alfred O'Brian était assis à la réception. Sa secrétaire, une femme guindée, avec un petit chignon, tentait d'appliquer du mercurochrome sur le visage égratigné de son patron. Mais O'Brian paraissait s'inquiéter davantage de l'état de son costume que de ses petites éraflures. Délicatement, il brossait du plat de la main les poussières et autres fragments de bois accrochés à ses vêtements.

Paul finit son whisky, puis regarda Carol. Elle était encore sous le choc. La pâleur extrême de son visage contrastait avec ses cheveux noirs et brillants.

Elle dut surprendre le regard inquiet de son mari car elle lui prit la main, la serra, puis lui sourit. Un sourire qui demeura incertain.

Il se pencha vers elle, afin qu'elle pût l'entendre au milieu des bavardages ambiants.

— On y va ?

Elle acquiesça d'un hochement de tête.

Près de la fenêtre, un homme du genre jeune cadre dynamique éleva la voix pour annoncer : « Ecoutez-moi, tout le monde ! Faites attention. Les gens de la télé viennent de se garer juste en bas. »

— Si on se fait coincer par des reporters, dit Carol, on sera encore là dans une heure.

Ils partirent sans dire au revoir à Mr O'Brian. Arrivés dans le hall, ils enfilèrent leurs imperméables, puis se dirigèrent vers une sortie de secours. Dehors, Paul ouvrit son parapluie, puis entoura la taille de Carol d'un bras protecteur. Ils se hâtèrent de traverser le parking mouillé, évitant soigneusement les flaques. Le vent, qui soufflait par rafales, était frais pour un mois de septembre. Il changeait sans cesse de direction et finit par retourner le parapluie. Une pluie froide fouettait le visage de Paul. Lorsqu'ils parvinrent à la voiture, ils avaient les cheveux trempés, plaqués sur le crâne. De l'eau leur avait coulé dans le cou.

Paul s'attendait plus ou moins à retrouver la Pontiac endommagée par la foudre. Aussi fut-il agréablement surpris de la découvrir intacte. Elle démarra au quart de tour.

En quittant le parking, Paul commença à tourner à gauche, mais lorsqu'il vit que des voitures de police et des cars de pompiers bloquaient la rue, il appuya sur la pédale de frein. L'église brûlait toujours, en dépit de la pluie battante et des puissants jets d'eau dont les pompiers l'inondaient. Une fumée noire s'élevait en volutes dans le ciel gris, et des flammes jaillissaient des fenêtres soufflées par la foudre. Apparemment, il n'allait pas rester grand-chose de l'édifice.

Paul tourna donc à droite, puis conduisit jusqu'à la maison à travers des rues détrempées dont les caniveaux débordaient. Chaque dénivellation dans la chaussée s'était transformée en un traître petit lac qu'il fallait éviter avec soin, si l'on ne voulait pas noyer le moteur et tomber en panne.

Carol s'était recroquevillée sur son siège et blottie contre la portière. Bien que le chauffage fût allumé, elle tremblait de froid.

Paul s'aperçut qu'il claquait des dents.

Ils leur fallut dix minutes pour rentrer chez eux. Ils n'échangèrent pas un mot durant tout le trajet. Dans la voiture, on n'entendait que le sifflement humide des pneus sur la chaussée et le bruit sourd et cadencé des essuie-glaces sur le pare-brise. Ce silence n'était pas pesant, mais comme chargé d'une énergie refoulée.

Ils vivaient dans une maison de style Tudor, qu'ils avaient restaurée avec soin. Comme toujours, la vue de cette demeure — l'allée en pierres, les grandes portes de chêne flanquées de deux phares de calèche, les fenêtres à petits carreaux, les combles sur pignons — rassura Paul. Ici, il était vraiment chez lui. La porte automatique du garage coulissa vers le haut. Paul gara la Pontiac à côté de la Volkswagen rouge de Carol.

Une fois dans la maison, ils continuèrent à ne rien dire.

Paul avait les cheveux mouillés. Le bas de son pantalon trempé venait cogner ses chevilles à chaque pas. Sa chemise était humide. Il se dit qu'il risquait d'attraper un mauvais rhume s'il n'enfilait pas immédiatement des vêtements secs. Apparemment, Carol eut la même pensée, car ils se dirigèrent simultanément vers l'escalier menant à leur chambre. Elle ouvrit les portes de la penderie, puis alluma une lampe de chevet. Tremblant de froid, ils ôtèrent leurs vêtements.

Quand ils furent presque entièrement déshabillés, ils se regardèrent. Leurs yeux se rencontrèrent.

Ils ne se dirent rien. Ce n'était pas utile.

Il la prit dans ses bras, et ils s'embrassèrent. Lentement, tendrement pour commencer. La bouche de Carol était chaude et douce et légèrement parfumée au whisky.

Elle l'attira tout contre elle avec force, le bout de ses doigts labourant les muscles de son dos. Elle pressa sa bouche contre la sienne avec avidité, lui effleura les lèvres avec ses dents, enfonça profondément sa langue dan sa bouche, et soudain leur baiser devint brûlant, passionné.

Quelque chose sembla se déclencher en lui, et en elle aussi, car soudain leur désir devint animal, vorace. Affamés l'un de l'autre, ils se débarrassaient hâtivement des derniers vêtements qui leur restaient, se caressaient, se pressaient l'un contre l'autre, se serraient. Elle lui donna un petit coup de dent sur l'épaule. Il lui empoigna les fesses puis les pétrit avec une sauvagerie inhabituelle, mais elle ne broncha pas. Elle se jeta contre lui avec encore plus d'avidité, frottant ses seins contre sa poitrine, ondulant des hanches contre son pubis. Les petits gémissements qu'elle poussait exprimaient clairement son envie violente, son besoin immédiat de lui. Au lit, il eut une énergie folle qui le surprit. Il était insatiable. Elle aussi. Ils bougeaient, vibraient, se tendaient, en parfaite harmonie, comme s'ils fusionnaient, comme s'ils n'étaient plus qu'un seul corps, secoué par le même plaisir immense. Ils n'avaient plus rien de deux êtres civilisés. Pendant un long moment, les seuls sons qu'ils émirent furent des bruits animaux : des halètements fébriles, des grognements sauvages, des gémissements de plaisir, des petits cris d'excitation aiguë. Finalement, Carol fut la première à prononcer un mot depuis qu'ils avaient quitté le bureau de O'Brian : « Oui ! » fit-elle. Puis arquant son corps mince et gracieux, agitant la tête de gauche à droite sur l'oreiller, elle cria ! « Oui ! Oui ! » Elle ne disait pas seulement oui à un orgasme, elle en avait déjà eu plusieurs. Elle disait oui à la vie, oui au miracle d'exister encore, d'avoir échappé, avec l'homme qu'elle aimait, aux foudres de la nature. Leur accouplement sauvage, farouchement passionné, était un soufflet au visage de la mort, le désaveu de l'existence de ce spectre macabre. Paul répéta ce mot, comme une incantation — « Oui ! Oui ! Oui ! » — en se vidant de son sperme en elle pour la seconde fois. Et il lui sembla que son angoisse face à la mort le quittait en même temps que jaillissait sa semence.

Epuisés, ils s'étendirent sur le dos, côte à côte sur le lit défait. Pendant un long moment, ils écoutèrent la pluie tomber sur le toit et le tonnerre exploser avec une intensité amoindrie.

Carol était allongée les yeux fermés, le visage parfaitement détendu. Tout en l'observant, Paul se demanda une fois de plus — il se posait cette question depuis quatre ans — pourquoi Carol avait consenti à l'épouser. Elle était belle. Lui non. Quiconque travaillant à la composition d'un dictionnaire ne pourrait trouver meilleure illustration à l'adjectif ordinaire qu'une photo de son visage. Un jour, avec humour, il avait fait part de cette opinion à Carol. Elle l'avait blâmé de se moquer injustement de lui-même. Pourtant, il avait raison. Mais cela lui importait peu de ne pas être Burt Reynolds, tant que Carol ne voyait pas la différence. Et il n'y avait pas que son apparence banale dont elle semblait ne pas avoir conscience. Elle avait également tendance à minimiser sa propre beauté, insistant sur le fait qu'elle aussi était plutôt quelconque, assez mignonne en un sens, soit, mais rien de plus. Ses cheveux noirs, même collés par la sueur et emmêlés comme en ce moment, étaient magnifiques, épais, brillants, sa peau sans défauts et ses pommettes joliment saillantes. Carol était le style de femme que l'on imagine au bras d'un adonis bronzé, pas avec un type du genre de Paul Tracy. Pourtant elle était là, à ses côtés, et il en bénissait sa destinée. Il ne cessait jamais de constater, émerveillé, qu'ils s'accordaient sur tous les plans — intellectuel, émotionnel, physique.

Tandis que la pluie tombait sur le toit avec une intensité renouvelée, Carol sentit qu'il la regardait. Elle ouvrit les yeux. Ils étaient si foncés, qu'à une distance de plus de dix centimètres, ils paraissaient noirs. Elle sourit.

— Je t'aime.

— Moi aussi, dit-il.

— J'ai cru que tu étais mort.

— Eh, non !...

— Quand les éclairs se sont calmés, je t'ai appelé, mais tu ne m'as pas répondu pendant un temps infini.

— J'étais au téléphone avec Chicago, dit-il en souriant.

— Sérieusement !

— Bon, d'accord, c'était San Francisco.

— J'ai eu vraiment peur.

— Je ne « pouvais » pas te répondre, expliqua-t-il d'un ton apaisant. Au cas où tu l'aurais oublié, O'Brian est tombé sur moi. Il n'a pas l'air lourd comme ça, mais crois-moi, il pèse son poids. J'imagine qu'il s'est fait les muscles à force de cirer ses chaussures !

— Tu as agi plutôt bravement, remarqua-t-elle.

— En te faisant l'amour ? Mais c'était un plaisir !

Elle lui donna une petite gifle pour rire.

— Tu sais bien ce que je veux dire. Tu as sauvé la vie de O'Brian.

— Sûrement pas.

— Mais si. Et il le pense aussi.

— Enfin Carol, je ne me suis pas servi de mon corps comme d'un bouclier, pour le protéger ! Je l'ai simplement poussé pour ne pas que la branche s'écrase sur lui. N'importe qui aurait fait la même chose à ma place.

Elle secoua la tête en signe de dénégation.

— Faux, tout le monde n'a pas les mêmes réflexes que toi.

— Des réflexes, hein ? D'accord, j'admets avoir de bons réflexes, mais cela ne fait pas de moi un héros. Je ne te laisserai pas me coller cette étiquette sur le dos, parce que après, tu attendras toujours des prouesses de ma part. Imagine un peu la vie de Superman s'il avait épousé Loïs Lane : un véritable enfer ! Elle aurait placé en lui de si grands espoirs !

— De tout façon, dit Carol, que tu l'admettes ou non, O'Brian sait que tu lui as sauvé la vie, et c'est tout ce qui compte.

— Tu crois ?

— Oui. J'étais déjà quasiment sûre que notre demande d'adoption allait être acceptée. A présent, je n'ai plus le moindre doute.

— Il y a toujours un risque.

— Non, l'interrompit-elle. O'Brian ne peut te laisser

choir. Tu lui as sauvé la vie. Il mettra la commission dans sa poche, tu verras.

Paul eut un clignement d'yeux qui se transforma en sourire.

— Je n'avais pas envisagé les choses ainsi, dit-il.

— J'avais raison, t'es un héros, Papa.

— Euh... peut-être bien, Maman.

— Je crois que je préfère Tatie.

— Et moi, Tonton.

— Dis-moi Tonton, et si on faisait une petite fête ?

— Bonne idée, qu'est-ce que tu suggères ?

— Nous pourrions enfiler nos peignoirs, descendre à la cuisine et nous préparer un petit dîner. Tu as faim ?

— Je suis affamé.

— Je peux faire une salade de champignons, proposa-t-elle. Et toi, tu pourrais nous préparer tes fameux fettucini Alberto. Il nous reste deux bouteilles de champagne au frais. Montons tout ça dans la chambre et dînons au lit. Qu'en dis-tu ?

— En regardant les informations à la télé ?

— Et en passant la soirée à lire des polars tout en sirotant du champagne jusqu'à ce que nos yeux se ferment tout seuls ! enchaîna-t-elle.

— Je serais plutôt partant, dit-il.

La plupart du temps, le soir, Paul passait deux heures à relire et à peaufiner son roman. Et il était bien rare que Carol n'ait pas des quantités de paperasses à terminer.

Tandis qu'ils enfilaient leurs peignoirs et leurs chaussons, Paul remarqua :

— Nous devrions prendre l'habitude de ne pas travailler le soir. Il nous faudra passer beaucoup de temps avec le petit.

— Ou la petite.

— Ou les petits.

Les yeux de Carol brillèrent.

— Tu crois qu'ils nous laisseront en adopter plusieurs ?

— Bien-sûr ! Il suffit de leur prouver que nous nous débrouillons bien avec le premier. Après tout, ajouta-t-il, ironique, ne suis-je pas le héros qui a sauvé la vie de ce brave O'Brian ?

Ils descendaient à la cuisine, lorsque Carol s'arrêta au milieu de l'escalier. Elle étreignit son mari.

— Nous allons avoir une vraie famille.

— Il semblerait, oui.

— Oh, Paul, je ne me souviens pas avoir jamais été aussi heureuse. Dis-moi que ça va durer toujours.

Il la serra dans ses bras. C'était vraiment génial de la tenir comme ça. Finalement, la tendresse est ce qu'il y a de meilleur au monde, se dit Paul.

— Promets-moi que tout se passera bien, dit-elle.

— Tout se passera bien, et tu seras toujours aussi heureuse que maintenant, lui assura-t-il. Ça te va ?

Elle lui embrassa le menton, les coins de la bouche, puis déposa un baiser sur le bout de son nez.

— Et maintenant, il faudrait peut-être songer à manger, suggéra-t-il.

— Quel incorrigible romantique ! railla-t-elle.

— Même les romantiques ont besoin de se nourrir.

Tandis qu'ils arrivaient au bas de l'escalier, ils entendirent un martèlement. C'était un bruit sourd et rythmé : « tong, tong, tong-tong, tong, tong-tong... »

— Mais qu'est-ce que c'est que ça ? dit Carol.

— Ça vient du dehors, et d'au-dessus.

Ils restèrent sur la dernière marche, regardant en l'air.

« Tong, tong-tong, tong, tong... »

— Mince, dit Paul. Je parie que l'un des volets est en train de se détacher.

Ils tendirent l'oreille pendant quelques instants, puis Paul soupira.

— Il faut que je sorte et que je le répare.

— Maintenant ? Sous la pluie ?

— Si je ne fais rien, le vent pourrait l'arracher tout à fait. Pire, il pourrait pendre contre le mur et frapper la pierre toute la nuit. Nous ne pourrions pas dormir. Nos voisins non plus, d'ailleurs.

Carol fronça les sourcils.

— Mais... et la foudre, Paul. Après tout ce qui s'est passé, tu ne peux tout de même aller te jucher en haut d'une échelle sous la pluie, en plein vent !

A vrai dire, cette idée ne l'enchantait pas non plus.

— Je ne veux pas que tu sortes si... commença-t-elle.

Le martèlement cessa.

Ils tendirent l'oreille.

Plus rien que le vent, le crépitement de la pluie, les branches d'un arbre battant légèrement la façade de la maison.

— Trop tard, finit par dire Paul. Si c'était un volet, il s'est détaché.

— Je ne l'ai pas entendu tomber.

— Il ne ferait pas beaucoup de bruit en atterrissant dans l'herbe.

— Donc tu n'as plus besoin de sortir, remarqua-t-elle, tout en prenant le petit couloir menant à la cuisine.

Il la suivit.

— Non, mais les travaux de réparation seront plus longs.

— Tu n'auras pas à t'en occuper avant demain. Pour le moment, contente-toi de nous préparer la sauce des fettucini, et ne fais pas de grumeaux.

Tout en décrochant une poêle suspendue au-dessus du plan de travail central de la cuisine, il fit mine d'être vexé par sa remarque.

— Y a-t-il jamais eu des grumeaux dans la sauce des fettucines ?

— Il me semble que la dernière fois, le mélange était un peu...

— Jamais !

Ils préparèrent le dîner ensemble, discutant de choses et d'autres, plaisantant sans arrêt. Pour lui, ils étaient seuls au monde, et l'univers se réduisait aux dimensions de la cuisine.

Puis un éclair tremblota dans le ciel, et le charme fut rompu. C'était un petit éclair, rien d'aussi aveuglant et destructeur que les éclairs géants qui avaient zébré les cieux quelques heures auparavant. Néanmoins, Paul s'interrompit au milieu d'une phrase, le regard attiré vers la fenêtre de la cuisine. Sur la pelouse, les arbres semblaient frémir, miroiter, onduler, dans la lumière vacillante de l'orage. Paul avait l'impression de les voir se refléter sur la surface d'un lac.

Soudain, il crut apercevoir quelqu'un. L'après-midi gris et sombre cédait désormais la place à une nuit précoce. Un léger brouillard envahissait le jardin peuplé d'ombres.

Dans le jour déclinant, la lumière était trompeuse. Elle déformait plus qu'elle n'éclairait les choses qu'elle touchait. Dans ce paysage incertain, quelqu'un sortit de derrière un grand chêne, puis fila comme une flèche à travers une étendue d'herbe, avant de disparaître derrière les lilas.

— Paul, que se passe-t-il ? demanda Carol.

— Il y a quelqu'un dehors, sur la pelouse.

— Avec une pluie pareille ? Mais qui ?

— Je l'ignore.

Elle le rejoignit près de la fenêtre.

— Je ne vois personne, dit-elle.

— Quelqu'un a couru depuis le chêne jusqu'aux lilas. Il avait la tête rentrée dans les épaules et il allait drôlement vite.

— Comment est-il ?

— Je ne saurais te le dire. Je ne suis même pas certain qu'il s'agissait d'un homme. Ç'aurait très bien pu être une femme.

— Ou peut-être seulement un chien.

— Non, il était trop grand.

— Ça pourrait être Jasper.

Jasper était le danois des voisins, un animal imposant, sympathique et aux yeux perçants. Il adorait les petits enfants.

— Jamais ils ne laisseraient Jasper sortir par un temps pareil, remarqua Paul. Ils dorlotent cet animal comme un bébé.

Un éclair zébra de nouveau le ciel. Puis un violent coup de vent fit pencher les arbres. La pluie se remit à tomber, plus fort que tout à l'heure, et dans ce maëlstrom, quelqu'un détala de derrière les lilas.

— Là-bas ! fit Paul.

L'intrus avançait courbé, indistinct dans la brume et la pluie, ombre parmi les ombres. Il progressa par petits bonds en direction du mur de briques entourant la propriété, disparut quelques instants dans une nappe de brouillard épais, puis réapparut, forme mal définie, avant de longer le mur et de filer vers la grille de derrière. Un éclair illumina le jardin, et Paul vit l'ombre fugitive franchir en courant la grille ouverte, puis s'évaporer dans la nuit.

— Ce n'est que le chien, dit Carol.

Paul fronça les sourcils.

— J'ai cru voir...

— Quoi ?

— Un visage. Une femme regarder en arrière pendant une seconde, au moment où elle franchissait la grille.

— Impossible, le contra Carol. C'était Jasper.

— Tu l'as vu ?

— Oui.

— Distinctement ?

— Eh bien, non, pas distinctement. Mais j'ai vu un animal de la taille d'un petit poney, et Jasper est le seul grand chien du voisinage.

— Je ne l'aurais pas cru aussi intelligent.

Carol cligna des yeux.

— Que veux-tu dire ?

— Eh bien, il aura fallu qu'il ouvre la grille pour entrer chez nous, et je ne le crois pas capable d'un tel exploit.

— Il ne l'a pas ouverte. Nous avons simplement dû oublier de la fermer.

Paul secoua la tête en signe de dénégation.

— Je suis sûr qu'elle était fermée lorsque nous sommes passés devant en rentrant.

— Elle était peut-être juste poussée. Le vent l'aura ouverte, voilà tout.

Paul regarda dehors. Le brouillard fouetté par la pluie rougeoyait faiblement dans les ultimes lueurs de l'après-midi finissant.

— Je pense que tu as raison, dit Paul, sans grande conviction. Je ferais mieux d'aller la fermer.

— Non, non, dit Carol, très vite. Je ne veux pas que tu sortes dans la tempête.

— Ecoute, ma chérie, je ne vais pas bondir dans mon lit et me cacher sous les couvertures chaque fois qu'il y a un orage, uniquement à cause de ce qui s'est passé cet après-midi.

— Ce n'est pas ce que je te demande, dit-elle. Mais avant d'aller chanter sous la pluie, comme Gene Kelly, laisse-moi le temps de me remettre de mes émotions. Tout cela est encore trop frais dans mon esprit, pour que je te laisse gambader sous les éclairs.

— Mais j'en ai pour deux minutes et...

— Dis-moi, n'essaierais-tu pas de te défiler, pour ne pas terminer les fettucini ? demanda-t-elle, d'un air faussement suspicieux.

— Certainement pas. Je m'y remets dès que j'ai fermé cette grille, promis.

— Je sais ce que tu as derrière la tête, fit-elle avec suffisance, tu espères être foudroyé, parce que tu *sais* que cette sauce fera des grumeaux, et que tu ne supporteras pas cette humiliation.

— Tu plaisantes ! rétorqua-t-il, entrant avec plaisir dans le jeu. Je vais réussir les meilleures fettucini de ce côté-ci de l'Atlantique. La sauce sera encore plus lisse que les cuisses de Sophia Loren.

— Très bien. Alors au boulot !

— Okay, je capitule. J'irai fermer cette grille demain matin.

Il retourna aux fourneaux, tandis qu'elle se réinstallait devant le plan de travail pour préparer la sauce de la salade.

Il savait qu'elle avait probablement raison à propos de l'intrus. Vraisemblablement, c'était Jasper, à la poursuite de quelque chat. Ce qu'il avait cru voir — un visage féminin et blême, aux yeux brillants sous les éclairs, à la bouche crispée dans un rictus de haine — était vraisemblablement un effet d'optique dû au jeu de l'ombre et de la lumière. Néanmoins, l'incident le laissait mal à l'aise. Il ne put se couler de nouveau dans l'ambiance chaude et douce d'avant l'apparition.

Grace Mitowski remplit le bol de plastique jaune de croquettes pour chat. Puis elle le déposa à sa place habituelle, dans la cuisine, près de la porte.

— Minou-minou-minou.

Aristophane ne se montra pas.

La cuisine n'était pas la pièce favorite d'Ari, car c'était le seul espace dans lequel il ne pouvait grimper où il voulait. De toute façon, Ari n'avait rien d'un grimpeur. Loin d'avoir l'esprit aventureux de la plupart des autres chats, il se contentait le plus souvent de rester par terre. Mais bien qu'il n'aimât pas trop escalader les meubles, il détestait qu'on le lui interdisît. Comme tous les chats, il avait la discipline en horreur. Il ne manquait pourtant jamais à l'appel du repas.

Grace éleva la voix.

— Minou-minou-minou.

Aucun miaulement ne lui répondit. Aristophane ne se précipita pas dans la cuisine, ainsi qu'elle s'y attendait.

— Ari-Ari-Ari ! La soupe est servie, idiot.

Grace déposa le bol de croquettes sur le sol, puis alla se laver les mains au-dessus de l'évier.

« Ton, tong-tong ! »

Ce martèlement cadencé — un coup très fort, suivi par deux coups aussi forts mais très rapprochés — fut si soudain et si violent, que Grace sursauta et faillit laisser tomber le torchon avec lequel elle s'essuyait les mains. Le bruit avait résonné à l'entrée de la maison. Elle tendit l'oreille. Juste le vent, la pluie, puis soudain...

« Tong ! Tong ! »

Grace s'engagea dans le couloir du rez-de-chaussée.

« Tong-tong-tong ! »

Elle marcha d'un pas hésitant jusqu'à la porte d'entrée, puis alluma la lumière extérieure pour éclairer le porche. Elle colla un œil contre le petit judas de la porte. Il n'y avait personne sur le seuil.

« TONG ! »

Effrayée par la violence du coup, elle fit un bond en arrière, s'attendant que la porte sortît de ses gonds. Il y avait eu un bruit de planche qui vole en éclats. Pourtant, aucun morceau de bois ne jonchait le sol. Quant à la porte, elle était restée en place. Néanmoins elle vibrait, et le pêne cliquetait contre la gâche.

« TONG ! TONG ! TONG ! »

— Ça suffit ! cria Grace. Qui êtes-vous ? Qui est là ?

Le martèlement cessa, et elle crut entendre un rire d'adolescent.

Elle était sur le point de téléphoner à la police, ou d'aller chercher le revolver qu'elle gardait dans le tiroir de sa table de nuit, mais lorsqu'elle entendit ce rire, elle changea d'avis. Elle saurait certainement tenir tête à quelques gamins sans l'aide de personne. Elle n'était pas vieille, fragile et faible, au point d'appeler les flics à cause d'une bande de sales petits farceurs.

Tout doucement, Grace tira le rideau de la croisée qui jouxtait la porte d'entrée. Tendue, prête à faire un bond en arrière au cas où quelqu'un aurait un geste menaçant en direction de la fenêtre, elle regarda dehors. Il n'y avait personne sur le pas de la porte.

Puis elle entendit de nouveau le rire. Aigu, musical, féminin.

Grace laissa retomber le rideau, alla vers la porte, la dévérouilla, puis sortit sur le seuil de la maison.

Le vent était vif dans la nuit humide. Elle entendit la pluie tomber sur l'avant-toit.

Le jardin offrait au moins une centaine de cachettes aux plaisantins potentiels. Des massifs d'arbustes bruissaient dans le vent, de l'autre côté de la rampe. L'allée qui menait du bas du perron jusque dans la rue était flanquée de haies devenues bleu-noir dans la nuit. Et parmi toutes ces ombres, aucun des intrus n'était visible.

Grace dressa l'oreille.

Elle entendit le tonnerre gronder dans le lointain, mais personne ne rit ni ne gloussa sottement.

— *Peut-être n'étaient-ce pas des gamins.*

— *Alors qui était-ce ?*

— *On en voit sans arrêt au journal télévisé. Des types fous qui poignardent ou étranglent les gens pour le plaisir. Il semblerait que les psychopates, les désaxés, sévissent partout ces temps-ci.*

— *Mais c'était un rire d'adolescent, pas un rire d'adulte.*

— *Cependant, je ferais peut-être mieux de rentrer et de fermer la porte à clef.*

— *Arrête donc de raisonner comme une vieille dame effarouchée !*

Il était surprenant que des jeunes du voisinage viennent l'importuner. Elle était en excellents termes avec tous les adolescents du quartier. Mais peut-être s'agissait-il d'une bande de délinquants venus d'une autre partie de la ville.

Grace se retourna pour examiner la face extérieure de la porte d'entrée. Aucune trace des coups violents portés là quelques minutes plus tôt. Le bois était intact. Pas la moindre trace, pas la moindre fissure.

Grace en fut étonnée. Elle avait pourtant nettement entendu le bruit du bois qui vole en éclats. Qu'avait-on bien pu utiliser qui fît ce bruit sans laisser la moindre trace ?

De nouveau, elle examina attentivement les alentours. Rien ne bougeait dehors, excepté le feuillage des arbres battus par le vent.

Pendant près d'une minute encore, elle scruta le jardin obscur. Elle serait bien restée là plus longtemps, n'eût-ce été que pour prouver à tout observateur éventuel qu'elle n'était pas une dame froussarde et facilement intimidable. Mais il faisait frais et humide, et elle craignait de prendre froid.

Elle rentra dans la maison, puis ferma la porte.

Elle resta dans le vestibule, s'attendant à ce que les gamins reviennent. Dès qu'ils frapperaient contre la porte, elle surgirait sur le seuil et les prendrait sur le fait. Cette fois, ils n'auraient pas le temps d'aller se cacher.

Deux minutes s'écoulèrent. Puis trois. Puis cinq.

Plus personne ne martela la porte, ce qui la surprit. En effet, pour ces jeunes délinquants, rien n'était plus drôle que le deuxième ou le troisième assaut, car ils prenaient plaisir à tourmenter les gens.

Apparemment, le fait qu'elle fût restée sur le pas de la porte dans une attitude de défi les avait découragés. Ils filaient déjà probablement vers une autre maison, à la recherche d'une victime plus impressionnable.

Grace tira le verrou.

Mais quels parents pouvaient ainsi laisser leurs enfants traîner dehors par un temps pareil ?

Attristée par une telle irresponsabilité, Grace reprit le couloir en direction de son bureau. Elle s'attendait que le martèlement recommence d'une seconde à l'autre, mais il n'y eut plus aucun bruit.

Elle avait eu l'intention de faire un dîner léger et nutritif, composé de légumes cuits à la vapeur accompagnés de deux fines tranches de cheddar, mais à présent elle n'avait plus faim. Aussi décida-t-elle de regarder les informations sur ABC avant de manger — quoique vu l'état du monde elle sût que les nouvelles risquaient de lui couper définitivement l'appétit.

Dans son bureau, avant même qu'elle n'eût le temps d'allumer la télévision, elle découvrit un véritable carnage sur son fauteuil. Pendant quelques instants, elle demeura immobile devant ce désastre : des centaines de plumes avaient voltigé partout. Des lambeaux de tissu s'étalaient sur le siège. Elle regarda, consternée, ces petits morceaux de fil de couleurs vives, vestiges d'un motif de broderie superbe. Quelques années plus tôt, Carol Tracy lui avait offert trois petits coussins finement brodéd. C'était l'un de ceux-ci qui venait d'être réduit en lambeaux sur son fauteuil.

Aristophane.

Ari n'avait jamais rien abîmé depuis qu'il était tout-petit. Un acte aussi destructeur que celui-là ne lui ressemblait pas. Néanmoins, c'était lui le coupable, aucun doute là-dessus. Grace ne voyait aucun autre suspect possible.

— Ari ! Où te caches-tu, siamois sournois ?

Elle alla dans la cuisine.

Aristophane était là, en train de manger ses croquettes. Il leva les yeux lorsqu'elle entra dans la pièce.

— Mais qu'est-ce qui t'a pris, espèce de vilaine bête ?

Aristophane cligna des yeux, renifla, se frotta le museau sur l'une de ses pattes, puis poursuivit son dîner avec une indifférence et une condescendance très félines.

Plus tard cette nuit-là, Carol Tracy, allongée dans sa chambre obscure, regardait le plafond, tout en écoutant la respiration douce et régulière de son mari. Il ne dormait que depuis seulement quelques minutes.

Tout était tranquille alentour. La pluie s'était arrêtée, et le ciel ne tremblait plus sous les assauts du tonnerre. Par instants, le vent soufflait doucement sur le toit, effleurait les fenêtres.

Carol tanguait agréablement sur la fine frontière entre la veille et le sommeil. Légèrement ivre pour avoir siroté du champagne toute la soirée, elle avait la sensation de flotter sur une eau tiède, les flancs caressés par de petites vaguelettes.

Elle se mit à penser à l'enfant qu'ils allaient adopter. Elle essaya de l'imaginer. Une série de petits visages adorables défila dans sa tête. Si c'était un bébé et non un enfant de trois ou quatre ans, ils lui donneraient un prénom qu'ils auraient choisi eux-mêmes : Jason, pour un garçon, ou Julia, si c'était une fille. Carol se berça aux abords du sommeil, en se répétant inlassablement ces deux noms : « Jason, Julia, Jason, Julia, Jason... »

Lorsqu'elle sombra dans le sommeil, elle eut cette pensée horrible contre laquelle elle avait lutté toute la journée : *On essaie de nous empêcher d'adopter un bébé.*

Puis elle se retrouva dans un endroit étrange et mal éclairé, où quelque chose sifflait hors de sa vue, où les ombres violettes avaient une consistance et se regroupaient avant de s'approcher d'elle d'une manière menaçante. Dans ce lieu inconnu, les sons discordants d'un piano accompagnaient son cauchemar.

Tout d'abord, elle courut dans l'obscurité la plus absolue, puis dans une grande maison, d'une pièce à l'autre. Elle zizagua parmi une foule de meubles, renversa une lampe, se cogna la hanche contre le coin d'une table, se prit le pied sous le bord d'un tapis oriental et faillit tomber. Puis elle s'engagea dans un couloir voûté, pénétra dans un grand hall, et se retourna. Le couloir qu'elle venait de prendre avait disparu. La maison n'existait que devant elle. Derrière, c'était le noir le plus complet.

Le noir... puis le scintillement d'un objet. Un objet argenté. Une chose qui se balançait, disparaissait dans l'obscurité, puis réapparaissait en scintillant une seconde plus tard. La chose oscillait de gauche à droite, de droite à gauche, comme un pendule. Bien qu'elle fût incapable de l'identifier, Carol savait que l'objet avançait vers elle, et que soit elle fuyait, soit elle mourait. Elle courut dans le hall, s'engagea dans l'escalier, puis grimpa rapidement au deuxième étage. Elle se retourna : l'escalier avait disparu. A la place, un trou noir, et dans ce trou noir le scintillement de quelque chose se balançant d'un côté puis de l'autre, comme un métronome. Carol se précipita dans la chambre, claqua la porte, puis saisit une chaise, dans l'intention de la coincer sous la poignée de la porte. Mais lorsqu'elle se retourna, elle s'aperçut que la porte et le mur tout autour avaient disparu. Il n'y avait plus rien que des ténèbres. Et cette oscillation argentée. Tout près désormais. Encore plus près. Carol voulut crier, mais aucun son ne sortit de sa bouche. Le mystérieux objet scintillant décrivit un arc de cercle au-dessus de sa tête et...

« Tong ! »

Ce n'est pas seulement un rêve, se dit Carol, désespérée, mais un souvenir, une prophétie, un avertissement. C'est un...

« Tong ! »

Elle courait dans une autre maison, plus petite que la précédente. Elle n'aurait pu dire où elle se trouvait, mais elle savait qu'elle était déjà venue là. Cette demeure lui était familière, tout comme la première. Carol entra en trombe dans une cuisine. Sur la table il y avait deux têtes tranchées, sanglantes. Une tête d'homme et une tête de femme. Elle eut l'impression qu'elle les connaissait bien, mais fut incapable de se souvenir à qui elles avaient appartenu. Les quatre yeux morts étaient grands ouverts et tout blancs. Deux langues enflées dépassaient des bouches aux lèvres violettes. Tandis que Carol restait clouée au sol, horrifiée, les yeux morts roulèrent dans leurs orbites puis la regardèrent fixement. Les lèvres glacées se contractèrent en un rictus sardonique. Carol fit volte face, mais il n'y avait que le vide derrière elle, et toujours de scintillement sur un objet argenté. Et puis...

« Tong ! »

Elle courait à travers une prairie, dans le crépuscule orangé. L'herbe lui arrivait au genou. Un peu plus loin, devant elle, une forêt. Lorsqu'elle jeta un coup d'œil pardessus son épaule, la prairie avait disparu. A la place, une obscurité d'un noir d'encre, comme précédemment. Et cette chose scintillante, qui se rapprochait et qu'elle ne parvenait toujours pas à identifier. Haletant, le cœur battant, elle accéléra le rythme de sa course, atteint enfin l'orée du bois, se retourna et vit qu'elle n'avait pas couru assez vite pour échapper à la chose. Elle poussa un cri, puis...

« Tong ! »

Pendant un temps très long, le cauchemar la plongea alternativement dans ces trois décors — la première maison, la seconde maison, la prairie — jusqu'au moment où elle se réveilla, un cri étouffé dans la gorge. Elle s'assit dans son lit, tremblante. Elle frissonna, trempée de sueur. Le tee-shirt et le slip qu'elle portait la nuit lui collaient à la peau. Le son terrifiant du cauchemar résonnait toujours dans sa tête — « tong, tong, tong-tong, tong ». Carol comprit que son subconscient avait recréé ce bruit, celui du volet qui claquait. Ce martèlement s'estompa progressivement, pour se confondre avec les battements de son cœur.

Carol repoussa les couvertures, puis s'assit au bord du lit.

L'aube pointait. Une lumière grise s'infiltrait dans la chambre, accentuant les ombres, déformant le contour des objets.

La pluie tombait à nouveau. Les gouttières gargouillaient. Dans le lointain, le tonnerre grondait.

Paul dormait toujours, ronflant légèrement.

Carol savait qu'elle ne se rendormirait pas. Aussi se dirigea-t-elle vers la salle de bains. Dans la faible lueur de l'aube, elle ôta son tee-shirt et son slip humides. Tout en se savonnant sous la douche, elle songea à ce cauchemar qui lui laissait une impression plus vive que tous les rêves q'elle avait jamais faits.

La chose la plus terrifiante avait été ce son étrange et discordant — « tong, tong » — ce son qui continuait à la hanter. Elle comprit tout à coup que ce bruit affreux était quelque chose de bien plus grave que le simple écho, dans un rêve, du claquement d'un volet endommagé. En outre, elle était certaine d'avoir déjà entendu ce bruit. Dans la réalité, dans la vie. En d'autres lieux, en d'autres temps...

Tout en se rinçant, elle essaya de se souvenir où et quand elle avait entendu ce son inquiétant. Il lui sembla tout à coup que sa sécurité en dépendait. Quel était l'origine de ce bruit ? Elle ne réussit pas à s'en rappeler.

[illegible]

[illegible]

Tout ce qui [illegible] ce qu'il en était.

4

A huit heures quarante-cinq, après le petit déjeuner, Carol quitta la maison pour aller travailler. Paul monta dans la petite chambre qu'il avait transformée en bureau. Il y avait créé une ambiance assez austère pour mieux se concentrer sur son travail d'écriture. Autour de lui, des murs blancs et nus. Dans la pièce, un bureau ordinaire, une chaise de dactylo, une machine à écrire électrique, un pot rempli de crayons et de stylos et une corbeille de rangement contenant les deux cents premières pages de son roman. Il y avait également un téléphone, une bibliothèque avec trois étagères chargées d'ouvrages de référence, un distributeur d'eau dans un coin, et une cafetière électrique posée sur une petite table.

Ce matin-là, comme d'habitude, il commença par se préparer du café. Au moment où il versait l'eau dans la cafetière, le téléphone sonna. Il s'assit sur le bord de son bureau, puis décrocha le combiné.

— Allô !

— Paul ? C'est Grace Mitowski.

— Bonjour ma chérie. Comment vas-tu ?

— Oh, mes vieux os n'aiment pas trop ce temps orageux, mais à part ça, je tiens le coup.

Paul sourit.

— Allons, je sais que tu peux me battre à la course quand tu veux.

— Sûrement pas. Tu ne trouverais pas le temps de te mesurer à moi. Tu es un travailleur pathologique, qui culpabilise chaque fois qu'il sort de son bureau. Même un réacteur nucléaire n'a pas autant d'énergie que toi.

Paul éclata de rire.

— Ne me psychanalyse pas, Grace. Ma femme s'en charge déjà.

— A propos de Carol, justement...

— Désolé, elle vient à peine de partir. Tu devrais pouvoir la joindre d'ici une demi-heure à son bureau.

Grace hésita à poursuivre.

Le café bouillant commençait à remplir le pot en Pyrex et son délicieux arôme envahissait la pièce.

Paul sentit que Grace hésitait à lui parler.

— Quelque chose ne va pas ? demanda-t-il.

— Eh bien... fit Grace.

Elle toussa nerveusement pour s'éclaircir la voix.

— Paul, comment va-t-elle ? Elle n'est pas malade, elle n'a pas d'ennuis ?

— Carol ? Non. Bien sûr que non.

— Tu en es certain ? Tu sais que je la considère comme ma propre fille, alors si elle a le moindre problème, je veux le savoir.

— Elle va très bien, je t'assure. Nous avons fait un check-up la semaine dernière. L'agence pour les adoptions l'a exigé. Les résultats étaient parfaits, pour elle comme pour moi.

Grace demeura silencieuse une fois de plus.

Paul fronça les sourcils.

— Mais qu'est-ce qui t'inquiète, tout à coup ?

— Euh... Tu vas peut-être penser que la vieille Gracie perd la tête, mais j'ai fait deux cauchemars, le premier hier, pendant ma sieste, et le deuxième cette nuit. Carol était présente dans ces deux rêves, et chaque fois je me suis réveillée en me disant que je devais l'avertir.

— L'avertir de quoi ?

— Je l'ignore. Mais je me suis simplement dit : « Il va arriver quelque chose. Et je dois avertir Carol. » Je sais que ça paraît idiot. Et ne me demande pas de détails. Je ne me souviens de rien. J'ai seulement l'intuition que Carol est en danger. Et pourtant Dieu sait que je ne crois pas aux rêves prémonitoires ni à toutes ces sottises. Il n'empêche que je t'appelle, tu vois, pour te dire ça.

Le café était prêt. Paul se pencha pour éteindre la cafetière.

— Ce qu'il y a d'étrange, dit-il, c'est que Carol et moi avons failli être blessés hier, dans des circonstances incroyables.

Il lui résuma les événements de la veille.

— Mon Dieu ! s'écria-t-elle. J'ai vu ces éclairs fous en me réveillant de ma sieste, mais j'étais loin d'imaginer que Carol et toi... que ces éclairs délirants, que cet accident, juste après mon rêve... J'ose à peine le dire, de peur de passer pour une vieille folle superstitieuse, mais... Aurais-je réellement fait un rêve prémonitoire ?

— Eh bien, répondit Paul, mal à l'aise, le moins qu'on puisse dire est qu'il s'agit d'une extraordinaire coïnci dence.

Ils demeurèrent silencieux pendant quelques instants. Puis Grace reprit la parole.

— Paul, je ne pense pas que nous ayons jamais abordé ce sujet, mais dis-moi, tu crois, toi, aux rêves prémonitoires, à la voyance, à toutes ces choses-là ?

— Honnêtement je ne saurais te le dire. Je n'ai jamais vraiment réfléchi à la question.

— J'ai toujours eu une attitude tellement méprisante à l'égard de tout ça. Pour moi, il s'agissait de croyances absurdes, sans fondement. Mais à présent...

— Tu reconsidères la question.

— Disons seulement qu'un léger doute s'est insinué dans mon esprit, et que je suis plus inquiète au sujet de Carol que je ne l'étais avant de t'appeler.

— Pourquoi ? Je t'ai dit qu'elle n'avait rien eu, pas même une égratignure.

— Elle s'en est sortie une fois, expliqua Grace. Or j'ai fait « deux » rêves. Si le premier avait un rapport avec votre accident d'hier, alors peut-être que le second annonce également un événement tragique. Mon Dieu ! n'est-ce pas insensé ? Si l'on commence à croire, ne serait-ce qu'un petit peu à ces choses, on se laisse très vite entraîner dans l'irrationnel. Pourtant je continue à me faire du souci pour elle, c'est plus fort que moi.

— Même si ton premier rêve était prophétique, dit Paul, on peut considérer le second comme un écho du premier, une répitition.

— Tu crois vraiment ?

— J'en suis certain. Il s'agit tout simplement d'un hasard idiot.

— Oui, tu as probablement raison. Cela ne se reproduira plus. Mais je ne peux te garantir que dans l'avenir, je ne vais pas écrire une page de prédictions hebdomadaires pour le *National Enquirer*.

Paul éclata de rire.

— Quand même, insista-t-elle, j'aimerais pouvoir me souvenir précisément de ce qui s'est passé dans ces deux cauchemars.

Ils parlèrent encore quelques minutes. Lorsque Paul raccrocha, il était préoccupé. Bien qu'il ne vît dans le rêve de Grace qu'une simple coïncidence, cette coïncidence l'inquiétait. Un peu trop à son goût.

Il va arriver quelque chose.

Lorsque Grace avait prononcé ces mots, Paul avait été saisi par une profonde angoisse.

Il va arriver quelque chose.

Non. Pure coïncidence, voilà tout. N'y pensons plus, se dit-il.

Le fort arôme du café le rappela à la réalité. Il se leva de son bureau et alla se servir une tasse de son breuvage préféré.

Pendant quelques minutes, il resta debout devant la fenêtre. Il sirota son café, tout en regardant les nuages noirs qui dérivaient dans le ciel, et la pluie qui tombait sans répit. Finalement, il baissa les yeux vers le jardin. Alors il se souvint de l'intrus de la veille. Il revit ce visage de femme qui lui était apparu le temps d'un éclair, ces yeux étincelants, cette bouche tordue en un rictus de haine. Mais non, se dit-il, c'était sûrement un effet de la lumière.

« TONG ! »

Le coup fut si violent et si inattendu que Paul bondit sous l'effet de la surprise. Si sa tasse de café n'avait pas été à moitié vide, il l'eût probablement renversée sur le tapis.

« TONG ! TONG ! »

Il ne pouvait s'agir du même volet que la veille, sinon ils l'auraient entendu claquer toute la nuit. Cela signifiait qu'il y avait désormais deux volets à réparer.

Mon Dieu, pensa-t-il, la maison part en morceaux.

« TONG ! »

La source du bruit était toute proche, si proche qu'elle semblait se situer dans la pièce. Paul colla son front contre le carreau, regarda à gauche puis à droite, pour voir si les volets étaient en place. Apparemment, oui.

« Tong, tong-tong, tong, tong... »

Le bruit se fit plus faible, mais ne cessa pas. Ce battement irrégulier était encore plus irritant que les coups plus violents. Le son sembait désormais provenir d'une autre partie de la maison.

Bien qu'il n'eût pas envie de grimper sur une échelle par un temps pareil, il allait devoir s'y résoudre. S'il voulait travailler en paix, il lui fallait réparer ce volet. Encore heureux qu'il n'y eût pas d'éclairs...

Paul posa sa tasse vide sur la table puis se dirigea vers la porte. C'est alors que le téléphone sonna.

Il y a des jours comme ça, se dit-il, résigné.

Il constata que le bruit s'étais tu dès que la sonnerie du téléphone avait retenti. Le volet était peut-être tombé. Au moins, comme cela, il aurait la paix.

Il revint sur ses pas pour répondre au téléphone. C'était Alfred O'Brian.

Au début, la conversation fut assez malaisée, et Paul se sentit embarrassé. O'Brian ne tarissait plus d'éloges à son égard. « Vous m'avez sauvé la vie ! » s'exclama-t-il, à plusieurs reprises. « J'étais tellement secoué que je n'ai même pas pensé à vous remercier. C'est impardonnable de ma part. » Chaque fois que Paul protestait de s'entendre qualifier d'homme héroïque ou extraordinairement courageux, O'Brian redoublait de louanges à son égard. Paul finit par accepter ces compliments de bonne grâce. Mais il éprouva un vif soulagement lorsque la conversation prit un cours nouveau.

O'Brian avait une autre raison de l'appeler, et il alla

droit au but, comme si lui aussi se sentait soudain gêné. Il n'arrivait pas à retrouver, expliqua-t-il — tout en se confondant en excuses —, le formulaire que Paul et Carol lui avaient apporté la veille à son bureau. « Lorsque cet arbre s'est écrasé dans la pièce, tous mes papiers se sont retrouvés sens dessus dessous. Un fouillis épouvantable ! Certains étaient trempés par la pluie, d'autres froissés ou déchirés. Néanmois, Margie, ma secrétaire, a réussi à les remettre en ordre. Seule votre demande avait disparu. J'ignore pourquoi c'est le seul papier que nous ayons perdu. Cependant, la Commission exige que nous lui présentions votre demande dûment remplie et signée. Je suis vraiment désolé, Mr Tracy.

— Vous n'y êtes pour rien, dit Paul. Je passerai aujourd'hui à votre bureau prendre un nouveau formulaire. Carol et moi pouvons le remplir dès ce soir.

— Très bien, dit O'Brian. Il faudrait que vous me le rapportiez demain matin à la première heure, afin que nous puissions présenter votre demande à la prochaine réunion de la Commission. Sinon, il nous faudra attendre encore quinze jours.

— Je passerai prendre le formulaire avant midi, lui assura Paul, et je vous le rapporterai vendredi matin, à neuf heures.

Ils se dirent au revoir, puis Paul raccrocha.

« TONG ! »

Lorsqu'il entendit ce bruit, Paul poussa un profond soupir, découragé. Apparemment, il fallait qu'il répare ce volet, qu'il aille en ville chercher le nouveau formulaire, puis qu'il revienne à la maison. Il serait plus de midi à son retour, et il n'aurait pas écrit une seule ligne.

« TONG ! TONG ! »

— C'est pas vrai, fit-il.

« Tong, tong-tong, tong-tong... »

Oui, décidément, il y a des jours comme ça, se dit-il.

Puis il descendit au rez-de-chaussé, et se dirigea vers le placard dans lequel étaient rangés son imperméable et ses bottes.

Les essuie-glaces oscillaient de gauche à droite, de droite

à gauche, avec un petit grincement aigu qui agaçait Carol. Elle se pencha un peu sur le volant, pour mieux voir à travers la pluie battante.

La chaussée luisait et paraissait glissante. De l'eau sale courait dans les caniveaux, formant de grandes flaques autour des bouches d'égouts engorgées.

Neuf heures dix, juste la fin des embouteillages du matin. Bien qu'il y eût encore un certain nombre de voitures dans les rues, la circulation était fluide. Carol trouvait d'ailleurs que tout le monde roulait trop vite. Aussi conduisait-elle assez lentement, sans jamais relâcher son attention.

Son extrême prudence s'avéra bientôt justifiée, mais hélas insuffisante pour éviter le désastre. Brusquement, une jeune fille blonde apparut sur sa droite, débouchant d'entre deux camions garés le long du trottoir. Sans même regarder à droite ni à gauche, l'inconnue entreprit de traverser la rue.

— Mon Dieu ! s'écria Carol, enfonçant la pédale de frein avec une telle force, qu'elle décolla de son siège.

La blonde leva la tête puis se figea sur place, les yeux écarquillés.

Bien que la Volkswagen ne roulât qu'à trente à l'heure, il n'y avait aucune chance de l'arrêter à temps. Les freins hurlèrent. Les pneus s'immobilisèrent, mais dérapèrent sur la chaussée mouillée.

Mon Dieu, non ! pensa Carol avec un sentiment de panique.

La voiture heurta la jeune fille, la projeta en l'air. L'adolescente retomba dos contre le capot. La Volkswagen dérapa sur la gauche, en direction d'une Cadillac qui arrivait en face. La Cadillac fit une embardée. Tout en freinant, le chauffeur actionna son klaxon, comme s'il pensait que le bruit allait écarter la Volkswagen de son chemin par magie. Pendant un instant, Carol fut certaine de lui rentrer dedans, mais ils s'évitèrent finalement de justesse. Tout cela se déroula en trois ou quatre secondes, pendant lesquelles la blonde roula du capot sur le côté droit de la chaussée, près du trottoir, tandis que la Volkswagen stoppait en travers de la rue, tressautant sur ses suspensions comme un cheval à bacule.

Aucun des volets ne s'était décroché, ni ne frappait contre la façade de la maison, comme l'avait cru Paul. Il en avait pourtant vérifié toutes les fixations.

Perplexe, il fit encore une fois le tour de la maison. Ses bottes s'enfonçaient avec un bruit spongieux dans la pelouse gorgée d'eau. Il leva les yeux vers les arbres. Non, aucune branche ne venait heurter les murs de la maison sous l'effet du vent.

Frissonnant dans l'air anormalement frais de ce début d'automne, Paul resta encore quelques minutes sur la pelouse, essayant de détecter un bruit suspect. Mais le martèlement qui avait ébranlé la maison avait cessé. On n'entendait plus que le vent souffler et la pluie tomber.

Le visage transi de froid, Paul décida d'arrêter ses recherches. Il inspecterait de nouveau les lieux lorsque le martèlement reprendrait. D'ici là, il avait le temps d'aller chercher un nouveau formulaire en ville. Il se tâta les joues, sentit sa barbe pointer et décida de se raser avant d'y aller. Vu le soin obsessionnel qu'apportait O'Brian à sa personne, mieux valait être impeccable pour se présenter devant lui.

Paul rentra dans la maison par le porche de derrière. Il ôta son ciré et ses bottes dans le vestibule. Puis il pénétra dans la cuisine et referma la porte derrière lui. Pendant quelques instants, il jouit de la chaleur ambiante.

« TONG ! TONG ! TONG ! »

La maison trembla, comme si un géant l'avait violemment frappée de son poing à trois reprises. Les casseroles en cuivre accrochées au mur de la cuisine s'entrechoquèrent.

« TONG ! »

La pendule murale se balança sur son support et faillit tomber sur le carrelage.

Paul se dirigea vers le centre de la pièce, tentant de localiser la source du martèlement.

« TONG ! TONG ! »

La porte du four s'ouvrit.

Les deux douzaines de petits pots à épices tintèrent sur leur étagère.

Mais que se passe-t-il dans cette maison, à la fin ? se demanda Paul, mal à l'aise.

« TONG ! »

Il se retourna lentement, l'oreille aux aguets.

Les casseroles et les poêles s'entrechoquèrent à nouveau. Une louche se décrocha de son clou et tomba sur le sol.

Paul leva les yeux vers le plafond, cherchant toujours à comprendre d'où venait le son.

« TONG ! »

Il s'attendit à voir le plâtre se fissurer, mais rien de tel ne se produisit. Le bruit venait pourtant bien d'en haut.

« Tong, tong-tong, tong... »

Le martèlement se fit moins violent, mais ne cessa pas. Néanmoins, la maison arrêta de trembler et les ustensiles de cuisine se turent.

Paul se dirigea vers l'escalier, bien décidé à trouver une explication à cet odieux phénomène.

La jeune fille blonde gisait dans le caniveau, allongée sur le dos, un bras le long du corps, comme désarticulé, l'autre entourant mollement son ventre. Un ruisseau de pluie de dix centimètres de profondeur courait vivement autour d'elle, entraînant des feuilles, des gravillons et de vieux papiers, vers la bouche d'égout la plus proche. Ses longs cheveux blonds se déployaient autour de sa tête et ondulaient dans le courant.

Carol était agenouillée près d'elle, bouleversée à la vue de ce corps gracile et abandonné. La jeune fille n'avait guère plus de quatorze ou quinze ans. C'était une adolescente extraordinairement jolie, aux traits délicats, mais pour le moment d'une pâleur effrayante.

Elle n'était pas habillée pour la pluie. Elle portait des tennis blancs, un jean et un chemisier à carreaux bleus et blancs. Elle n'avait ni imperméable ni parapluie.

Avec des mains tremblantes, Carol souleva le bras droit de la jeune fille, puis lui prit son pouls. Il battait normalement.

— Dieu soit loué ! dit Carol, très émue.

Après quoi elle examina l'adolescente pour voir si elle perdait du sang. Apparemment, elle ne souffrait d'aucune blessure grave, juste de quelques petites coupures et contusions. A moins qu'elle n'eût une hémorragie interne, il n'y avait pas lieu de s'inquiéter.

Le conducteur de la Cadillac, un homme de grande taille avec une barbiche, fit le tour de la Volkswagen, puis vint se pencher sur la jeune blessée.

— Elle est morte ? demanda-t-il.

— Non, répondit Carol.

Elle souleva délicatement la paupière droite de la jeune fille, puis la gauche.

— Elle a seulement perdu connaissance, expliqua-t-elle. Probablement une légère commotion cérébrale. A-t-on appelé une ambulance ?

— Je ne sais pas, répondit l'homme.

— Alors faites-le. Tout de suite.

Le conducteur de la Cadillac partit en courant. Il s'éclaboussa en mettant le pied dans une grande flaque.

Carol tira légèrement sur le menton de la jeune fille. Sa mâchoire étant desserrée, sa bouche s'ouvrit sans peine. Visiblement, elle ne saignait pas. Sa langue était dans une position normale. Rien ne gênait donc le passage de l'air dans sa trachée artère.

Une femme à cheveux gris, un parapluie orange à la main, s'approcha de Carol.

— Ce n'est pas votre faute, dit-elle. J'étais là. J'ai tout vu. La gamine a surgi devant vous sans regarder. Vous n'auriez rien pu faire pour l'éviter.

— Moi aussi j'étais là, dit un gros homme avec un parapluie noir. J'ai croisé la fille sur le trottoir. Elle avait l'air bizarre, le regard vide, comme dans un état second. Puis je l'ai vue s'engager dans la rue, entre ces deux camions. Elle est restée là quelques secondes, comme si elle attendait qu'une voiture passe pour se jeter dessous. Et, mon Dieu, c'est exactement ce qui est arrivé.

— Heureusement, elle est vivante, dit Carol, sans pouvoir empêcher sa voix de trembler.

Des badauds commençaient à s'attrouper autour de la jeune blessée. Le bruit d'une sirène retentit au loin, se rapprochant rapidement. Probablement la police. L'ambulance n'aurait pu faire aussi vite.

— Une si belle jeune fille, soupira la dame aux cheveux gris, tout en regardant l'adolescente évanouie.

D'autres badauds l'approuvèrent dans un murmure.

Carol se releva et ôta son imperméable. Plutôt que de recouvrir la jeune fille avec son vêtement — elle était déjà trempée — Carol en fit un oreiller de fortune qu'elle lui glissa délicatement sous la tête.

L'adolescente n'ouvrit pas les yeux. Elle ne remua pas. Carol repoussa doucement une mèche de cheveux blonds qui lui collait sur le visage. La peau de la jeune fille était brûlante au toucher, bien qu'elle fût baignée par une pluie glacée.

Soudain, alors qu'elle avait encore la main sur la joue de l'adolescente, Carol éprouva un vertige. Elle n'arrivait plus à trouver sa respiration. Pendant quelques instants, elle crut qu'elle allait s'évanouir et s'écrouler sur la jeune blessée. Un rideau noir voila son regard, puis il y eut un éclair argenté sur un objet mouvant, la chose mystérieuse de son cauchemar.

Carol serra les dents, secoua la tête, refusant de se laisser happer par cette sombre vision. Elle se prit la tête entre les mains. Sa sensation de vertige disparut aussi vite qu'elle était venue.

Une voiture de police tourna au coin de la rue, puis stoppa juste derrière la Volkswagen. Son gyrophare répandait une lumière rouge sur la chaussée et semblait transformer les flaques d'eau en mares de sang.

Tandis que la sirène de la voiture de police se taisait, une autre sirène se fit entendre dans le lointain. Et pour Carol, cette plainte aiguë était le son le plus doux qui fût.

Ce moment horrible touche à sa fin, pensa-t-elle, soulagée.

Puis elle regarda le visage de la fille, blanc comme de la craie, et se sentit de nouveau angoissée. Peut-être le pire restait-il encore à venir.

Paul inspectait les étages de la maison, pièce par pièce, essayant de localiser la source du martèlement.

« Tong... tong... »

Le bruit venait d'au-dessus. Du grenier. Ou du toit.

L'escalier menant au grenier se trouvait derrière une porte, au bout du couloir du second étage. Paul s'engagea dans cet escalier étroit, dont les marches craquèrent sous son poids.

Il y avait un plancher tout neuf dans le grenier, mais le reste de la pièce était encore en chantier. Sur la face intérieure du toit, les paneaux d'isolation en fibre de verre rose, encore à nu, ressemblaient à de la viandre crue, et les montants de la charpente du toit aux côtes d'un animal géant. Deux ampoules de cent watts donnaient de la lumière, et des ombres se lovaient dans tous les coins, particulièrement dans l'avant-toit. Paul pouvait marcher sans se courber sur toute la longueur et sur la moitié de la largeur du grenier.

Le crépitement de la pluie se faisait plus sourd ici, plus fort aussi. Néanmoins, le martèlement restait audible, malgré le bruit de la pluie :

« Tong... tong-tong... »

Paul avançait lentement, au milieu des piles de cartons et des objets stockés là : deux grandes malles en cuir, un vieux lampadaire, trois chaises au cannage troué. Une fine pellicule de poussière recouvrait toutes ces choses.

« Tong... tong... »

Paul traversa le grenier dans toute sa longueur, puis revint lentement sur ses pas. Arrivé au centre de la pièce, il s'immobilisa. La source du bruit semblait se situer là, juste au-dessus de sa tête. Mais rien ne pouvait raisonnablement provoquer ce martèlement. Rien n'était visible, rien ne bougeait.

« Tong... tong... tong... tong... »

Bien que le martèlement fût moins violent à présent, il n'en demeurait pas moins vigoureux. Le son se répercutait dans toute la maison, sur un rythme désormais régulier, chaque coup séparé du suivant par le même laps de temps.

Paul se tenait debout dans le grenier, se demandant toujours d'où venait ce bruit, quand soudain sa perplexité fit place à un tout autre sentiment. Jusqu'à présent, il avait considéré cet étrange phénomène comme un désagrément, un fâcheux contretemps. Mais tout à coup, tandis qu'il observait les ombres autour de lui, il perçut ce martèlement comme quelque chose de menaçant.

« Tong... tong... tong... »

Ce bruit lui paraissait désormais malveillant, macabre. Il n'aurait su dire pourquoi.

Et il avait plus froid maintenant dans cet endroit chauffé, que tout à l'heure, lorsqu'il se trouvait sous la pluie glacée.

Carol eût aimé accompagner la jeune blessée dans l'ambulance, mais elle savait que sa présence ne servirait à rien. En outre, l'inspecteur de police qui se trouvait sur les lieux, un jeune homme du nom de Tom Weatherby, voulait recueillir sa déposition immédiatement.

Ils s'installèrent à l'avant de la voiture de police, dont l'habitacle sentait la menthe — Weatherby mâchait du chewing-gum. Des trombes d'eau se déversaient sur le véhicule, aussi ne voyait-on presque rien à l'extérieur. La radio crachotait.

Weatherby fronça les sourcils.

— Vous êtes trempée jusqu'aux os, remarqua-t-il. J'ai une couverture dans le coffre, je vais aller vous la chercher.

— Non, non, fit Carol, ne vous dérangez pas. Je n'ai besoin de rien.

Son tailleur en jersey vert était trempé. Ses cheveux mouillés lui collaient sur le crâne et retombaient sans grâce sur ses épaules. Mais dans l'immédiat, son apparence lui importait peu.

— Allons-y, dit-elle.

— Eh bien... si vous êtes sûre que ça va.

— J'en suis certaine.

Weatherby augmenta le chauffage dans la voiture.

— Tout à fait par hasard, est-ce que vous connaîtriez la jeune fille ?

— Si je la connais ? Non. Bien sûr que non.

— Elle n'avait aucun papier d'identité sur elle. Auriez-vous remarqué si elle avait un sac à main ?

— Je ne m'en souviens pas.

— Essayez.

— Eh bien, je ne crois pas qu'elle en avait un.

— Vous avez probablement raison, dit Tom. Après tout, si elle se balade sous une pluie pareille sans imperméable et sans parapluie, pourquoi s'encombrerait-elle d'un sac à main ? Nous regarderons dans la rue. Peut-être l'a-t-elle laissé tomber quelque part.

— Que se passera-t-il, si vous n'arrivez pas à découvrir son identité ? demanda Carol. Comment entrerez-vous en contact avec ses parents ? Je veux dire qu'il ne faudrait pas qu'elle soit seule dans un moment pareil.

— Aucun problème, dit Weatherby. Elle nous donnera son nom lorsqu'elle reviendra à elle.

— « Si » elle reprend connaissance.

— Bah ! évidemment. Inutile de s'inquiéter à ce sujet. Elle ne paraissait pas gravement blessée.

Néanmoins, Carol ne pouvait s'empêcher d'imaginer le pire.

Pendant les dix minutes qui suivirent, Weatherby lui posa des questions auxquelles elle répondit scrupuleusement. Lorsqu'il eut fini de remplir son questionnaire, Carol le relut, puis le signa.

— Vous êtes dans votre droit, remarqua Weatherby. Vous conduisiez lentement. En outre, trois témoins ont vu la fille se précipiter devant vous sans regarder. Vous n'y êtes pour rien.

— J'aurais dû être plus vigilante.

— Franchement, je ne vois pas comment vous auriez pu éviter l'accident.

— J'aurais pu faire quelque chose, j'en suis certaine, dit Carol, d'un air lamentable.

Tom secoua la tête en signe de dénégation.

— Non. Ecoutez, Docteur Tracy. Je connais bien ce genre de situation. Un accident se produit. Quelqu'un est blessé, et on ne peut réellement rejeter la faute sur personne. Mais il faut toujours que l'un des protagonistes tienne absolument à se sentir coupable. Dans le cas qui nous intéresse, si quelqu'un doit porter la responsabilité de l'accident, c'est la jeune fille, pas vous. Selon les témoins, elle se comportait bizarrement avant que vous ne la renversiez, presque comme si elle avait l'intention de se jeter sous une voiture.

— Mais pourquoi une si jolie jeune fille aurait-elle voulu faire une chose pareille ?

Weatherby haussa les épaules.

— Vous êtes psychiatre, n'est-ce pas ? Vous vous occupez essentiellement d'enfants et d'adolescents, je crois ?

— Oui.

— Alors vous devez pouvoir répondre à cette question mieux que moi. Pourquoi cette jeune fille voudrait-elle se suicider ? Peut-être des problèmes familiaux, un père qui boit trop et qui lui en fait voir, une mère qui s'en fiche. Ou bien son petit ami l'aura laissé tomber, et pour elle, c'est la fin du monde. Ou encore elle aura découvert qu'elle attendait un enfant, et ne se sentait pas la force de l'annoncer à ses parents. Il peut y avoir des dizaines de raisons, et j'imagine que vous en savez plus long que moi sur la question.

Il disait vrai, mais Carol ne se sentait pas déculpabilisée pour autant.

Si seulement j'avais roulé plus lentement, pensait-elle. Si j'avais réagi plus vite, cette pauvre fille ne serait pas à l'hôpital en ce moment.

— Peut-être se droguait-elle, dit Weatherby. Trop de jeunes touchent à la drogue à notre époque. Il se peut que cette gamine ait été dans un état second lorsqu'elle s'est précipitée devant votre voiture. Peut-être n'avait-elle plus conscience de ce qui l'entourait. Et maintenant, allez-vous encore me dire que vous êtes responsable de l'accident ?

Carol s'appuya contre le dossier de son siège, ferma les yeux, puis poussa un profond soupir.

— Mon Dieu, je ne sais pas quoi vous dire. Je me sens complètement lessivée.

— C'est parfaitement normal, après ce qui vous est arrivé. Mais vous ne devez pas vous sentir coupable. Ce n'était vraiment pas votre faute. Alors ne vous appesantissez pas là-dessus. Oubliez cet incident, et reprenez votre vie normalement.

Carol ouvrit les yeux, le regarda, puis sourit.

— Vous savez, inspecteur Weatherby, j'ai le pressentiment que vous auriez fait un excellent psychothérapeute.

Tom sourit.

— Ou un barman génial.

Carol eut un petit rire.

— Vous vous sentez mieux ? demanda-t-il.

— Un peu mieux, oui.

— Promettez-moi de ne pas vous retourner dans votre lit le soir en pensant à ça.

— J'essaierai, dit Carol. Mais l'état de cette jeune fille m'inquiète quand même. Savez-vous dans quel hôpital ils l'ont emmenée ?

— Je peux le savoir.

— Feriez-vous ça pour moi ? J'aimerais parler avec le docteur qui s'occupe de son cas. S'il me dit qu'elle va se remettre très vite, je me sentirai tout de suite mieux.

Weatherby prit le micro accroché au tableau de bord. Il demanda à l'un de ses collègues de s'enquérir de l'endroit où l'on avait emmené la jeune fille.

L'antenne de télévision !

Debout dans le grenier, Paul rit de bon cœur. Il venait enfin de localiser la source du bruit. Le martèlement suspect venait du toit, où était rivée l'antenne de télé. C'était une grande antenne, scellée sur une plaque d'acier. La plaque était insérée entre deux bardeaux et fixée sur une solive par des boulons. L'un de ceux-ci avait dû se desserrer, et l'antenne, battue par le vent, faisait bouger la plaque de métal. Voilà l'explication, se dit Paul. Quel banal incident !

« Tong... tong... tong... »

Le bruit était plus faible que jamais, à peine audible et comme noyé sous le crépitement de la pluie. Aussi pouvait-on aisément croire qu'il était causé par l'antenne. Pourtant, plus il y réfléchissait, et plus Paul se mettait à douter de la pertinence de son explication. Il repensa à la violence des coups, quelques minutes plus tôt, lorsqu'il se trouvait dans la cuisine : toute la maison avait tremblé, la porte du four s'était ouverte. Une antenne qui battait au vent pouvait-elle réellement faire autant de bruit et générer de telles vibrations ?

« Tong... tong... »

Paul leva les yeux vers le plafond, et s'efforça de se persuader du bien-fondé de sa théorie. Si la plaque de métal frappait la solive d'une certaine façon, selon un angle donné, l'impact des coups pouvait se répercuter dans la charpente entière. Oui, même un pont suspendu en acier pourrait s'écrouler en moins d'une minute s'il était soumis à des vibrations d'une certaine fréquence. Et cela en dépit de tous les boulons, câbles et soudures qui assuraient la solidité de sa structure. Cet exemple ne pouvait pas vraiment s'appliquer au cas présent. Cependant, les coups imprimés sur la toiture par l'antenne de télé constituaient la dernière explication rationnelle que Paul pouvait apporter à l'étrange phénomène.

Le martèlement se fit de plus en plus faible, puis cessa complètement. Paul tendit l'oreille pendant quelques minutes, mais il n'entendit plus que la pluie tomber.

Dès que l'orage s'arrêterait, Paul sortirait son échelle coulissante du garage et grimperait sur le toit. Il enlèverait l'antenne. Il regrettait de ne pas l'avoir fait plus tôt, lorsque Carol et lui s'étaient abonnés à la télévison par câble. Car maintenant, il allait perdre un temps précieux qu'il aurait avantageusement pu utiliser à la rédaction de son roman. Cette perspective le rendait nerveux.

Il décida de se raser, puis de passer prendre le formulaire chez O'Brian. L'orage aurait vraisemblablement cessé à son retour. Il pourrait alors grimper sur le toit vers onze heures et demie, enlever l'antenne, déjeuner rapidement, puis travailler tout l'après-midi à son livre.

Comme il sortait du grenier et éteignait les lumières, la maison trembla sous l'effet d'un nouveau coup.

« TONG ! »

Juste un coup cette fois. Puis le calme revint.

La salle d'attente de l'hôpital faisait penser au résultat d'une explosion dans la garde-robe d'un clown. Les murs étaient jaune canari, les chaises rouge vif, la moquette orange, et les tables où s'empilaient des magazines, en plastique violet.

Cette pièce — visiblement l'œuvre d'un décorateur qui avait lu trop de livres sur l'effet psychologique des couleurs — était censée vous donner des pensées positives, tournées vers la vie. Mais ce décor n'eut pas l'effet escompté sur Carol : il lui mit les nerfs à vif.

Assise sur une chaise rouge, elle attendait le docteur qui s'était occupé de la jeune fille blessée. Lorsqu'il entra dans la pièce, son costume blanc immaculé créa un tel contraste avec les couleurs environnantes qu'il parut drapé de l'aura d'un saint.

Carol se leva pour le saluer.

— Docteur Tracy ? demanda-t-il.

— Oui.

— Sam Hannaport, enchanté.

C'était un homme d'une cinquantaine d'années, grand, costaud, le visage carré et le teint rubicond. On aurait pu s'attendre qu'il fût arrogant. En réalité, il parlait avec une grande douceur. Il s'inquiéta sincèrement de l'état émotionnel de Carol. Cet accident ne l'avait-il pas trop affectée ? Il fallut plusieurs minutes à la jeune femme pour le rassurer tout à fait. Finalement, ils s'assirent tous deux sur des chaises rouges, face à face.

Hannaport fronça ses sourcils broussailleux.

— Vous m'avez l'air, dit-il, de quelqu'un qui a besoin d'un bon bain et d'un grog.

— J'ai été trempée jusqu'aux os, expliqua-t-elle. Mais je suis pratiquement sèche, maintenant. Comment va la jeune fille ?

— Très bien. Elle n'a eu que de légères contusions. Quelques petites coupures, aussi. Rien de bien méchant.

— Pas d'hémorragie interne ?

— Les examens n'ont rien révélé de tel.

— Aucune fracture ?

— Non, elle a eu une chance inouïe. Vous ne deviez pas rouler bien vite lorsque vous l'avez heurtée.

— Effectivement, non. Mais vu qu'elle a été projetée sur le capot et qu'elle est retombée sur la chaussée, j'avais craint...

— Ne vous inquiétez pas. Cette petite est en bonne condition physique à présent. Elle a repris conscience dans l'ambulance et elle se portait bien quand on me l'a amenée.

— Dieu soit loué.

— Elle n'a pas eu de commotion cérébrale. Et je ne prévois aucun effet secondaire.

Carol poussa un soupir de soulagement.

— J'aimerais la voir, dit-elle, lui parler.

— Elle se repose, pour le moment, expliqua le Dr Hannaport. Je préférerais qu'on ne la dérange pas. Mais si vous voulez revenir ce soir, à l'heure des visites, alors vous pourrez la voir.

— Je reviendrai, affirma Carol. Mais je ne vous ai même pas demandé son nom.

Hannaport fronça de nouveau les sourcils.

— Eh bien, nous avons un petit problème de ce côté-là.

— Un problème ? fit Carol, d'un air inquiet. Que voulez-vous dire ? Qu'elle n'arrive pas à se souvenir de son nom ?

— Elle n'a pas encore réussi à s'en rappeler, mais...

— Mon Dieu...

— ... elle y parviendra bientôt.

— Vous m'aviez dit qu'il n'y avait pas de commotion...

— Je vous assure que ce n'est rien de grave, dit Hannaport.

Puis il prit la main gauche de Carol dans les siennes, et la serra très fort.

— Cessez de vous tourmenter à son sujet. Cette enfant va bien. Et le fait qu'elle ne puisse se souvenir de son nom n'a rien à voir avec une quelconque commotion. Son champ de vision est parfaitement normal. Quant à ses facultés intellectuelles, nous les avons testées : elle est parfaitement capable de se concentrer, de réfléchir, de faire une division, une soustraction, d'épeler des mots. Elle souffre seulement d'une amnésie légère, une amnésie sélective. Tout son acquis intellectuel est intact. Seuls manquent ses souvenirs personnels. Elle ne sait plus comment elle s'appelle ni d'où elle vient. Evidemment, cela la déconcerte et l'angoisse un peu. Mais l'amnésie sélective est celle dont on guérit le mieux.

— Je sais, dit Carol, mais je ne me sens pas plus rassurée pour autant.

Hannaport pressa sa main entre les siennes.

— Il est rare que ce genre d'amnésie dure longtemps. Elle aura probablement retrouvé la mémoire avant le dîner.

— Et dans le cas contraire ?

— La police fera des recherches, et dès que la jeune fille entendra prononcer son nom, tout s'éclaicira dans sa tête.

— Elle n'avait aucun papier d'identité sur elle.

— Je sais. J'ai parlé avec un policier.

— Mais que se passera-t-il s'ils n'arrivent pas à découvrir qui elle est ?

— Ils y arriveront.

— Vous n'avez pas l'air d'en douter, pourquoi ? demanda Carol.

— Ses parents viendront déclarer sa disparition au commissariat. Ils montreront une photo d'elle aux policiers. Et lorsque ceux-ci la verront, ils feront le rapprochement. C'est aussi simple que ça.

Carol fronça les sourcils.

— Et si ses parents ne signalaient pas sa disparition à la police ?

— Et pourquoi ne le feraient-ils pas ?

— Imaginez par exemple qu'elle ait fugué, que ce ne soit pas la première fois. Ses parents attendront tranquillement son retour. Elle pourrait également venir d'un autre Etat. Dans ce cas, si ses parents signalent sa disparition, la police d'ici n'en sera pas forcément informée.

— Aux dernières nouvelles, les jeunes fugueurs choisissent New York, la Floride ou la Californie, plutôt qu'Harrisburg et la Pennsylvanie.

— Il y a toujours des exceptions à la règle, dit Carol.

Hannaport eut un sourire amusé.

— Si le pessimisme était un sport olympique, vous remporteriez la médaille d'or.

Surprise, Carol cligna des yeux, puis elle sourit.

— Désolée, je dois vous paraître vraiment bien sombre.

Hannaport consulta sa montre, puis se leva de sa chaise.

— Oui, effectivement, dit-il. Et je ne vois pas pourquoi. Après tout, la jeune fille s'en est vraiment bien tirée.

Carol se leva à son tour. Elle se mit à parler très vite, comme pour justifier sa conduite.

— Je m'occupe d'adolescents perturbés, et mon travail consiste à leur faire retrouver leur équilibre. A dix-sept ans déjà, je voulais exercer ce métier. Et voilà qu'aujourd'hui je crée des problèmes à cette jeune fille. Docteur Hannaport, je suis responsable de tout ce qu'elle endure en ce moment.

— Vous ne devriez pas culpabiliser. Vous n'avez jamais eu l'intention de lui faire du mal.

Carol acquiesça d'un hochement de tête.

— Je sais que mon attitude n'est pas très rationnelle, mais je ne peux m'empêcher de me sentir coupable vis-à-vis de cette enfant.

— J'ai des patients à voir, dit Hannaport, tout en jetant un rapide coup d'œil à sa montre. Mais je vais vous dire quelque chose qui pourra peut-être vous aider à mieux assumer la situation.

— Avec plaisir, je vous écoute.

— La jeune fille ne souffre que de blessures sans gravité, pour ne pas dire insignifiantes. Vous n'avez donc aucune raison de vous tourmenter à ce sujet. Quant à son amnésie... eh bien... peut-être en souffrait-elle déjà avant l'accident.

— Comment ? Mais je pensais que sa tête avait heurté la chaussée et que...

— Un coup sur la tête ne rend pas forcément amnésique. Il y a d'autres causes à ce trouble telles que le stress, ou un choc émotionnel. En réalité, le cerveau humain reste encore un mystère pour nous. Nous ignorons les causes de la plupart des cas d'amnésie. Mais en ce qui concerne cette jeune fille, tout porte à croire que son amnésie est antérieure à l'accident.

Pour donner du poids à ses arguments, Hannaport les compta sur ses doigts.

— Premièrement, elle n'avait pas de papiers d'identité sur elle. Deuxièmement, elle se baladait sous la pluie sans imperméable ni parapluie. Troisièmement, d'après les témoins, elle se comportait bizarrement, avant même que vous n'entriez en scène. Voilà trois arguments qui devraient vous redonner bonne conscience.

— Vous avez certainement raison, mais néanmoins je...

— J'ai raison, affirma-t-il. Il n'y a pas de mais. Cessez de vous tourmenter, docteur Tracy.

Il y eut un appel pour le Dr Hannaport, diffusé par haut-parleur .

— Merci de m'avoir consacré tout ce temps, dit Carol. Vous avez été plus qu'aimable.

— Revenez ce soir, et parlez avec la jeune fille si vous le désirez. Je suis persuadé qu'elle ne vous en veut pas le moins du monde.

Il sortit de la pièce au décor tapageur. Les pans de sa blouse blanche flottèrent derrière lui.

Carol se dirigea vers un téléphone public. Elle appela son bureau. Elle expliqua la situation à Thelma, sa secrétaire et lui demanda de reporter tous ses rendez-vous du jour. Puis elle téléphona chez elle. Paul décrocha à la troisième sonnerie.

— J'allais sortir, expliqua-t-il. Je dois passer prendre un nouveau formulaire chez O'Brian. Le nôtre a disparu dans la tempête. Vu ce qui m'arrive depuis ce matin, je crois que j'aurais mieux fait de rester couché.

— Moi aussi, soupira Carol.

— Qu'est-ce qui ne va pas ?

Elle lui fit le récit de l'accident, puis résuma sa conversation avec le Dr Hannaport.

— Ç'aurait pu être pire, dit Paul. Heureusement que personne n'a été tué ni gravement blessé.

— C'est ce que tout le monde ne cesse de me répéter. Pourtant, cela ne me rassure pas.

— Tu vas bien ?

— Oui, je te l'ai dit. Je n'ai même pas une égratignure.

— Je veux dire moralement. Tu as l'air secouée.

— Je le suis. Mais je vais m'en remettre, ne t'inquiète pas.

— Je viens te chercher à l'hôpital tout de suite.

— Non, non, ça ira, je te le promets.

— Tu es sûre de pouvoir conduire ?

— J'ai conduit sans problème pour venir jusqu'ici après l'accident. Alors ne te fais pas de souci pour moi. Je vais aller chez Grace, maintenant. Elle n'habite qu'à un kilomètre de l'hôpital, c'est plus facile que de rentrer à la maison. Il faut que je fasse sécher mes vêtements et que je les repasse. J'ai aussi besoin d'une douche. Je déjeunerai certainement avec Grace, assez tôt. Puis je reviendrai ici ce soir, à l'heure des visites.

— Et tu rentres à la maison à quelle heure ?

— Probablement pas avant huit heures, huit heures et demie.

— Tu vas me manquer.

— Toi aussi.

— Embrasse Grace pour moi. Et dis-lui que je la considère comme le nouveau Nostradamus.
— Ça veut dire quoi, au juste ?
— Grace a téléphone, il y a un moment. Elle m'a dit avoir fait deux cauchemars. Tu étais présente dans les deux et elle craignait qu'il ne t'arrive quelque chose de grave.
— Vraiment ?
— Oui. Elle était embêtée de me raconter ça. Elle avait peur que je la croie sénile ou un peu folle.
— Tu lui as parlé de l'orage d'hier ?
— Ouais. Mais elle sentait qu'autre chose se préparait. Quelque chose de fâcheux.
— Et elle a vu juste.
— Curieux, non ?
— Décidément, soupira Carol.
Elle se souvint de son propre cauchemar. Le trou noir derrière elle, l'objet scintillant qui se rapprochait, menaçant.
— Grace te racontera tout ça mieux que moi, dit Paul. Allez, à ce soir chérie.
— Je t'aime, dit Carol.
— Moi aussi.
Carol raccrocha. Puis elle sortit de l'hôpital et se dirigea vers le parking.
Des nuages noirs dérivaient dans le ciel, mais il ne tombait qu'une petite pluie fine. Il soufflait un vent froid et mauvais.

Il y avait deux lits dans la chambre, mais le second était inoccupé. Pas d'infirmère à l'horizon. La jeune fille était seule.
Allongée sous un drap blanc et une couverture beige, elle regardait le plafond. Elle avait mal à la tête. Ses multiples écorchures lui causaient des élancements. Néanmoins, elle savait qu'elle n'était pas blessée gravement.
La peur, et non la douleur, était sa véritable ennemie. Son incapacité à se souvenir de son nom l'effrayait. En outre, une pensée horrible la harcelait : « Si jamais je me souviens de mon passé, se disait-elle, il m'arrivera quelque chose d'affreux, peut-être que j'en mourrai. » Cette

crainte ne reposait sur rien de tangible, mais n'en était pas moins terrible.

Elle savait que son amnésie n'avait pas été provoquée par l'accident. Elle se revoyait vaguement, marchant sur le trottoir, quelques minutes avant de se faire renverser par la Volkswagen. A ce moment-là déjà, elle avait oublié son nom. Elle se sentait complètement désorientée dans cette ville inconnue, et ne parvenait pas à se rappeler comment elle était arrivée jusque-là.

Elle se demanda si son amnésie n'était pas une sorte de bouclier, la protégeant contre quelque chose d'horrible dans son passé. Mais quoi ?

Qu'est-ce que je fuis ? se demanda-t-elle.

Elle sentait intuitivement qu'elle pourrait retrouver la mémoire. A vrai dire, ses souvenirs étaient presque à sa portée. Son passé se trouvait au fond d'un trou noir, mais peu profond. Il lui fallait simplement rassembler les forces nécessaires pour plonger la main dans cet endroit obscur et en ressortir la vérité, aussi brûlante fût-elle.

Néanmoins, lorsqu'elle fit l'effort de se souvenir, qu'elle commença à descendre dans ces profondeurs ténébreuses, sa peur grandit, jusqu'à devenir une terreur insurmontable. Son estomac se noua, sa gorge se serra. La jeune fille se mit à transpirer, éprouva un vertige, et se retrouva au bord de l'évanouissement.

Alors elle eut une vision, comme le fragment d'un rêve, accompagné d'un bruit menaçant. Elle vit scintiller un objet argenté. Un objet non identifiable mais terrifiant, qui oscillait de gauche à droite comme un pendule. Une espèce de martèlement inquiétant accompagnait ses mouvements.

« Tong ! Tong ! Tong ! »

La jeune fille s'agita sur son lit, se mit à trembler, comme si quelque chose allait la frapper.

« Tong ! »

Elle voulut crier, mais aucun son ne sortit de sa bouche.

Elle s'aperçut soudain qu'elle serrait les poings, qu'elle s'agrippait aux draps trempés de sueur.

« Tong ! »

La jeune fille arrêta d'essayer de se souvenir.

Peut-être vaut-il mieux que je ne me rappelle de rien, pensa-t-elle.

Son rythme cardiaque redevint peu à peu normal. Elle se détendit.

Le martèlement cessa.

Elle regarda par la fenêtre. Un vol de grands oiseaux noirs traversa le ciel nuageux.

Que va-t-il m'arriver ? se demanda-t-elle.

Même lorsque l'infirmière et le médecin vinrent prendre de ses nouvelles, la jeune fille se sentit atrocement seule.

5

La cuisine de Grace sentait le café chaud et le gâteau à la cannelle. La pluie dégoulinait sur les carreaux. Aussi ne voyait-on pas très bien les rosiers dans le jardin.

— Je n'ai jamais cru au don de seconde vue ni aux prémonitions, dit Carol.

— Moi non plus, dit Grace. Mais maintenant je me pose des questions. Après tout, j'ai fait deux cauchemars dans lesquels tu étais en danger, et tu viens de l'échapper belle à deux reprises.

Elles étaient assises à une petite table, devant la fenêtre de la cuisine. Grace avait prêté un peignoir et des chaussons à Carol, dont les vêtements séchaient dans la salle de bains.

— Je ne l'ai échappé belle qu'une fois, en réalité, dit Carol. Le jour de l'orage. Ce matin, je n'ai pas vraiment couru un danger. C'est cette pauvre fille qui a failli mourir.

Grace secoua la tête en signe de dénégation.

— Non, dit-elle. Toi aussi tu l'as échappé belle. A un moment donné, tu as fait une embardée pour éviter la jeune fille, n'est-ce pas ?

— Oui.

— Et tu as failli rentrer dans une Cadillac qui venait en sens inverse ?

— Exact.

— Imagine que vous vous soyez heurtés. Crois-tu vraiment que tu t'en serais tirée sans une égratignure ?

— Je n'avais pas envisagé les choses sous cet angle, admit Carol, en fronçant les sourcils.

— Tu t'es tellement inquiétée au sujet de cette jeune fille que tu n'as même pas pensé à toi.

Carol mangea un morceau de gâteau, puis avala une gorgée de café.

— Tu n'es pas la seule à faire des cauchemars, dit-elle.

La jeune femme résuma son rêve à Grace. Les têtes tranchées, le vide derrière elle, l'objet menaçant...

— Quel rêve atroce ! dit Grace.

Il y avait de l'inquiétude dans ses yeux bleus.

— Oh, je ne pense pas qu'il soit prémonitoire.

— Et pourquoi pas ? Les miens l'ont bien été.

— Certes, mais cela ne fait pas de nous des médiums. En outre, mon rêve ne signifie pas grand-chose. Il est bien trop grandguignolesque pour qu'on le prenne au sérieux. Imagine, des têtes tranchées revenant à la vie. Ce genre de choses ne peut pas arriver.

— Il pourrait néanmoins s'agir d'un avertissement symbolique.

— De quel ordre ?

— Je ne vois aucune interprétation évidente de ce rêve. Je crois quand même que tu devrais être extrêmement prudente pendant quelque temps. Je sais que je commence à ressembler à une vieille diseuse de bonne aventure, mais je t'en prie, ne considère pas ce rêve comme un rêve ordinaire. Fais attention à toi. N'oublie pas que tu as déjà failli être blessée à deux reprises.

Plus tard, après le déjeuner, Grace entreprit de faire la vaisselle. Elle versa du liquide détergent dans l'évier rempli d'assiettes sales.

— Comment ça se passe avec l'agence pour les adoptions ? s'enquit-elle. Avez-vous bon espoir qu'ils vous confient bientôt un enfant ?

Carol hésitait à répondre.

Grace la regarda, intriguée.

— Quelque chose ne va pas ?

— Non, tout se passe bien. O'Brian dit qu'il n'y aura aucun problème.

— Mais tu te fais néanmoins du souci à ce sujet.

— Un peu, oui, admit Carol.

— Pourquoi ?

— Je ne sais pas. J'ai eu le... l'impression que...

— Que quoi ?

— Que ça n'allait pas marcher.

— Et pourquoi ?

— Je n'arrive pas à me défaire de l'idée que quelqu'un essaie de nous empêcher d'adopter un enfant.

— Et qui donc ?

Carol haussa les épaules.

— O'Brian ? demanda Grace.

— Non, il est de notre côté.

— Quelqu'un de la Commission ?

— Je ne sais pas. En réalité je n'ai aucune preuve d'une quelconque hostilité à notre égard.

Grace lava un plat en inox, puis le déposa dans l'égouttoir.

— Tu désires adopter un enfant depuis si longtemps, dit-elle, que tu n'arrives pas à croire que c'est réellement en train de se faire. Alors tu vois des embûches là où il n'y en a pas.

— Peut-être.

— Et tu es un peu déprimée à cause de l'orage d'hier et de l'accident de ce matin.

— Possible.

— C'est compréhensible. Ces événements m'ont perturbée, moi aussi. Mais tu verras, cette adoption, ça va marcher comme sur des roulettes.

— Je l'espère, dit Carol.

Mais elle pensait au formulaire perdu, et elle se posait des questions.

Lorsque Paul revint de l'agence pour les adoptions, la pluie s'était arrêtée, mais le vent soufflait toujours.

Il sortit l'échelle du garage. Puis il grimpa sur la partie la moins pentue du toit. Les bardeaux mouillés craquèrent sous ses pieds, tandis qu'il traversait le plan incliné en direction de l'antenne de télé, située près d'une cheminée en briques.

Il avait le vertige. Aussi ses jambes tremblaient-elles légèrement. Mais il poursuivit vaillamment son chemin. Il avait toujours réussi à dominer sa peur du vide, sans parvenir d'ailleurs à la vaincre tout à fait.

Il arriva jusqu'à la cheminée, s'appuya dessus d'une main, puis regarda les toits du voisinage. Les nuages étaient descendus si bas dans le ciel qu'ils semblaient flotter au ras des toits.

Il s'accroupit dos à la cheminée, puis inspecta l'antenne de télé. Elle tenait fermement sur sa plaque de métal, laquelle était solidement rivée à une solive par quatre boulons. Aucun de ceux-ci n'était desserré. L'antenne n'avait donc pu provoquer ce martèlement insensé.

Après avoir fait la vaisselle, Grace et Carol allèrent dans le bureau. La pièce sentait l'urine et les excréments de chat. Aristophane s'était soulagé sur le grand fauteuil.

— Je n'en reviens pas, dit Grace, abasourdie. Ari utilise « toujours » sa litière, comme il est censé le faire. Jamais il ne s'est conduit de cette manière.

— Lui toujours si délicat, si obsédé par la propreté ! s'étonna Carol.

— Eh oui. Pourtant, regarde ce qu'il a fait. Il va falloir changer le rembourrage et le tissu du siège. Je vais aller chercher cette sale bête, lui mettre le nez dedans, et lui donner une bonne correction. Pas question que cela devienne une habitude.

Elles inspectèrent toutes les pièces, sans résultats. Apparemment, Aristophane s'était glissé hors de la maison par la petite porte battante ménagée à son intention dans un mur de la cuisine.

Elles retournèrent dans le bureau.

— Mais au fait, dit Carol, tu ne m'as pas raconté qu'Aristophane avait déjà fait des dégâts ?

Grace tressaillit.

— Oui. Je ne voulais pas te le dire, mais il a déchiqueté l'un des jolis petits coussins brodés que tu avais confectionnés pour moi. J'en suis malade. Tout le travail que ça a dû représenter, et lui qui...

— Ne te tracasse pas pour ça. Je t'en ferai un autre. J'adore la broderie, cela me détend. Je me demandais simplement si Ari n'était pas malade. Il agit d'une manière vraiment bizarre ces temps-ci.

Grace fronça les sourcils.

— Il me paraît en pleine forme, dit-elle. Il a un beau poil, et il est aussi vif que d'habitude.

— Oui, mais tu sais, les animaux ressemblent aux hommes sur de nombreux plans. Chez un être humain, une attitude soudainement bizarre peut avoir les causes les plus variées, allant d'une tumeur au cerveau, jusqu'à un régime alimentaire inadéquat.

— Je crois que je ferais mieux de l'emmener chez le vétérinaire.

— La pluie s'est arrêtée, dit Carol. Pourquoi ne pas en profiter pour aller le chercher dans le jardin ?

— Inutile, répondit Grace. Lorsqu'un chat ne veut pas qu'on le trouve, il reste introuvable. En outre, il reviendra pour le dîner. Je l'enfermerai ici cette nuit, et dès demain matin, je l'emmène chez le vétérinaire.

Ell jeta un coup d'œil sur son fauteuil souillé et fit la grimace.

— Cela ne ressemble pas à mon Ari, dit-elle, l'air préoccupé. Mais alors pas du tout.

Le numéro, sur la porte ouverte, était le 316.

Un peu hésitante, Carol pénétra dans la chambre d'hôpital blanche et bleue. Elle s'arrêta juste au-delà du seuil.

La jeune fille était assise dans le lit le plus proche de la fenêtre, et regardait dehors. Lorsqu'elle sentit une présence dans la pièce, elle tourna la tête. Ses yeux gris-bleu se posèrent sur Carol, interrogatifs.

— Puis-je entrer ? demanda celle-ci.

— Bien sûr.

Carol s'approcha du lit.

— Comment te sens-tu ?

— Bien.

— Ça doit être difficile de trouver une bonne position avec toutes ces coupures et ces bleus.

— Oh ! ce n'est pas si grave. Je me sens juste un peu endolorie. Je n'en mourrai pas ! Et puis tout le monde est si gentil avec moi, ici.

— Et ta tête, comment ça va ?

— J'avais mal au crâne quand je suis arrivée ici, mais maintenant c'est passé.

— Tu voyais double ?

— Non, non, répondit la jeune fille.

Un mèche de cheveux dorés avait glissé sur sa joue, elle la replaça derrière son oreille.

— Vous êtes médecin ? demanda-t-elle.

— Oui. Je m'appelle Carol Tracy.

— Appelez-moi Jane. C'est le nom qu'il y a sur ma feuille de température. Jane Doe. Un nom comme un autre. Peut-être plus joli que mon vrai nom, finalement, car il se peut que je m'appelle Myrtle, Zelda, ou quelque chose comme ça.

Elle sourit à Carol.

— Vous êtes le énième docteur qui vient me voir, dit-elle. Mais combien s'occupent de mon cas ?

— Je ne fais pas partie de ceux-là, expliqua Carol. Je suis venue parce que... eh bien... c'est moi qui t'ai renversée.

— Oh ! Vraiment ? Je suis désolée. J'espère ne pas avoir fait trop de dégâts.

Etonnée par la remarque de la jeune fille et par son air réellement navré, Carol ne put s'empêcher de rire.

— Pour l'amour de Dieu, mon petit, ne t'inquiète pas de l'état de ma voiture. C'est ta santé qui compte, et c'est moi qui devrais m'excuser. Je m'en veux tellement.

— Vous ne devriez pas, dit la jeune fille. J'ai encore toutes mes dents, aucun de mes os n'est brisé, et le Dr Hannaport dit que les garçons continueront à s'intéresser à moi.

Jane eut un sourire malicieux.

— Il a raison, dit Carol. Tu es vraiment une très jolie jeune fille.

Le sourire se fit timide, et Jane, rougissante, baissa les yeux vers sa couverture.

— J'espérais te trouver ici avec tes parents, dit Carol.

Jane tenta de conserver une apparence enjouée, mais lorsqu'elle leva les yeux, le doute et la peur perçaient dans son regard.

— Je pense qu'ils n'ont pas encore signalé ma disparition à la police, mais cela ne saurait tarder.

— T'es-tu souvenue de quelque bribe de ton passé ? demanda Carol.

— Pas encore. Mais ça viendra.

Jane lissait son drap sur ses genoux, tout en parlant.

— Le Dr Hannaport dit que je retrouverai probablement la mémoire, si je ne fais pas trop d'efforts en ce sens. Il dit aussi que j'ai de la chance de ne pas être devenue totalement amnésique. Imaginez ! C'est quand on ne se souvient plus de rien. Je me vois très mal en train de réapprendre à lire, à écrire et tout ! Quel ennui !

Jane cessa de passer sa main sur son drap. Elle leva de nouveau les yeux vers Carol.

— Il n'empêche que j'aimerais bien avoir retrouvé la mémoire d'ici un jour ou deux.

— Je suis sûre que tous tes souvenirs te reviendront d'ici là, affirma Carol, bien qu'elle n'en fût pas sûre du tout. As-tu besoin de quelque chose ?

— Non, l'hôpital me fournit tout, même des mini-tubes de dentifrice.

— Et des livres, des magazines ?

Jane poussa un soupir.

— Je me suis ennuyée à mourir, cet après-midi, dit-elle. Pensez-vous qu'ils mettraient une pile de vieux magazines à la disposition des patients ?

— Probablement, oui. Qu'est-ce que tu aimes, comme lecture ?

— Tout. J'adore lire, ça je m'en souviens. Mais je ne me rappelle d'aucun titre de livre ou de magazine. Cette forme d'amnésie est vraiment drôle, non ?

— Hilarante, dit Carol. Attends-moi. Je reviens tout de suite.

Elle se rendit dans le bureau des infirmières, au bout du couloir. Elle expliqua qui elle était et fit le nécessaire pour louer un petit poste de télévision. Un garçon de salle promit de l'installer immédiatement dans la chambre de Jane.

Ensuite, Carol discuta un moment avec le médecin en chef de l'étage, une petite femme rondelette aux cheveux gris, qui portait ses lunettes au bout d'une chaîne.

— C'est une fille si gentille, dit la doctoresse. Elle a charmé tout le monde, ici. Pas une seule fois elle ne s'est plainte, ou ne s'est montrée désagréable. Quelle maîtrise de soi pour une adolescente !

Carol descendit au rez-de-chaussée par l'ascenseur. Au kiosque à journaux de l'hôpital, elle acheta deux Nuts et six magazines censés plaire à une jeune fille. Lorsqu'elle reparut dans la chambre, le garçon de salle venait juste d'achever l'installation de la télévision.

— Vous n'auriez pas dû, dit Jane. Lorsque mes parents viendront, je leur demanderai de vous rembourser.

— Je n'accepterai pas un centime, dit Carol.

— Mais...

— Il n'y a pas de mais.

— Je n'ai pas besoin d'être dorlotée. Je me sens très bien. Vraiment. Si vous...

— Je ne te dorlote pas, ma grande. J'ai juste pensé que les magazines et la télé pourraient constituer une forme de thérapie pour toi. En fait, ils pourraient bien être les outils qui te permettront de sortir de ton état d'amnésie.

— Que voulez-vous dire ?

— Eh bien, en regardant la télévision, il se peut que tu tombes sur une émission que tu connaisses. Tu te souviendras l'avoir déjà vue, et cela déclenchera une réaction en chaîne parmi tes souvenirs.

— Vous croyez vraiment ?

— C'est fort probable. En tout cas, c'est mieux que de rester assise dans ton lit, à fixer les murs. Rien ici ne peut créer une étincelle dans ton cerveau, parce que rien n'est relié à ton passé. Mais il y a de fortes chances pour que la télé fasse naître cette étincelle.

La jeune fille saisit la télécommande et alluma la télévision. Le visage d'un acteur très connu apparut sur l'écran.

— Il te rappelle quelqu'un ? demanda Carol.

Jane secoua la tête en signe de dénégation. Des larmes se formèrent au coin de ses yeux.

— Hé, ne te décourage pas si vite, dit Carol. C'eût été

un miracle si ça avait marché du premier coup. Cela risque d'être long, tu sais.

La jeune fille acquiesça d'un hochement de tête. Elle se mordit la lèvre pour ne pas pleurer.

Carol se rapprocha d'elle et lui prit la main.

— Vous viendrez demain ? demanda Jane, d'une voix mal assurée.

— Bien sûr.

— Enfin, si l'hôpital est sur votre chemin.

— Cela ne me pose aucun problème.

— Parfois...

— Quoi ?

La jeune fille frémit.

— Il m'arrive d'avoir si peur.

— Ne crains rien, mon petit. Tu verras, tout va bien se passer. Tu redeviendras toi-même en un rien de temps.

Carol aurait aimé se montrer plus convaincante. Mais ses propres doutes l'en empêchaient.

La jeune fille prit des mouchoirs en papier dans un distributeur métallique fixé au mur, près de son lit. Elle se moucha, puis utilisa un nouveau mouchoir pour se tamponner les yeux. Elle se redressa dans son lit, releva la tête, puis tira les couvertures jusqu'à sa taille. Son sourire revint.

— Désolée, dit-elle, je ne sais pas ce qui m'a pris. Pleurer ne résoudra rien. De toute façon, vous avez raison, mes parents se manifesteront probablement dès demain, et tout rentrera dans l'ordre. Ecoutez Docteur Tracy, si jamais vous venez me voir demain...

— Je viendrai.

— Alors promettez-moi de ne plus m'apporter de magazines ni de sucreries. D'accord ? Il n'y a pas de raison que vous dépensiez ainsi votre argent. Et puis, le plus beau cadeau que vous puissiez me faire, c'est de venir me voir. J'aime bien savoir que quelqu'un pense à moi, à l'extérieur. Que je ne suis pas totalement abandonnée là, dans cet hôpital. Oh bien sûr, les médecins et les infirmières sont formidables. Ils s'occupent de moi, mais cela fait partie de leur travail, en quelque sorte, vous comprenez ? Alors que vous... ce n'est pas la même chose.

— Je comprends parfaitement ce que tu ressens, lui assura Carol.

Elle avait parfaitement conscience de la solitude terrible dans laquelle se trouvait Jane, car elle aussi s'était sentie affreusement seule à son âge. Par la suite, Grace Mitowski s'était occupée d'elle, fort heureusement.

Carol resta avec la jeune fille jusqu'à la fin de l'heure des visites. Avant de la quitter, elle posa un baiser très maternel sur son front. Une attitude parfaitement naturelle. Un lien s'était créé entre elles en un temps remarquablement court.

Dehors, sur le parking de l'hôpital, les lampadaires à vapeur de sodium donnaient une teinte jaune à toutes les voitures.

La nuit était fraîche. Il n'avait pas plu depuis le matin, mais le tonnerre grondait au loin. Il y avait encore de l'orage dans l'air.

Avant de démarrer, Carol resta assise un moment dans sa voiture. Elle regardait, pensive, la fenêtre de Jane au troisième étage du bâtiment.

— Quelle fille sensationnelle, dit-elle tout haut.

Elle sentait qu'un être rare, précieux, venait d'entrer brusquement dans sa vie.

Vers minuit, un vent d'ouest humide et froid se leva. La nuit sans lune, sans étoiles, sans lumière, semblait se resserrer autour de la maison, telle une chose vivante. Derrière les fenêtres et les portes, le vent chantait d'une voix nasillarde.

La pluie se mit à tomber.

Grace se coucha tandis que minuit sonnait à la pendule de l'entrée. Vingt minutes plus tard, elle dérivait au bord du sommeil, telle une feuille flottant sur le courant, entraînée vers une grande chute d'eau. Tout près de s'endormir, les membres déjà engourdis, elle entendit quelque chose bouger dans sa chambre et recouvra instantanément sa lucidité.

Toute une série de bruits furtifs. Un léger grattement. Un très bref sifflement. Un froissement soyeux.

Grace s'assit dans son lit. Le cœur battant, elle ouvrit

le tiroir de la table de nuit. D'une main, elle tâtonna dans le tiroir, à la recherche de son revolver. De l'autre, elle tenta de localiser l'interrupteur. Simultanément, elle alluma la lampe et braqua son revolver.

Dans la lumière, la source du bruit était aisément identifiable : Ari, tapi sur la commode, la regardait fixement, prêt à bondir sur son lit.

— Qu'est-ce que tu fais là ? Tu sais bien que c'est interdit.

Ari cligna des yeux mais ne bougea pas. Ses muscles étaient tendus, ses poils dressés tout le long de son échine.

Pour des raisons d'hygiène, Grace ne l'autorisait pas à grimper sur la table de la cuisine, ni sur sont lit. Le plus souvent, elle laissait la porte de sa chambre fermée, afin de lui éviter toute tentation.

Elle adorait Ari, mais n'avait nulle envie de retrouver des poils de chat dans son assiette ou sur ses draps.

Elle sortit de son lit, enfila ses chaussons.

Ari la regardait.

— Descends immédiatement, dit Grace, tout en lui lançant son regard le plus sévère.

Les yeux du chat brillaient comme deux flammes.

La vieille dame alla ouvrir la porte de la chambre, et s'effaça pour laisser le passage à Ari.

— File ! dit-elle.

Les muscles du chat se détendirent. On aurait dit une boule de poils toute molle. Il bâilla, puis commença à lécher tranquillement l'une de ses pattes noires.

— Hé ! fit-elle.

Aristophane releva languissamment la tête, puis la regarda.

— Dehors, dit-elle avec brusquerie. Immédiatement.

Comme le chat ne bougeait toujours pas, Grace se dirigea vers la commode, ce qui l'encouragea à obéir. Ari sauta sur le sol, puis fila comme une flèche dans le couloir. Grace n'avait même pas eu le temps de lui donner une tape.

Elle ferma la porte de sa chambre.

Une fois recouchée, la lumière éteinte, elle le revit, perché sur la commode, le corps ramassé, l'œil brillant, prêt à bondir. Il avait eu l'intention de sauter sur son lit pour l'effrayer, sans aucun doute. Un jeu de bébé en somme, et auquel il ne se livrait plus depuis qu'il avait atteint une espèce d'indolente maturité.

Raison supplémentaire de l'emmener chez le vétérinaire, pensa Grace. Nous irons dès demain, à la première heure. Mon Dieu, si ça se trouve, je vais me retrouver avec un chat schizophrène sur les bras !

Puis elle se laissa bercer par le bruit du vent. Au bout de quelques minutes, elle se retrouva de nouveau au seuil du sommeil. Un léger frisson d'angoisse la parcourut, tandis qu'elle glissait dans les bras de Morphée.

Elle rêva qu'elle avançait avec difficulté dans un paysage sous-marin, parmi des coraux brillants, des herbes aquatiques, et d'étranges plantes ondulantes. Un chat était tapi au milieu de cette végétation, un chat gigantesque, bien plus gros qu'un tigre, de la couleur d'un siamois. Il la regardait, l'air menaçant. Elle voyait ses yeux brillants braqués sur elle dans les flots sombres.

Grace progressait lentement dans les fonds sous-marins. Elle s'arrêta néanmoins à plusieurs reprises pour remplir d'immenses bols jaunes de croquettes pour chat. Elle espérait confusément apaiser la sourde rage du fauve, tout en sachant qu'il ne pourrait se calmer qu'en plantant ses crocs dans sa chair. Elle passa devant des grottes, des tours de corail, à travers de vastes plaines aquatiques, s'attendant que le chat grondât et surgît de sa cachette pour lui arracher les yeux...

A un moment donné, elle se réveilla à moitié. Elle crut entendre Aristophane gratter avec insistance de l'autre côté de la porte. Mais elle avait l'esprit engourdi par le sommeil, et ne pouvait se fier à ses impressions. Quelques secondes plus tard, elle replongeait dans son rêve.

A une heure du matin, le troisième étage de l'hôpital était si calme qu'Harriet Gilbey, l'infirmière en chef, avait l'impression de se trouver sous terre, dans quelque base militaire secrète, loin des bruits du monde extérieur. On n'entendait que le faible ronron du système de chauffage. Par instants, on percevait le léger couinement des semelles caoutchoutées des infirmières sur le carrelage poli des couloirs.

Harriet, une jolie petite femme noire à l'uniforme impeccable, se trouvait dans le bureau des infirmières, lorsque le silence environnant fut soudain troublée par un cri perçant. Elle bondit de sa chaise, puis se précipita dans le couloir. En courant, elle se laissa conduire par le cri aigu jusqu'à la chambre 316. Elle ouvrit la porte, pénétra dans la pièce, alluma la lumière. Alors le cri cessa, aussi soudainement qu'il avait retenti.

La jeune fille qu'ils appelaient Jane Doe était allongée dans son lit, un bras levé et replié sur le visage, comme pour se protéger d'un coup. De son autre main, elle s'agrippait à la barre métallique qui courait le long de son lit. Ses draps et sa couverture étaient roulés en tas à ses pieds, sa chemise de nuit remontée sur ses hanches. Elle agitait violemment sa tête de gauche à droite, haletante, et s'adressait à un assaillant imaginaire.

— Non, non ! geignait-elle. Ne me tuez pas ! Je vous en prie !

Avec ses mains douces, sa voix douce et sa patience inébranlable, Harriet tenta de calmer la jeune fille. Au début, Jane résista à toutes ses tentatives d'apaisement. On lui avait donné un somnifère en fin de soirée, et elle avait du mal à se réveiller. Néanmoins, elle réussit progressivement à émerger de son cauchemar.

Kay Hamilton, une autre infirmière, apparut aux côtés d'Harriet.

— Que s'est-il passé ? Son cri a dû réveiller la moitié de l'étage.

— Juste un mauvais rêve, expliqua Harriet.

Jane cligna des yeux, ensommeillée.

— Elle essayait de me tuer, marmonna-t-elle.

— Tout doux mon petit, dit Harriet. Ce n'était qu'un rêve. Personne ne te fera de mal ici.

— Un rêve ? dit Jane, d'une voix indistincte. Ah oui. Juste un rêve. Wouah ! Mais quel rêve !

La chemise de nuit et les draps de la jeune fille étaient trempés de sueur. Harriet et Kay les lui changèrent.

Dès qu'elle se retrouva dans une chemise et des draps frais, Jane succomba de nouveau à l'effet du sédatif. Elle se tourna d'un côté et murmura des sons inintelligibles dans son sommeil. Son visage était parfaitement détendu, illuminé par un sourire.

— Il semblerait qu'elle ait bifurqué vers une contrée plus sympathique, remarqua Harriet.

— Pauvre petite. Après tout ce qu'elle a enduré, elle mérite au moins une bonne nuit de sommeil.

Les deux infirmières demeurèrent près de Jane pendant une minute. Puis elle regagnèrent leur bureau, après avoir éteint la lumière et refermé la porte de la chambre.

Seule, profondément endormie, et emportée dans un rêve nouveau, Jane soupirait, souriait et remuait doucement dans son lit.

— La hache, souffla-t-elle dans son sommeil. La hache. Oh, la hache. Oui, oui.

Ses mains se refermèrent sur le manche d'un objet imaginaire.

— La hache, murmura-t-elle.

Et ces mots glissèrent doucement dans la chambre obscure.

« Tong ! »

Carol courait dans l'immense salon. Elle se prit le pied dans le tapis oriental, faillit tomber, reprit sa course folle, se cogna une hanche contre le coin d'une table.

« Tong ! Tong ! »

Elle passa une porte, puis se retrouva dans un grand hall. Elle fila comme une flèche jusqu'au pied de l'escalier qui menait au second étage. Elle jeta un coup d'œil par-dessus son épaule et s'aperçut que la maison avait disparu dans son sillage. Il n'y avait plus qu'un grand trou noir derrière elle, dans lequel un objet argenté oscillait de gauche à droite, de droite à gauche.

« Tong ! »

En un éclair, elle eut la brusque révélation de ce qu'était l'objet. Une hache. Le tranchant brillant d'une hache, se balançant d'un côté, puis de l'autre.

« Tong... tong-tong... »

Tout en poussant des cris plaintifs, Carol monta jusqu'au deuxième étage.

« Tong... tong... »

Parfois, la lame semblait se planter dans du bois avec un bruit sec. Parfois aussi, le tranchant de la hache semblait attaquer une matière bien plus tendre que le bois, une substance humide et molle.

De la chair ?

« Tong ! »

Carol poussa un grognement dans son sommeil, se retourna encore une fois, repoussa ses draps.

Puis elle se retrouva dans la grande prairie. Elle courait. Vers les arbres. Avec ce grand vide tout noir derrière elle. Et la hache. La hache...

6

Le vendredi matin la pluie cessa, mais le brouillard s'abattit sur la ville. Une lumière pâle, hivernale, pénétrait dans la chambre d'hôpital.

Jane se souvenait vaguement que les infirmières avaient changé ses draps trempés de sueur durant la nuit. Elle se rappelait également avoir fait un cauchemar, mais aucun détail précis, relatif aux événements de cette nuit, ne lui revenait en mémoire.

Elle demeurait incapable de se souvenir de son nom, ni de quoi que ce fût d'autre la concernant. Son passé commençait deux minutes avant l'accident...

Pendant le petit déjeuner, elle lut un article dans l'un des magazines que lui avait apportés Carol Tracy. Jane était impatiente de la revoir. Bien que le Dr Hannaport et les infirmières fussent très gentils avec elle, seule Carol lui apportait un réel réconfort. Jane n'aurait su dire pourquoi.

Peu après neuf heures, Paul se trouvait sur l'autoroute. Il roulait en direction de la ville, afin de remettre le nouveau formulaire à O'Brian, lorsque le moteur de la Pontiac s'arrêta. Il n'y eut aucun raté. Les pistons cessèrent simplement de fonctionner, alors que la voiture filait à quatre-vingt-dix kilomètres heure. Sa vitesse décrut en quelques secondes d'une manière alarmante. A gauche et à droite, les voitures passaient comme des flèches, en sifflant. Elles devaient rouler à cent-dix, cent-vingt. Beaucoup trop vite pour un temps brumeux. Paul dut faire traverser deux voies à la Pontiac à l'agonie, avant de s'arrêter sur le bas côté de la route.

A tout instant, il s'était attendu à entendre des freins hurler, à se voir projeté en avant sous l'impact d'un autre véhicule lancé contre le sien. Mais curieusement, il réussit à éviter un accident.

Parvenu sur l'accotement, il se laissa aller contre le dossier de son siège et ferma les yeux. Lorsqu'il eut retrouvé son calme, il se pencha en avant et tourna la clé de contact. Pas la moindre réaction. Le moteur ne broncha pas. Visiblement, la batterie était à plat. Paul fit encore quelques essais, puis capitula.

Il se trouvait tout près d'une sortie. La station service la plus proche n'était située qu'à un kilomètre de là.

Il marcha dix minutes pour y arriver.

Il y avait un monde fou à la station service. Le propriétaire ne pourrait mettre son mécanicien à la disposition de Paul que vers dix heures, après le coup de feu du matin.

Paul attendit presqu'une heure avant que Corky — un jeune homme roux au visage ouvert — ne l'emmène jusqu'à la Pontiac dans sa dépanneuse.

Ils essayèrent de la faire démarrer en la poussant. En vain. Il fallut donc remorquer la voiture jusqu'au garage.

Corky promit de remplacer la batterie en une demiheure. Mais finalement, la panne venait d'une autre partie du moteur. Paul se retrouva bloqué encore trois heures, pensant toujours repartir dans le quart d'heure suivant. Après moult tâtonnements, le mécanicien s'aperçut que quelque chose clochait dans le système électrique. Il le remit en état.

Il était treize heures trente, lorsque Paul gara enfin sa voiture en bas de chez O'Brian. Celui-ci vint le saluer à la réception. Il prit le formulaire, mais ne se montra pas très optimiste quant à la possibilité de présenter la demande lors de la prochaine réunion de la Commission, le mercredi suivant.

— Nous ferons de notre mieux, promit-il. Mais nous

devons procéder à toute une série de vérifications concernant les renseignements portés sur ce formulaire d'ici mercredi. Or il nous faut au moins trois jours pleins pour le faire. Parfois quatre ou cinq, parfois davantage. Nous devons nous mettre en rapport avec des gens de l'extérieur, et certains d'entre eux n'aiment pas qu'on les bouscule. Aussi je doute que nous soyons prêts pour la prochaine réunion de la Commission. Nous devrons certainement soumettre votre demande lors de la seconde session de septembre, à la fin du mois. Je suis vraiment désolé, Mr Tracy. Si seulement nous n'avions pas perdu ces papiers dans la tourmente, hier...

— Ne vous faites aucun reproche, dit Paul. Vous n'êtes pas plus responsable de cet orage, que moi de la panne de ce matin. Carol et moi attendons depuis très longtemps d'adopter un enfant. Je crois que nous pouvons encore patienter quinze jours.

— Dès que nous présenterons votre demande à la Commission, elle sera acceptée dans les plus brefs délais, dit O'Brian. Vous avez le profil parfait pour adopter un enfant. Et je le leur dirai.

— Je vous en remercie, dit Paul.

— Si nous ne sommes pas prêts pour mercredi, considérez cela comme un léger contretemps. Croyez-moi, vous n'avez vraiment aucune raison de vous inquiéter.

Le Dr Brad Templeton était un bon vétérinaire. Néanmoins, Grace ne le trouvait jamais vraiment à sa place lorsqu'il s'occupait d'un chien ou d'un chat. C'était un homme d'environ deux mètres, pesant dans les cent-dix kilos, que l'on aurait fort bien imaginé à la campagne, en train de traiter vaches et chevaux. Il avait le teint rubicond, des traits irréguliers, mais le visage sympathique. Il sortit Aristophane de son panier, et le chat parut minuscule dans ses énormes mains.

— Il m'a l'air en pleine forme, dit-il, en posant le siamois sur une table d'observation en acier inoxydable.

— Il n'a jamais été du genre à faire des dégâts, expliqua Grace, pas plus qu'à grimper partout. Mais depuis deux jours, je n'arrête pas de le retrouver perché sur des meubles, en train de m'épier d'un air mauvais.

Brad examina Ari. Il tâta ses articulations, chercha d'éventuels ganglions. Le chat coopérait docilement. Il ne broncha pas, même lorsque le vétérinaire utilisa un thermomètre par voie rectale.

— Sa température est normale, annonça-t-il.

— Soit. Mais moi je sais que « quelque chose » ne tourne pas rond, insista Grace.

Aristophane ronronna. Puis il se mit sur le dos, pour qu'on lui caresse le ventre.

Brad répondit à son attente et eut droit à un ronronnement encore plus fort en remerciement.

— Il mange bien ? demanda-t-il.

— Oui, répondit Grace, comme d'habitude.

— Pas de vomissements ?

— Non.

— De diarrhée ?

— Non, non. Aucun symptôme de cet ordre. Simplement il est... euh... différent. Son comportement a changé. Il a détruit ce coussin, s'est soulagé sur mon fauteuil. Or cela ne lui ressemble pas. Pas plus que de grimper partout. Et puis il est devenu sournois. Il se cache, m'observe à mon insu.

— Tous les chats sont sournois, dit Brad, en fronçant les sourcils. C'est leur nature.

— Pas celle d'Ari, le contra Grace. Il ne m'a jamais espionnée comme il le fait depuis quelques jours. Et puis il n'est pas aussi gentil qu'avant. Il refuse désormais de se faire caresser ou câliner.

Les sourcils toujours froncés, Brad leva les yeux vers Grace.

— Mais ma chère, regardez-le.

Ari était toujours sur le dos. Il ronronnait de plaisir sous les caresses du vétérinaire, visiblement ravi que l'on parle de lui. Il leva une patte et la tapota gentiment contre la large paume de Brad.

— Je sais ce que vous pensez, soupira Grace. Je suis une vieille femme, et les vieilles dames ont des idées bizarres.

— Absolument pas. Jamais je ne penserais une chose pareille.

— Les vieilles dames s'attachent trop à leurs animaux, parce que parfois ce sont leurs seuls amis.

— Je sais très bien que ce n'est pas le cas pour vous, Grace. Pas avec tous les amis que vous avez dans cette ville. Je...

— Ne protestez pas trop énergiquement, Brad, dit Grace en souriant. Je sais ce que vous vous dites. Certaines vieilles femmes ont si peur de perdre leur chat qu'elles les croient malades quand ils ne le sont pas. Je comprends votre réaction. Je ne me sens pas offensée, mais « frustrée » car je sais que quelque chose ne tourne pas rond chez Ari.

Brad reporta son regard sur le chat, tout en continuant à lui gratter le ventre.

— Avez-vous changé son régime récemment ? demanda-t-il.

— Absolument pas. Je lui donne toujours la même marque de croquettes, dans les mêmes quantités.

— Le fabricant aurait-il changé la composition du produit ces derniers temps ?

— Que voulez-vous dire ?

— Eh bien, y a-t-il marqué « enrichi » ou « formule améliorée » sur la boîte ?

Grace réfléchit quelques instants puis secoua la tête en signe de dénégation.

— Je ne crois pas, non.

— Parfois, ils ajoutent un nouveau colorant, ou un arôme artificiel, et certains animaux font une réaction allergique à ce nouveau produit.

— Cette allergie pourrait-elle se traduire par des troubles de la personnalité ?

— Tout à fait, oui, dit Brad. Vous devez savoir que les additifs alimentaires occasionnent des troubles du comportement chez certains enfants. Lorsqu'on leur prescrit un régime sans additifs, des enfants hypernerveux se calment comme par enchantement. Il en est de même pour les animaux. A mon avis, Aristophane souffre d'une allergie passagère à quelque modification de la composition de ses croquettes. Donnez-lui une autre marque d'aliments, attendez une semaine que son organisme se purge, et vous verrez, il redeviendra probablement lui-même.

— Et si les choses ne changent pas ?

— Alors ramenez-le moi. Je le garderai quelques jours en observation. Je lui ferai des analyses. Mais je vous recommande vivement d'essayer une nouvelle marque d'aliments pour chat, avant de vous lancer dans toutes ces dépenses.

Toi, tu me ménages, comme on ménage les vieilles dames, pensa Grace.

— Très bien, fit-elle. Je vais modifier son régime alimentaire. Mais s'il n'est pas redevenu lui-même d'ici une semaine, je tiens absolument à ce que vous lui fassiez subir toute une série d'analyses.

— Evidemment.

— Il est très important pour moi de savoir ce qu'il a.

Sur la table en acier, Aristophane ronronnait, remuait lentement sa longue queue d'un air joyeux, et paraissait « exaspérément » normal.

Lorsque Grace rentra chez elle et ouvrit le panier d'Ari, celui-ci jaillit sur elle comme une flèche. Le poil hérissé, l'œil sauvage, il siffla puis la mordit à la main. Il lui lança un regard menaçant lorsqu'elle le chassa. Il s'élança dans le couloir, fonça dans la cuisine, puis disparut dans le jardin.

Encore en état de choc, Grace regardait fixement sa main. Les crocs d'Ari avaient fait trois petits trous dans le gras de sa paume. Du sang se mit à couler sur son poignet.

Ce vendredi-là, le dernier rendez-vous de Carol était à une heure. Il s'agissait d'une séance de cinquante minutes avec Kathy Lombino, une adolescente de quinze ans qui se remettait lentement d'une anorexie. Lorsqu'on l'avait emmenée en consultation chez Carol pour la première fois, cinq mois plus tôt, Kathy ne pesait que trente-deux kilos, au moins quinze kilos en dessous de son poids idéal. Dégoûtée à la vue de toute nourriture, ou à la simple idée de manger, elle avait failli mourir de faim, ne grignotant plus qu'une fine tranche de pain de temps en temps.

A présent, elle était hors de danger, pesait quarante-cinq kilos, et commençait à retrouver le respect d'elle-même. Certes, elle éprouvait toujours une certaine répulsion à la vue de la nourriture, et mangeait sans plaisir. Néanmoins, elle reconnaissait le besoin de s'alimenter. Il lui restait encore un long chemin à parcourir jusqu'à une complète guérison, mais le plus dur était fait.

Les progrès de Kathy représentaient une grande source de satisfaction pour Carol. La séance de ce vendredi ne fit qu'ajouter à sa joie de la voir guérir. Comme d'habitude elles se serrèrent dans les bras l'une de l'autre avant de se quitter. Lorsque Kathy sortit du cabinet, elle souriait.

Quelques minutes plus tard, Carol arrivait à l'hôpital. Dans le hall du bâtiment, elle acheta un jeu de cartes et un échiquier avec des pièces de petite taille.

Au troisième étage, dans la chambre 316, la télévision était allumée et Jane lisait un magazine. Elle leva les yeux dès que Carol entra.

— Vous êtes vraiment venue ! s'exclama-t-elle.

— Je t'avais dit que je viendrais.

— Mais qu'avez-vous encore apporté ?

— Des cartes et un jeu d'échecs. Je pensais que cela t'aiderait à passer le temps.

— Vous m'aviez pourtant promis de ne plus rien m'acheter.

— Oh, mais attention. Ai-je dit qu'il s'agissait de cadeaux ? Non ! Je te prête seulement toutes ces choses, mon petit. Et j'espère que tu me les rendras en aussi bon état que tu les as reçues. Sinon, je me plaindrai à la Cour Suprême.

— Vous êtes vraiment dure, dit Jane en souriant.

— Je mange des ongles au petit déjeuner.

— Ils ne restent pas coincés entre vos dents ?

— Si, ça arrive.

— Vous n'avez jamais essayé le fil barbelé ?

— Ah, si, délicieux ! Mais seulement au dîner.

Elles éclatèrent de rire.

— Alors, tu sais jouer au échecs ? demanda Carol.

— Je ne pourrais vous le dire.

— Et aux cartes ?

Jane haussa les épaules.

— Tu ne t'es encore souvenue de rien ? s'enquit Carol.

— Pas de la plus petite chose, non.

— Ne t'inquiète pas, ça viendra.

— Au fait, mes parents ne se sont toujours pas manifestés.

— Tu n'as disparu que depuis vingt-quatre heures. Alors laisse-leur le temps de te retrouver.

Elles firent trois parties d'échecs. Jane se souvenait parfaitement des règles du jeu, mais ne pouvait se rappeler avec qui elle avait joué.

L'après-midi passa très vite et fort agréablement. Carol appréciait beaucoup la compagnie de Jane. La jeune fille était charmante, intelligente. Elle avait de l'humour. Elle adorait gagner au jeu, mais savait perdre avec le sourire.

Vu toutes les qualités qu'elle possède, pensa Carol, il est peu probable que ses parents ne s'inquiètent pas d'elle rapidement. Lorsqu'ils apprendront que leur fille est vivante, ils en pleureront de joie. Mais pourquoi ne se manifestent-ils pas ? Et où sont-ils ?

On sonna à la porte à quinze heures trente précises. Paul alla ouvrir et se retrouva face à un homme d'une cinquantaine d'années, livide. Il avait des yeux gris, portait un pantalon gris, une chemise gris clair et un pull-over gris foncé.

— Mr Tracy ?

— Lui-même. Etes-vous de chez « Safe Homes* » ?

— Oui, répondit l'homme gris. Je m'appelle Bill Alsgood. « Safe Homes », c'est moi. J'ai créé cette société il y a deux ans.

Ils se serrèrent la main, puis Alsgood entra dans le vestibule. Il regarda autour de lui avec intérêt.

— Bel endroit, dit-il. Vous avez de la chance que je sois venu si vite. Théoriquement, vous auriez dû attendre trois jours. Mais lorsque vous m'avez dit ce matin au téléphone

* Mot à mot : Maisons saines, sans danger.

qu'il s'agissait d'une urgence, j'ai annulé l'un de mes rendez-vous.

— Quelle est exactement votre profession ? demanda Paul, tout en refermant la porte.

— Je suis ingénieur dans la construction. Notre compagnie se charge de faire un état des lieux dans les maisons, généralement avant qu'elles soient vendues, et aux frais de l'acheteur. Nous lui disons s'il s'expose ou non à quelque problème — un toit qui fuit, des fondations fragiles, une tuyauterie défectueuse, ce genre de choses. Etes-vous celui qui achète ou celui qui vend ?

— Ni l'un ni l'autre, répondit Paul. Ma femme et moi sommes propriétaires de cette maison et n'avons pas l'intention de la vendre. Mais elle nous pose un problème dont nous n'arrivons pas à déterminer la cause. J'ai pensé que vous pourriez peut-être nous aider.

— Je crains que vous n'ayez frappé à la mauvaise porte. Un ouvrier du bâtiment vous serait plus utile que moi. En outre, il vous coûterait moins cher. Nous ne faisons pas de réparations, Mr Tracy. Nous examinons seulement les maisons.

— J'ai bien compris. Et j'ai besoin de vos conseils, car je suis incapable de déterminer la cause de ce problème. Pourtant, je suis très bricoleur moi-même.

— Vous savez que nous vous demanderons deux cents cinquante dollars pour une inspection des lieux ?

— Je le sais, répondit Paul. Mais il y a un grave problème. Cela risque de causer de sérieux dégâts.

— De quoi s'agit-il ?

Paul lui parla du martèlement qui faisait parfois trembler toute la maison.

— C'est un phénomène extrêmement curieux, dit Alsgood. Je n'ai encore vu ça nulle part.

L'homme gris réfléchit quelques secondes.

— Où se trouve votre chaudière ? demanda-t-il.

— Dans la cave.

— Peut-être est-ce une canalisation de chauffage qui vibre très fort, mais ça m'étonnerait. Enfin, commençons toujours par là, puis s'il le faut, nous monterons jusque sur le toit pour découvrir la source de ce bruit.

Pendant les deux heures qui suivirent, Alsgood inspecta

tous les recoins de la maison, tapotant par-ci, frappant par-là, testant la solidité de divers matériaux. Paul le suivait, et l'aidait aussi souvent que possible. Une légère pluie se mit à tomber alors qu'ils se trouvaient sur le toit. Ils furent trempés en un rien de temps. En redescendant, Alsgood glissa sur le dernier barreau de l'échelle et se tordit la cheville gauche. Et tout cela pour rien, car il n'avait pas découvert la moindre chose suspecte.

Vers dix-sept heures trente, ils rentrèrent dans la maison pour se réchauffer. Paul prépara du café, tandis qu'Alsgood remplissait son rapport, assis à la table de la cuisine. Il paraissait encore plus blême que tout à l'heure. La pluie avait gommé les différentes nuances de gris de ses habits, et il semblait porter un uniforme gris morne.

— C'est une construction saine, Mr Tracy. Je n'ai pas noté le moindre problème.

— Alors d'où venait ce bruit, que diable ? Et pourquoi toute la maison tremblait-elle ?

— J'aurais bien aimé l'entendre.

— J'étais certain qu'il allait se déclencher pendant votre visite.

— Objectivement, tout est parfait ici, et c'est ce que je dirai dans mon rapport. Je suis prêt à parier ma réputation là-dessus.

— Ce qui me ramène directement à la case départ, remarqua Paul.

— Je suis navré que vous ayez dépensé autant d'argent pour rien, dit Alsgood.

— Oh, mais ce n'est pas votre faute. Je suis persuadé que vous avez fait un travail irréprochable. D'ailleurs, si jamais j'achète une autre maison, je ferai appel à vos talents d'expert. A présent, je sais au moins que rien ne cloche dans la maison, ce qui réduit considérablement le champ de mes recherches.

— Il se pourrait que ce bruit cesse définitivement. Aussi soudainement qu'il a commencé.

— Cela m'étonnerait, dit Paul, d'un air sceptique.

Alsgood se dirigea vers la porte. Il se retourna vers Paul avant de sortir.

— J'ai bien une idée, dit-il, mais j'hésite à vous en faire part.

— Pourquoi ?

— Vous pourriez me prendre pour un fou.

— Monsieur Alsgood, je suis un homme désespéré. Je désire envisager toutes les possibilités, même les plus farfelues.

Alsgood regarda le plafond, puis le sol, puis le couloir, puis ses pieds.

— Un fantôme, dit-il tranquillement.

— Un fantôme ? répéta Paul, supris.

Alsgood se racla la gorge nerveusement. Puis il leva les yeux vers Paul.

— Peut-être ne croyez-vous pas aux fantômes, dit-il.

— Et vous ?

— Moi j'y crois. Ce sujet m'a toujours passionné. Je possède une collection très importante de revues traitant de spiritisme. J'ai aussi connu des maisons hantées.

— Vous avez déjà vu un fantôme ?

— Je pense que oui. A quatre reprises. C'étaient des apparitions ectoplasmiques à forme humaine, dérivant dans l'air. J'ai également été témoin par deux fois de phénomènes surnaturels dus à des esprits frappeurs. En ce qui concerne cette maison...

Alsgood s'interrompit quelques instants. Il avait l'air embarrassé.

— Si vous trouvez cela ennuyeux ou absurde, dit-il, je ne veux pas vous faire perdre votre temps.

— Très franchement, dit Paul, je ne me vois pas du tout faisant appel à un exorciste pour règler ce problème. Mais je ne suis pas totalement fermé à l'idée que les fantômes existent. Je trouve cela difficile à accepter, mais je suis tout prêt à m'informer.

— Fort bien, dit Alsgood.

Et pour la première fois depuis qu'il avait franchi le seuil de cette maison, ses joues se colorèrent et une étincelle jaillit dans ses yeux larmoyants.

— D'après ce que vous m'avez raconté, je dirais qu'il y a ici un poltergeist en action. Evidemment, aucun objet n'a été projeté sur vous par une présence invisible. Il n'y a pas eu de casse, or les esprits frappeurs adorent casser. Mais la maison qui tremble, les pots à épices qui s'entrechoquent, sont des signes indéniables de la présence d'un poltergeist. Et il commence tout juste à tester ses pouvoirs. Vous pouvez donc vous attendre au pire. Des meubles qui traversent les pièces tout seuls. Des tableaux qui tombent par terre. Des lampes qui basculent sur le sol et se brisent. Des plats qui volent à travers la cuisine comme des oiseaux.

Alsgood devenait rouge d'excitation en décrivant l'étrange phénomène.

— La lévitation d'objets très lourds, comme des sofas, des lits, des réfrigérateurs. Certes, on a rapporté le cas de gens n'ayant eu affaire qu'à des poltergeists bienveillants, qui ne font pas trop de dégâts. Néanmoins, la plupart des poltergeists sont des esprits malins. Et c'est probablement l'un de ceux-ci qui sévit dans cette maison. Si toutefois il y en a un... Mais sachez qu'un esprit frappeur, même sous sa forme la plus inoffensive, peut vous perturber complètement, vous empêcher de dormir, et vous faire vivre sur les nerfs.

Impressionné par le discours d'Alsgood et par cette petite lueur nouvelle dans ses yeux, Paul ne savait trop quoi dire.

— Bon... eh bien... euh... cela n'a pas encore atteint de telles proportions. Il s'agit seulement d'un martèlement et...

— Ce n'est pas grave « pour le moment », dit Alsgood, d'un air sombre. Mais si vous avez un poltergeist dans vos murs, la situation pourrait se détériorer rapidement.

Il parlait sur un ton sentencieux. Paul eut soudain l'impression d'avoir ouvert sa porte à quelque prêcheur fou.

— S'il s'agit bien d'un esprit frappeur, poursuivit l'homme gris, et si la situation empire, aurez-vous l'obligeance de me téléphoner immédiatement ? Comme je vous l'ai dit, j'ai eu la chance de voir deux poltergeists en action, et je serai vraiment ravi d'en voir un troisième. C'est tellement rare !

— J'imagine, oui, dit Paul.

— Alors vous m'appellerez ?

— Je doute fort qu'il y ait un poltergeist dans cette maison, Mr Alsgood. Je suis persuadé que je finirai par trouver une explication rationnelle à cet étrange phénomène.

Mais si jamais le réfrigérateur se met à léviter, je vous promets de vous téléphoner.

Pour Alsgood, il était inconcevable de s'amuser d'un tel sujet. Il fronça les sourcils lorsqu'il sentit de l'ironie dans la voix de Paul.

— Je ne m'attendais pas vraiment à être pris au sérieux, dit-il.

— Oh, ne croyez surtout pas que je ne vous sois pas reconnaissant pour...

— Tsst, tsst, fit Alsgood. Je comprends. Je ne suis pas vexé.

Toute excitation avait disparu de son regard larmoyant.

— On vous a appris à faire confiance à la science, à ne croire que ce que vous pouvez voir, toucher, mesurer. C'est la méthode moderne.

Ses épaules s'affaissèrent, son teint redevint blafard.

— Vous demander de croire aux fantômes, c'est un peu comme essayer de convaincre une créature marine de l'existence des oiseaux. C'est triste, mais c'est ainsi. Je n'ai aucune raison de vous en vouloir.

Alsgood ouvrit la porte et le bruit de la pluie se fit plus fort.

— J'espère toutefois qu'il n'y a pas de poltergeist ici, et que vous trouverez l'explication logique que vous cherchez. Je l'espère vraiment, Mr Tracy.

Avant que Paul n'ait pu répondre, Alsgood tourna les talons, puis s'éloigna sous la pluie. Il n'avait plus rien d'un fanatique. Plus aucune trace de passion chez lui. Paul ne voyait plus qu'un homme mince et gris avançant dans le mauvais temps, la tête légèrement rentrée dans les épaules. Presqu'un fantôme...

Paul referma la porte, s'adossa contre celle-ci, puis se dit : Un poltergeist, chez moi ? Non, sûrement pas.

Alsgood avait dit que le bruit cesserait peut-être aussi soudainement qu'il avait commencé. C'était fort probable.

Paul jeta un coup d'œil à sa montre. Dix-huit heures six.

Carol avait dit qu'elle resterait à l'hôpital jusqu'à huit heures, puis rentrerait à la maison pour le dîner. Cela laissait un peu plus d'une heure à Paul pour travailler à son roman. Après quoi il préparerait le repas — du poulet grillé, des légumes cuits à la vapeur et du riz au poivre vert.

Il monta à son bureau, au premier étage, puis s'assit à sa machine. Il commença à relire la dernière page qu'il avait écrite, afin de se replonger dans son histoire, de retrouver le ton juste.

« TONG ! TONG ! »

La maison trembla. Les fenêtres vibrèrent.

Paul bondit de sa chaise.

« TONG ! »

Le pot à crayons posé sur son bureau bascula dans le vide et se fracassa sur le sol.

Puis le silence revint.

Paul attendit. Une minute. Deux minutes.

Toujours rien.

Hormis le crépitement de la pluie sur les carreaux, il n'y avait aucun bruit.

Rien que trois coups cette fois-ci. Mais plus forts que jamais. Comme si quelqu'un le narguait, se moquait de lui.

Peu avant minuit, la jeune fille rit doucement dans son sommeil.

Dehors, un éclair illumina le ciel, et le tonnerre gronda.

Tout en rêvant, Jane se retourna sur le ventre et murmura dans l'obscurité : « La hache, la hache... »

A minuit pile, quarante minutes après s'être endormie, Carol se redressa brusquement dans son lit en tremblant. Alors qu'elle émergeait de son cauchemar, elle entendit une voix lui dire : « Il va arriver quelque chose ! » Elle se réveilla tout à fait, ouvrit les yeux dans le noir, et comprit que c'était elle qui avait parlé dans son sommeil.

Soudain, l'obscurité lui devint intolérable. Elle chercha désespérément l'interrupteur d'une main tâtonnante, le trouva enfin, et se détendit, soulagée.

La lumière ne sembla pas déranger Paul. Il marmonna des mots indistincts dans son sommeil, mais ne se réveilla pas.

Carol s'adossa contre la tête du lit et attendit que son rythme cardiaque redevînt normal.

Elle avait les mains glacées. Elle les enfouit sous ses couvertures et serra les poings.

Il faut que ces cauchemars cessent, se dit-elle. Il faut que je dorme. J'ai besoin de récupérer.

Et si je prenais des vacances ? pensa-t-elle. Elle travaillait trop, depuis trop longtemps. Elle avait besoin de repos. La fatigue accumulée ces dernières semaines était probablement la cause de ses cauchemars. Et puis les incidents des jours précédents avaient accru son stress : l'orage chez O'Brian, l'accident de voiture, l'amnésie de Jane dont elle se sentait responsable. Une semaine en montagne, loin des soucis quotidiens, lui ferait le plus grand bien.

Et puis, hormis ces multiples sources de stress, « ce » jour approchait, le jour anniversaire de l'enfant qu'elle avait abandonné. Dans une semaine, le samedi suivant, il aurait seize ans. Mais déjà huit jours avant, Carol sentait peser sur ses épaules un affreux sentiment de culpabilité. Quant au jour anniversaire, c'était le pire de tous. Elle le traversait généralement dans le mutisme le plus complet, totalement déprimée. Une semaine de vacances l'aiderait certainement à surmonter cela aussi.

L'année précédente, elle est Paul avaient acheté un chalet dans les montagnes, sur un demi-hectare de terres boisées. C'était une demeure très agréable. Il y avait deux chambres, une salle de bains, une salle à manger avec une grande cheminée de pierre et une cuisine bien équipée. Un lieu idéal en somme, qui offrait, outre les commodités du monde civilisé, un paysage fabuleux, l'air pur, et un calme dont ils ne pouvaient jouir en ville.

Ils avaient prévu de se rendre au chalet, au minimum deux week-ends par mois durant l'été. Mais ils n'y étaient allés que trois fois ces quatre derniers mois. Paul s'était imposé un rythme de travail très rude dans la rédaction de son roman. Quant à Carol, elle avait accepté de nouveaux patients — deux adolescents très perturbés. Elle et Paul étaient finalement des hyperactifs, comme le soupçonnait O'Brian.

Mais nous vivrons autrement lorsque nous aurons un enfant, se promit la jeune femme. Nous consacrerons du temps à nos loisirs, nous ferons des promenades en famille.

Assise dans son lit, son cauchemar encore tout frais à

la mémoire, Carol décida de changer de mode de vie. Pour commencer, prenons une semaine de vacances fin septembre, se dit-elle, avant la réunion de la Commission. Ainsi serons-nous en pleine forme pour accueillir le petit.

Certes, ils ne pouvaient partir dans les vingt-quatre heures. Carol devait reprogrammer ses rendez-vous. De plus, elle ne quitterait pas la ville tant que les parents de Jane Doe ne se seraient pas manifestés.

Carol prévut de se rendre au chalet avec Paul d'ici une semaine. Elle en parlerait à son mari dès le lendemain.

La jeune femme se sentit beaucoup mieux après avoir pris cette décision. La perspective de se rendre à la montagne, même pour un temps très court, la libéra de toutes ses tensions.

Elle regarda Paul et lui dit : « Je t'aime. »

Son mari continua à ronfler doucement.

Elle eut pour lui un sourire attendri, puis elle éteignit la lumière et se glissa de nouveau sous les couvertures. Pendant quelques minutes, elle écouta la pluie tomber sur le toit, la respiration régulière de son mari, puis elle s'endormit paisiblement.

Il plut durant toute la journée de samedi, et ainsi s'acheva cette semaine vouée aux intempéries.

Carol rendit visite à Jane à l'hôpital. Elles jouèrent aux cartes, et parlèrent des articles que l'adolescente avaient lus. Sans le lui laisser voir, Carol tenta à plusieurs reprises de tester sa mémoire. En vain. Le passé de Jane demeurait hors de sa portée.

Carol la quitta en fin d'après-midi. En se dirigeant vers les ascenseurs du troisième étage, elle croisa le docteur Hannaport.

— La police a-t-elle une piste ? s'enquit-elle.

Hannaport haussa les épaules d'un air désolé.

— Pas encore, non.

— Il y a tout de même deux jours que l'accident a eu lieu, remarqua la jeune femme.

— Ce qui est assez peu, tout bien considéré.

— Mais ce qui représente déjà une éternité pour cette pauvre gosse, dit Carol.

— Je le sais, soupira Hannaport. Et cela m'attriste vraiment. Mais il est trop tôt pour se montrer pessimiste.

— Si j'avais une fille comme Jane et qu'elle ait disparu ne serait-ce qu'une journée, je ferais du bruit dans toute la ville, croyez-moi !

Hannaport approuva d'un hochement de tête.

— J'imagine, oui. Je vous ai vue à l'œuvre et je vous admire. D'ailleurs, je voulais vous dire que vos visites sont très bénéfiques à Jane. C'est vraiment bien de votre part de lui consacrer tout ce temps.

— Oh, mais je ne recherche pas les compliments, dit Carol. Je ne fais que le minimum. Je me sens responsable de l'état de cette jeune fille.

Une infirmière avançait vers eux, poussant un fauteuil roulant. Ils s'écartèrent pour la laisser passer.

— Au moins, Jane semble être en bonne santé, dit Carol.

— Je vous l'ai dit mercredi, elle ne souffre d'aucune blessure grave. En réalité, elle se porte si bien qu'elle nous pose un problème. Sa place n'est pas ici. Et j'espère que ses parents viendront la chercher avant que je ne sois contraint de la renvoyer de l'hôpital.

— La renvoyer ? Mais vous ne pouvez pas faire ça tant qu'elle n'a pas un endroit où aller ! Elle ne s'en sortira jamais toute seule. Quand je pense qu'elle ne sait même pas qui elle est !

— Bien entendu, je la garderai ici le plus longtemps possible. Mais ce soir ou demain matin, tous nos lits seront probablement occupés. Et si le nombre d'admissions s'avère supérieur au nombre de départs prévus, nous devrons bien faire sortir quelques patients de plus, parmi ceux qui peuvent quitter l'hôpital sans risques, évidemment. Jane sera forcément de ceux-là. S'il m'arrive un homme qui s'est brisé la colonne dans un accident de voiture, ou une femme qui a reçu un coup de couteau, je ne peux tout de même pas les refuser, sous prétexte qu'une fille en pleine santé occupe le dernier lit disponible.

— Mais son amnésie...

— ... est quelque chose que nous ne pouvons traiter, de toute façon.

— Mais elle n'a aucun endroit où aller. Que va-t-elle devenir ?

— Ne vous inquiétez pas. Tout ira bien, dit Hannaport, de sa voix calme et rassurante. Nous n'allons pas l'abandonner comme ça. Nous ferons le nécessaire pour qu'elle soit déclarée pupille sous tutelle judiciaire. Dans l'intervalle, elle sera logée et nourrie, tout comme ici.

— Que voulez-vous dire ?

— Il y a dans le quartier un centre privé pour mineures fugueuses ou enceintes.

— Le Centre Polmar, dit Carol. Je le connais.

— Alors vous savez que ce n'est pas une prison.

— Mais cela m'ennuie tout de même qu'on la renvoie d'ici. Elle va se sentir rejetée, laissée pour compte. Or elle est déjà très fragilisée par ce qui lui est arrivé.

— Ne croyez pas que cette idée me réjouisse, loin de là. Mais hélas, je n'ai pas le choix. Je manque de lits, et la loi stipule que nous devons accepter en priorité les patients qui ont besoin de soins d'urgence.

— Je comprends parfaitement, dit Carol, et je ne vous en blâme pas. Si seulement ses parents pouvaient se manifester !

— Ils peuvent le faire d'une minute à l'autre.

Carol secoua la tête, sceptique.

— Non. J'ai le pressentiment que ce ne sera pas si simple. Avez-vous déjà prévenu Jane qu'elle allait quitter l'hôpital ?

— Non. Je préfère attendre demain pour lui parler. Ses parents peuvent très bien venir la chercher d'ici là. Inutile dans ce cas de l'inquiéter pour rien.

Carol était déprimée. Elle repensait à sa propre jeunesse, à ces mois passés dans un centre de redressement, avant que Grace ne vienne à son secours. Elle avait dû lutter pour survivre parmi ces délinquants. Jane était intelligente, elle avait du cran. Mais elle n'était pas une « vraie dure », comme Carol à son âge. Toutes ces adolescentes perturbées risquaient de la malmener. Or elle avait besoin d'amour, d'un vrai foyer...

— Mais bien sûr ! s'exclama Carol, avec un grand sourire.

Hannaport la regarda d'un air interrogatif.

— Pourquoi ne viendrait-elle pas avec « moi » ? demanda Carol.

— Comment ?

— Ecoutez, Docteur Hannaport, pourquoi ne suggéreriez-vous pas au juge de nous confier provisoirement, à mon mari et à moi-même, la garde de Jane ?

— Vous devriez y réfléchir à deux fois, dit Hannaport. La prendre chez vous, comme ça, tout à coup... Cela risque de bouleverser vos vies...

— Elle ne nous dérangera pas. Bien au contraire. Ce sera un plaisir de l'avoir avec nous. C'est une fille merveilleuse.

Hannaport la regarda longuement, essayant de la percer à jour.

— Après tout, dit Carol, espérant se montrer persuasive, le seul docteur qui pourrait la guérir serait un psychiatre. Or, je « suis » psychiatre. Non seulement je lui offrirais un foyer décent, mais encore je pourrais la soigner.

Finalement, Hannaport la gratifia d'un très beau sourire.

— Je pense qu'il s'agit-là d'une offre très généreuse, Dr Tracy.

— Alors vous nous soutiendrez ?

— Oui. Mais bien entendu, on ne peut jamais prévoir la décision d'un juge. Néanmoins, je crois qu'il y a de fortes chances qu'il comprenne où résident les intérêts de la jeune fille.

Quelques minutes plus tard, Carol téléphonait à Paul d'une cabine publique, située dans le hall de l'hôpital. Elle lui fit part de sa conversation avec le Dr Hannaport, mais avant qu'elle n'en vînt au fait, Paul l'interrompit.

— Tu veux qu'on prenne Jane avec nous, dit-il.

— Comment as-tu deviné ? demanda Carol, surprise.

Il y eut un rire à l'autre bout du fil.

— Je te connais, ma douce. Tu fonds dès qu'il est question d'enfants !

— Sa présence ne nous gênera pas, dit Carol, très vite. Et puis, comme O'Brian ne présentera notre demande qu'à la fin du mois, il n'y a aucune chance pour que nous nous retrouvions avec deux enfants en même temps. Ce n'est que provisoire, Paul. Et nous...

— O.K., O.K., dit-il. Inutile de me faire l'article. J'approuve complètement ton projet.

— Si tu veux venir à l'hôpital et rencontrer Jane avant de te décider...

— Non, non. Je te fais confiance. Je suis sûr qu'elle est aussi bien que tu le dis. Mais n'oublie tout de même pas que tu avais prévu d'aller à la montagne dans une semaine.

— Les parents de Jane se seront certainement manifestés d'ici là. Sinon, eh bien, nous l'emmènerons. Il suffira simplement de prévenir le juge.

— Au fait, quand devons-nous nous présenter au tribunal ?

— Je ne sais pas. Probablement lundi ou mardi.

— J'aurai un comportement irréprochable, promit Paul.

— Tu te laveras derrière les oreilles ?

— Oui. Et je mettrai des chaussures.

— Je vous aime, Docteur Tracy.

— Moi aussi, Docteur Tracy.

Lorsqu'elle raccrocha, elle se sentait merveilleusement bien.

Cette nuit-là, il n'y eut pas de martèlement dans la maison des Tracy. L'esprit frappeur dont avait parlé Mr Alsgood ne se manifesta pas. Le lendemain non plus, d'ailleurs. Ni le jour suivant.

Carol cessa de faire des cauchemars. Bientôt, elle oublia la hache tranchante, brillante et menaçante.

Le temps s'améliora. Le dimanche, les nuages se dissipèrent dans le ciel. Le lundi matin, le ciel était bleu, dégagé.

Le mardi après-midi, tandis que Paul et Carol Tracy se trouvaient au tribunal, Grace Mitowski faisait le ménage dans sa cuisine. Elle venait juste d'épousseter le dessus du réfrigérateur quand le téléphone sonna.

— Allô ?

Personne ne répondit.

— Allô ? répéta-t-elle.

Une frêle voix d'homme murmura son nom.

— Grace...

— Oui.

Son correspondant parlait d'une voix étouffée, et il y avait un écho sur la ligne.

— Je ne vous entends pas, dit-elle. Pourriez-vous parler plus fort ?

Il essaya, mais de nouveau ses mots se perdirent. Ils semblaient venir de très loin, avoir franchi un abîme incommensurable pour arriver jusque-là.

— La communication est très mauvaise, dit Grace. Parlez plus fort, s'il vous plaît.

— Grace, dit-il d'une voix presqu'inaudible. Gracie... c'est presque trop tard... il faut que tu fasses très vite maintenant. Il faut que tu empêches... que ça arrive... encore.

La voix était lointaine. Si lointaine...

— C'est presque... trop tard... trop tard...

Grace reconnut cette voix et elle frissonna. Sa main se crispa sur le combiné. Elle perdit son souffle.

— Gracie... cela ne peut pas durer indéfiniment. Tu dois... y mettre un terme. Protège-la Gracie. Protège-la...

La voix s'estompa dans le lointain.

Puis ce fut le silence. Un silence total. Pas le moindre sifflement, pas de bip électronique comme quand on raccroche à l'autre bout de la ligne. Un silence immense. Sans fin.

Grace reposa le combiné sur son support.

Elle se mit à trembler.

Elle se dirigea vers le buffet, puis sortit la bouteille de whisky qu'elle gardait pour ses invités. Elle s'en servit une double dose, puis s'assit à la table de la cuisine.

L'alcool ne la réchauffa pas. Des frissons glacés la parcouraient tout entière.

La voix au téléphone était celle de Léonard. Son mari. Il y avait dix-huit ans qu'il était mort.

DEUXIÈME PARTIE

« LE DIABLE EST PARMI NOUS... »

7

Paul et Carol obtinrent la garde temporaire de Jane Doe. A la sortie du tribunal, Paul rentra à la maison pour travailler à son roman. Carol alla chercher Jane à l'hôpital. Puis elles partirent faire des emplettes.

Excepté les vêtements qu'elle portait le jour de l'accident, la jeune fille n'avait rien à se mettre. Aussi fallait-il lui acheter quelques habits.

Les deux femmes firent du lèche-vitrine. Mais Jane ne voulait pas que Carol dépensât de l'argent pour elle. Aussi prétendit-elle ne rien voir qui lui plaisait.

Carol finit par perdre patience.

— Ecoute mon petit, il te faut des vêtements. Alors sois gentille, laisse-moi te les acheter. De toute façon, je me les ferai rembourser par tes parents.

Cet argument convainquit Jane. Elles entrèrent dans un magasin et choisirent un jean, trois chemisiers, de la lingerie, une paire de chaussures de sport, des chaussettes, un pull-over et un blouson.

La maison de style Tudor, avec ses fenêtres à petits carreaux et ses pignons, fit grande impression sur Jane. Elle tomba amoureuse de la chambre d'amis, où elle allait dormir. Il y avait une haute fenêtre en saillie et des meubles en merisier brillant. « Ce n'est vraiment qu'une chambre d'amis ? s'étonna la jeune fille. Moi, si je vivais dans cette maison, je passerais mon temps ici ! Je m'installerais dans ce fauteuil pour lire. Et je resterais là des heures, à m'imprégner de l'atmosphère. »

Carol avait toujours aimé cette pièce. Mais elle lui parut encore plus belle à travers les yeux de Jane. La jeune fille inspectait les lieux avec un plaisir évident, elle ouvrait les placards, testait la souplesse du matelas.

Les enfants ont une autre vision des choses, se dit Carol. Une vision neuve, plus fraîche que la nôtre. Des réactions spontanées qui aident leurs parents à garder les yeux ouverts sur le monde.

Ce soir-là, ils préparèrent le dîner tous les trois. La jeune fille s'intégra immédiatement à l'ambiance, bien qu'elle fût assez timide. La maison fut remplie de rires.

Après le dîner, Jane entreprit de faire la vaisselle, tandis que Paul et Carol débarrassaient la table. Dès qu'ils se retrouvèrent seuls dans la salle à manger, Paul dit à Carol :

— C'est une fille formidable !

— Je te l'avais bien dit !

— Mais il y a quelque chose d'étrange, tout de même.

— Quoi donc ?

— Dès que je l'ai vue, j'ai eu l'impression de l'avoir déjà rencontrée quelque part.

— Où ça ?

— Je n'en sais fichtrement rien. Pourtant, son visage m'est familier.

Durant tout l'après-midi du mardi, Grace s'attendit à ce que le téléphone sonnât de nouveau.

Elle redoutait de devoir y répondre.

Elle essaya de se calmer les nerfs en faisant du ménage. Elle frotta le carrelage de la cuisine, passa l'aspirateur dans toutes les pièces, épousseta tous les meubles.

Mais elle ne réussit pas à chasser ce coup de fil de son esprit. Elle pensait sans arrêt à cette voix lointaine, déformée par l'écho sur la ligne, cette voix qui ressemblait tant à celle de Léonard. Elle se répétait dans sa tête les choses étranges qu'ils avaient dites. Et puis ce silence inquiétant après qu'il eut fini de parler. Cette impression troublante d'espace infini la séparant de lui...

Il devait s'agir d'une blague. Mais qui pouvait lui faire une si mauvaise plaisanterie ? Pourquoi la tourmenter en imitant la voix de Léonard, dix-huit ans après sa mort ?

Elle tenta à nouveau d'oublier ce coup de téléphone, en préparant des pommes au four enrobées de pâte brisée. Ces gâteaux croustillants, dorés, servis avec de la crème fraîche et de la cannelle, constituaient son dîner préféré. Mais ce soir-là, elle n'avait pas d'appétit. Elle grignota quelques bouchées de ce dessert, sans grande envie.

Elle picorait distraitement des petits bouts de pâte dans son assiette, lorsque le téléphone sonna.

Grace sursauta. Elle releva la tête, puis regarda fixement le téléphone mural, à droite du réfrigérateur. La sonnerie retentit encore. Et encore.

Tremblant de tous ses membres, Grace se leva de sa chaise, puis se dirigea vers l'appareil. Elle décrocha le combiné.

— Gracie...

La voix était faible, mais audible.

— Gracie... c'est presque trop tard.

C'était lui. Léonard. Ou quelqu'un qui avait exactement la même voix.

Grace ne put lui répondre. Sa gorge se serra.

— Gracie...

Ses jambes semblèrent se dérober sous elle. Elle s'appuya contre le rebord de l'évier.

— Gracie... tu dois empêcher que ça se reproduise. Cela ne peut pas durer indéfiniment... des meurtres... ce sang...

Elle ferma les yeux, s'efforça de parler. Sa voix était faible, chevrotante. Elle ne la reconnut même pas. C'était la voix d'une étrangère — une vieille dame frêle et craintive.

— Qui est à l'appareil ?

— Protège-la, Gracie, chuchota la voix qui vibrait à l'autre bout du fil.

— Qu'attendez-vous de moi ?

— Protège-la.

— Pourquoi faites-vous ça ?

— Protège-la.

— Protéger qui ? demanda Grace.

— Willa. Protège Willa.

Grace avait toujours peur, certes, mais elle commençait également à s'énerver.

— Je ne connais personne du nom de Willa ! Mais qui êtes-vous, à la fin ?

— Léonard.

— Non mais pour qui me prenez-vous ? Pour une vieille femme sénile ? Léonard est mort. Il y a dix-huit ans. Alors à quel jeu jouez-vous ?

Elle aurait voulu lui raccrocher au nez. C'était la meilleure chose à faire avec un fou de son espèce. Pourtant, elle ne pouvait se résoudre à reposer le combiné. La voix ressemblait tant à celle de Léonard qu'elle l'hypnotisait.

Il parla de nouveau, beaucoup plus bas cette fois. Néanmoins elle comprit ce qu'il disait.

— Protège Willa.

— Je vous l'ai dit, je ne la connais pas. Et si vous continuez à vous moquer de moi, je vais prévenir la police qu'un malade me...

— Carol... Carol, dit l'homme, d'une voix de plus en plus lointaine. Willa... mais tu l'appelles Carol.

— Mais qu'est-ce que vous me racontez ?

— Prends garde... à toi... le chat...

— Quoi ?

La voix était si lointaine désormais, que Grace devait faire un effort considérable pour l'entendre.

— Le... chat...

— Aristophane ? Que lui avez-vous fait ? Vous l'avez drogué ? C'est pour ça qu'il est agressif avec moi ?

Pas de réponse.

— Vous êtes toujours là ?

L'homme ne dit rien.

— Qu'est-il arrivé au chat ?

Toujours pas de réponse.

Grace écoutait ce silence immense, et elle se mit à trembler si fort qu'elle eut des difficultés à maintenir le combiné contre son oreille.

— Qui êtes-vous ? Pourquoi me tourmentez-vous ainsi ? Pourquoi voulez-vous faire du mal à Aristophane ?

Loin, très loin de là, la voix atrocement familière de son mari mort depuis si longtemps prononça quelques derniers mots à peine audibles.

— J'aurais aimé... être là... pour les... pommes au four.

Elles avaient oublié d'acheter un pyjama pour Jane. Aussi Carol lui prêta-t-elle un tee-shirt pour aller au lit.

— Qu'est-ce qu'on va faire demain ? demanda la jeune fille, lorsqu'elle fut couchée et bordée.

Carol s'assit au bord du lit.

— Nous pourrions commencer un traitement destiné à te faire retrouver la mémoire.

— Quel genre de traitement ?

— As-tu déjà entendu parler de la thérapie sous hypnose ?

Jane eut soudain très peur. Depuis son accident, elle avait tenté à plusieurs reprises de se souvenir de son passé. Or chaque fois elle avait été prise de panique. Un mécanisme psychologique de défense l'empêchait d'aller plus loin dans son investigation. Et puis il y avait cet objet métallique et brillant, qui oscillait devant ses yeux, cet objet terriblement menaçant. Son passé recélait-il quelque événement tragique qu'il valait mieux ne pas faire resurgir ?

Jane avait finalement décidé d'accepter sa vie d'orpheline sans identité. Non, elle ne chercherait plus jamais à se souvenir.

Mais la proposition de Carol remettait tout en question. Une fois sous hypnose, Jane se retrouverait confrontée au spectre de son passé, qu'elle le désirât ou non. Et cette perspective la terrifiait.

— Tu es sûre que ça va ? demanda Carol.

La jeune fille cligna des yeux, s'humecta les lèvres avec sa langue.

— Oui. Je pensais à ce que tu venais de me dire. A la thérapie sous hypnose. Tu vas me mettre dans un état second pour faire remonter mes souvenirs ?

— Eh bien, cela n'est pas si simple, ma grande. Il n'y a aucune garantie que ça marche. Je vais t'hypnotiser puis te demander de repenser à l'accident de mardi, de le revivre. Après quoi j'essaierai de te replonger de plus en plus loin dans le passé. Si tu es un bon sujet, tu pourras te rappeler qui tu es et d'où tu viens. J'hypnotise mes patients chaque fois que je veux leur faire revivre un événement traumatisant, profondément enfoui dans leur inconscient. Je n'ai jamais utilisé cette technique sur une personne souffrant d'amnésie, mais je vais essayer avec toi. Bien sûr, cela ne marche qu'une fois sur deux. Et lorsque ça fonctionne, il faut compter plusieurs séances pour obtenir un résultat. C'est un procédé qui peut être ennuyeux et frustrant. Demain, nous ne remonterons certainement pas plus loin que l'accident. De toute façon, tes parents se manifesteront certainement avant que j'aie eu le temps de te replonger dans ton passé. Néanmoins, nous pouvons commencer, enfin, si tu es d'accord.

— Pas de problème ! Cela me paraît fascinant, mentit Jane.

— J'ai quatre patients prévus pour demain matin, mais je pourrai m'occuper de toi à onze heures. Tu devras rester longtemps dans la salle d'attente, avant et après la séance. Nous te trouverons un livre pour que tu ne t'ennuies pas. Tu aimes les romans policiers ?

— Je pense, oui.

— Agatha Christie ?

— Ce nom m'est familier, mais je ne sais pas si j'ai déjà lu de ses livres.

— Tu peux essayer d'en lire un demain. Si tu aimais les énigmes policières, peut-être qu'Agatha Christie fera resurgir des souvenirs en toi. Tout stimulus, toute connection avec ton passé, peut jouer dans la serrure de ta mémoire comme une clef.

Carol se pencha, embrassa Jane sur le front.

— Mais n'y pense pas pour le moment, et passe une bonne nuit.

Lorsque Carol eut quitté la chambre, Jane n'éteignit pas la lumière immédiatement. Elle laissa son regard courir à travers la pièce, s'attardant sur tout ce qu'elle trouvait beau.

S'il vous plaît, mon Dieu, pensa-t-elle, faites que je reste ici, pour toujours. Ne me renvoyez pas d'où je viens, où que ce soit. C'est ici que je veux vivre, et « mourir ». Je me sens si bien dans cette maison.

Finalement, elle éteignit la lumière.

L'obscurité s'abattit sur la chambre comme les ailes d'un grand oiseau noir.

Avec une planchette de contre-plaqué et quatre clous, Grace entreprit de condamner la petite porte battante réservée à Aristophane.

Celui-ci se tenait assis sur son arrière-train, au milieu de la cuisine. Il observait sa maîtresse avec intérêt. Toutes les trois secondes, il miaulait sur un ton inquisiteur.

Lorsqu'elle eut planté le quatrième clou, Grace se tourna vers lui.

— Tu vois mon petit, pour le moment tu n'as plus le droit de sortir de la maison. Il y a peut-être un type, dehors, qui t'a administré quelque drogue. Alors je veux que tu restes ici.

Aristophane poussa un miaulement interrogatif.

— Oui, dit Grace, je sais, ça paraît bizarre. Mais si je n'ai pas affaire à un fou, alors c'est bien Léonard qui m'a téléphoné. Ce qui est encore plus bizarre, non ?

Le chat penchait la tête d'un côté, puis de l'autre, comme s'il essayait de comprendre cet étrange discours.

Grace lui fit signe de venir près d'elle.

Aristophane se raidit, émit un bruit sifflant, cracha sur le carrelage, puis fila comme une flèche hors de la pièce.

Pour une fois, ils firent l'amour dans le noir. Paul sentait le souffle chaud de Carol dans son cou. Elle pressait son corps contre celui de son mari, se tendait, tanguait, en parfaite harmonie avec lui. Ses mouvements exquis, ondulants, étaient fluides comme les courants d'une rivière chaude. Elle cambrait son joli dos, allait d'avant en arrière avec ses reins, au rythme du va-et-vient de Paul. Carol était enveloppante, comme la nuit.

Après avoir joui, ils restèrent allongés sur le dos, main dans la main. Puis ils échangèrent quelques propos anodins. Carol s'endormit tandis que Paul lui parlait. Lorsqu'elle ne répondit plus à ses questions, il dénoua doucement ses doigts des siens.

Il était fatigué, mais ne pouvait trouver le sommeil aussi

aisément qu'elle. Il ne cessait de penser à la jeune fille, persuadé de l'avoir déjà vue quelque part. Cette impression s'était intensifiée pendant le dîner, et depuis, elle n'arrêtait pas de le hanter. Mais il avait beau se concentrer, il n'arrivait pas à se rappeler les circonstances dans lesquelles il l'avait rencontrée.

Allongé dans le noir, il commença à éprouver une sensation de malaise. Sans aucune raison, il eut l'impression que sa rencontre avec Jane avait été étrange, voire déplaisante. Et il se demanda dans quelle mesure cette jeune fille représentait une menace pour Carol et lui. Une menace ? Cela n'a pas de sens, se dit-il. Je dois vraiment être très fatigué pour avoir de telles pensées. C'est une fille si gentille. Exceptionnellement gentille.

Il poussa un soupir, se tourna sur le côté, pensa à l'intrigue de son premier roman et s'endormit sur-le-champ.

A une heure du matin, Grace Mitowski regardait un film à la télévision, assise dans son lit. Humphrey Bogart et Lauren Bacall échangeaient de vives reparties, mais la vieille dame n'écoutait pas ce qu'ils disaient. Elle avait perdu le fil de l'histoire dès les premières minutes du film.

Elle pensait à Léonard, son mari, mort d'un cancer dix-huit ans plus tôt. Léonard... Un homme bien. Travailleur, généreux, brillant. Grace l'avait énormément aimé.

Ce qui n'avait pas été le cas de tout le monde. Car Léonard avait aussi ses défauts. Il manquait d'indulgence à l'égard des autres. Il ne pouvait supporter les gens paresseux, apathiques ou idiots. « Ce qui représente les deux tiers de l'humanité », déplorait-il fréquemment.

Léonard, un homme direct, totalement dénué de diplomatie, disait toujours aux gens ce qu'il pensait d'eux. Cela lui avait valu une vie sans hypocrisie, mais remplie d'ennemis.

Grace se demandait si l'un d'eux ne lui avait pas téléphoné en se faisant passer pour son mari. Une façon comme une autre de se venger d'une vieille humiliation.

Mais était-ce plausible après dix-huit ans ? Qui saurait encore imiter la voix de Léonard à la perfection après un temps si long ? Et pourquoi mêler Carol à tout ça ? Léonard n'avait pas connu Carol. Il était mort trop tôt.

Et pourquoi le mystérieux correspondant avait-il appelé la jeune femme « Willa » ? Mais surtout, comment avait-il pu savoir que Grace avait préparé des pommes au four ?

Il existait bien une réponse à toutes ces questions, mais Grace répugnait à l'admettre. Peut-être son correspondant était-il Léonard lui-même.

Un homme mort.

« — Non. Impossible.

— Il y a pourtant beaucoup de gens qui croient aux fantômes.

— Pas moi, en tout cas. »

Grace repensa à ses cauchemars bizarres de la semaine passée. A ce moment-là elle ne croyait pas aux rêves prémonitoires. Mais, maintenant, elle y croyait. Alors pourquoi ne pas accorder foi à l'existence des fantômes ?

Non. Grace était une femme rationnelle, d'un niveau intellectuel élevé. Elle avait toujours pensé que la science détenait toutes les réponses. Alors si maintenant, à soixante-dix ans, elle se mettait à croire aux fantômes, à ouvrir une brèche à l'irrationnel dans sa pensée logique, c'était courir tout droit à la folie. Pourquoi ne pas craindre les vampires aussi ? Et se balader partout avec un pieu bien acéré et un crucifix ? Et les loups garous ? Et les entités diaboliques qui habitent le centre de la terre et provoquent les séismes et les éruptions volcaniques ?

Grace eut un rire amer.

Elle n'allait pas revoir toute sa conception du monde uniquement parce qu'elle avait reçu deux coups de fil bizarres.

Mais ferait-elle part à Carol de ces curieux événements ?

Non, la jeune femme et son mari risqueraient de la croire sénile.

Suis-je gâteuse ? se demanda-t-elle. Ai-je vraiment reçu ces coups de téléphone, ou les ai-je seulement imaginés ? Non, je ne délire pas, on m'a bien appelée.

Quant au changement soudain dans la personnalité d'Ari, elle ne rêvait pas non plus. Elle regarda les marques des griffes du siamois sur la paume de sa main. Elles étaient encore rouges et gonflées. Voilà une preuve, se dit-elle, une preuve que je n'invente rien.

Je ne suis pas gâteuse, non. Pas le moins du monde. Mais je ne veux pas avoir à en convaincre Paul et Carol. Aussi vaut-il mieux ne leur parler de rien. Attendre la suite des événements. Après tout, je me sens parfaitement capable d'assumer la situation seule.

Sur l'écran, Bogart et Bacall échangèrent un sourire complice.

Lorsque Jane Doe se réveilla, au milieu de la nuit, elle s'aperçut qu'elle avait eu une crise de somnambulisme. Elle se trouvait dans la cuisine. Pourtant, elle ne se souvenait pas être sortie de son lit, ni avoir descendu l'escalier.

Il n'y avait aucun bruit dans la pièce, excepté le léger ronflement du réfrigérateur. La lumière était éteinte, mais la clarté de la lune, pleine ce soir-là, filtrait à travers les fenêtres. Aussi Jane pouvait-elle voir autour d'elle.

Elle se trouvait devant le buffet, près de l'évier. Elle avait ouvert un tiroir et sorti un couteau de boucher.

Elle baissa les yeux et sursauta quand elle vit le couteau dans sa main.

La clarté de la lune se reflétait sur la lame acérée.

Jane remit le couteau dans le tiroir.

Elle en avait serré si fort le manche que sa main lui faisait mal.

Mais pourquoi ai-je pris ce couteau ?

Un frisson lui parcourut l'échine.

Elle eut la chair de poule et réalisa soudain qu'elle était peu couverte. Elle ne portait qu'un tee-shirt, une culotte et des chaussettes.

Le réfrigérateur s'arrêta brusquement, ce qui la fit sursauter.

La maison fut soudain plongée dans un silence surnaturel.

Mais qu'est-ce que je fabriquais avec un couteau à la main ?

Elle se frotta les bras pour se réchauffer.

Peut-être avait-elle rêvé de nourriture, était-elle descendue à la cuisine pour se faire un sandwich ? Oui, c'était sûrement ça.

Mais à présent, elle n'avait plus envie de manger quoi que ce soit. Elle avait les jambes glacées et se sentait indécente dans sa fine culotte et son léger tee shirt. Elle ne pensait plus qu'à une chose : retourner au lit, se glisser sous ses couvertures.

Elle monta l'escalier dans le noir, sur la pointe des pieds, pour ne réveiller personne.

Un chien aboya dans le lointain.

Jane s'enfouit sous ses couvertures.

Elle eut du mal à se rendormir. Elle se sentait coupable de s'être promenée dans la maison en pleine nuit. Elle avait l'impression d'avoir abusé de l'hospitalité des Tracy.

C'était absurde, bien entendu. Elle n'avait pas voulu explorer la maison à leur insu. Elle avait eu une crise de somnambulisme, tout simplement. Et personne ne pouvait l'en blâmer.

8

Ce qui attirait immédiatement l'attention, dans le bureau de Carol Tracy, c'était Mickey. Des objets à l'effigie du célèbre personnage de Disney trônaient sur des étagères, occupant tout un pan de mur. Des badges voisinaient avec des boucles de ceinture et des montres. Sur une chope de bière, on pouvait voir Mickey en short et chapeau tyroliens. Mais la collection de Carol Tracy se composait esentiellement de statuettes de la star du dessin animé : Mickey avec Goofy, Pluto, Donald, Mickey et Minnie, Mickey en pyjama rayé, Mickey sur un cheval, Mickey en maillot de bain, une planche de surf sous le bras. Il y avait des statuettes de toutes les tailles — de trente à trois centimètres — et de toutes les matières — bois, métal, porcelaine, plastique, verre. Mais tous ces petits Mickey avaient quelque chose en commun : ils souriaient.

Cette collection brisait la glace avec des patients de tous les âges. Personne ne pouvait résister à Mickey.

Jane réagit comme des dizaines de patients avant elle. Elle poussa de nombreuses exclamations de surprise et de joie. Lorsqu'elle eut fini d'admirer la collection de Mickey, elle s'assit dans l'un des grands fauteuils de cuir, prête à commencer la thérapie. Son appréhension et ses tensions s'étaient envolées. La magie de Mickey avait agi, une fois de plus.

Carol n'avait pas de canapé d'analyste dans son bureau.

Elle préférait diriger les séances dans un grand fauteuil à oreillettes. Face à son patient, assis dans un fauteuil identique au sien, de l'autre côté de la table basse. Les doubles-rideaux étaient toujours fermés. Une lumière douce et dorée se diffusait dans la pièce, provenant de trois lampadaires. Hormis la collection de Mickey, la pièce avait un air très dix-neuvième siècle.

Elles parlèrent de Mickey pendant quelques minutes, puis Carol décida de clore le sujet.

— Bien mon petit. Je crois que nous devrions commencer.

La jeune fille plissa le front, l'air inquiet.

— Tu crois vraiment que l'hypnose soit la solution ?

— Oui. Je pense que c'est la meilleure thérapie dans ton cas. Mais ne t'inquiète pas. C'est un procédé très simple. Relaxe-toi et tout ira bien. D'accord ?

— D'accord.

Carol se leva de son fauteuil, fit le tour de la table basse et vint se placer derrière le siège de Jane. Elle posa ses doigts contre les tempes de la jeune fille.

— Détends-toi, mon petit. Laisse-toi aller contre le dossier du fauteuil. Les mains posées sur les genoux, paumes dirigées vers le ciel. Très bien. Maintenant ferme les yeux. Ils sont fermés ?

— Oui.

— Bien, parfait. A présent, tu vas penser à un cerf-volant. Un très grand cerf-volant en forme de diamant. Essaie de le visualiser. C'est un immense cerf-volant bleu flottant dans un ciel sans nuages. Tu le vois ?

— Oui, répondit Jane, après un temps d'hésitation.

— Regarde-le bien, mon petit. Il monte et descend souplement dans les airs. Il monte, descend, remonte un peu plus haut, redescend encore, très loin, là-haut, au-dessus de ta tête.

Carol parlait d'une voix douce, musicale.

— Tu regardes le cerf-volant, poursuivit-elle, et tu deviens peu à peu aussi légère que lui. Tu éprouves une grande sensation de liberté. Tu vas apprendre à flotter, à monter dans le ciel, comme le cerf-volant.

Tout en parlant, Carol traçait des cercles légers sur les temps de Jane.

— Toutes tes tensions t'abandonnent, tes soucis s'envolent, tu ne penses plus qu'à une chose : le cerf-volant. Le cerf-volant flottant dans le ciel bleu. Tu t'es déchargée d'un grand poids qui pesait sur tes épaules, ton front, tes tempes. Tu te sens déjà beaucoup plus légère.

Carol descendit ses mains sur la nuque de la jeune fille.

— Les muscles de ton cou se détendent. Les tensions s'en vont. Tu te libères d'un grand poids. Tu es si légère désormais, que tu te sens presque monter vers le cerf-volant, presque...

Carol posa ses mains sur les épaules de Jane.

— Détends-toi. Laisse tomber toutes tes tensions, comme des blocs de ciment. Tu deviens de plus en plus légère. Un poids se détache de ta poitrine. Et maintenant tu flottes, à quelques centimètres du sol, mais tu flottes.

— Oui... je flotte... dit la jeune fille d'une voix sourde.

— Le cerf-volant glisse tout là-haut, dans l'azur, et tu montes lentement, tout doucement pour le rejoindre.

Carol poursuivit son discours en ce sens pendant une minute encore, puis elle retourna s'asseoir dans son fauteuil.

Jane était affalée sur son siège, la tête inclinée sur le côté droit, les yeux fermés, le visage détendu. Elle respirait paisiblement.

— Tu as sombré dans un profond sommeil, dit Carol. Tu es complètement détendue. Tu comprends ?

— Oui, marmonna Jane.

— Je vais te poser quelques questions.

— D'accord.

— Tu vas rester profondément endormie et répondre à mes questions, jusqu'au moment où je te dirai de te réveiller. Compris ?

— Oui.

— Bien. Très bien. Maintenant dis-moi, quel est ton nom ?

La jeune fille demeura silencieuse.

— Quel est ton nom, ma douce ?

— Jane.

— Est-ce ton vrai nom ?

— Non.

— Alors comment t'appelles-tu ?

Jane fronça les sourcils.
— Je... ne me souviens plus.
— D'où viens-tu ?
— De l'hôpital.
— Et avant cela ?
— De nulle part.
Une goutte de salive glissa au coin de la bouche de la jeune fille. Elle la lécha avec délectation avant qu'elle ne coulât sur son menton.
— Ma grande, dit Carol, te souviens-tu de la montre Mickey que tu as vue il y a quelques minutes ?
— Oui.
— Eh bien, je suis allée la chercher sur l'étagère, dit Carol, bien qu'elle n'eût pas bougé de son siège. Et à présent, je fais tourner les aiguilles dans le sens inverse du sens habituel. Est-ce que tu vois les aiguilles tourner à l'envers ?
— Oui.
— Et maintenant, il se passe quelque chose de curieux. Tandis que je fais tourner les aiguilles à l'envers, le cours du temps s'inverse. Il n'est plus onze heures et quart, mais onze heures. Cette montre est magique. Elle dirige la marche du temps. Et maintenant il est dix heures du matin... neuf heures... huit heures. Regarde autour de toi. Où es-tu en ce moment ?
Jane ouvrit les yeux. Ils étaient fixés sur un point lointain.
— Heu... la cuisine. Oui. La table du petit déjeuner. Hum ! Le bacon est vraiment bon !
Carol la fit remonter progressivement dans le temps, jusqu'aux jours passés à l'hôpital, puis jusqu'au mardi de l'accident. La jeune fille geignit lorsqu'elle revécut l'instant du choc. Carol l'apaisa. Puis elle la fit revenir encore quelques minutes en arrière.
— Tu es sur le trottoir, dit Carol. Tu ne portes qu'un chemisier et un jean. Il pleut. Il fait frais.
Jane ferma de nouveau les yeux. Elle frissonna.
— Comment t'appelles-tu ? demanda Carol.
Jane ne répondit rien.
— Quel est ton nom, mon petit ?
— Je ne sais pas.

— D'où viens-tu ?

— De nulle part.

— Tu veux dire que tu es amnésique ?

— Oui.

— Tu avais donc déjà perdu la mémoire avant l'accident ?

— Oui.

Bien que l'état psychique de la jeune fille lui importât toujours autant, Carol se sentit soulagée par cette nouvelle. Au moins, elle n'était pas responsable de l'amnésie de Jane. Pendant quelques instants elle eut l'impression d'être aussi légère que ce cerf-volant bleu, capable de s'élancer vers le ciel.

— Bien, fit-elle. Tu vas descendre du trottoir. As-tu l'intention de traverser la rue ou de te jeter sous une voiture ?

— Je... ne... sais pas.

— Comment te sens-tu ? Heureuse ? Déprimée ? Indifférente ?

— J'ai peur, dit Jane d'une toute petite voix tremblante.

— De quoi as-tu peur ?

La jeune fille ne répondit pas.

— Qu'est-ce qui t'effraie ?

— Je sens que ça vient !

— Qu'est-ce qui vient ?

— Derrière moi !

— Qu'y a-t-il derrière toi ?

La jeune fille ouvrit de nouveau les yeux. Elle fixait toujours un point lointain, mais avec un regard terrifié à présent.

— Qu'est-ce qu'il y a derrière toi ? répéta Carol.

— Oh, mon Dieu, dit Jane pitoyablement.

— Qu'y a-t-il ?

— Non, non, fit-elle en secouant la tête, le visage blême.

Carol se pencha vers elle.

— Détends-toi mon petit. Tu vas te relaxer et rester calme. Ferme les yeux. Calme... comme le cerf-volant bleu... tout là-haut dans les cieux...

Toute tension disparut du visage de Jane.

— Parfait, dit Carol. Tout en restant calme, relaxée, tu vas me dire de quoi tu as peur.

La jeune fille ne dit rien.

— Mon petit, qu'est-ce qui te fait peur ? Qu'y a-t-il derrière toi ?

— Quelque chose...

— Quoi ?

— Quelque chose...

— Sois plus précise, dit Carol, patiemment.

— Je.. ne sais pas ce que c'est... mais ça vient... et ça m'effraie.

— Bon, remontons encore un peu dans le passé.

Utilisant de nouveau l'image des aiguilles inversant le cours du temps, Carol entraîna la jeune fille encore un peu plus loin dans le passé, un jour avant l'accident.

— Et maintenant regarde autour de toi. Où es-tu ?

— Nulle part.

— Que vois-tu ?

— Rien.

— Tu dois bien voir quelque chose mon petit.

— L'obscurité.

— Es-tu dans une pièce sombre ?

— Non.

— Y a-t-il des murs dans l'obscurité ?

— Non.

— Es-tu dehors en pleine nuit ?

— Non.

Carol fit revenir la jeune fille encore une journée en arrière.

— Et maintenant, qu'est-ce que tu vois ?

— Rien que les ténèbres.

— Il doit bien y avoir autre chose ?

— Non.

— Ouvre les yeux, ma douce.

Jane obéit. Ses yeux bleus étaient vitreux.

— Je ne vois rien, dit-elle.

Carol fronça les sourcils.

— Es-tu assise ou debout dans cet endroit sombre ?

— Je ne sais pas.

— Est-ce que tu sens quelque chose ? Une chaise, un sol, un lit ?

— Rien.

— Baisse-toi, touche le sol.

— Il n'y en a pas.

Légèrement troublée par le tour que prenait la séance, Carol changea de position dans son fauteuil, tout en se demandant comment poursuivre.

Quelques secondes plus tard, Jane battit des paupières, puis ferma les yeux.

— Bon, dit finalement Carol. Je tourne de nouveau les aiguilles de la montre à l'envers. Le temps s'inverse. Et nous allons remonter dans le passé heure par heure, jour par jour, de plus en plus vite. Tu me diras d'arrêter lorsque tu seras sortie des ténèbres. Pas avant. Les aiguilles tournent en arrière, en arrière, en arrière...

Dix secondes passèrent. Vingt. Trente.

Une minute s'écoula.

— Où es-tu ? demanda Carol.

— Toujours nulle part.

— Continue à remonter le temps.

Une autre minute passa. Carol comménçait à croire que quelque chose ne tournait pas rond. Elle avait le sentiment désagréable de perdre le contrôle de la situation, et de mettre sa patiente en danger. Un danger indéfinissable et imprévisible. Carol allait interroger ce processus de régression, lorsque Jane se mit brusquement à parler.

La jeune fille jaillit de son siège comme un ressort. Elle criait, et battait l'air de ses bras.

— Aidez-moi ! Maman ! Tante Rachel ! Pour l'amour de Dieu, aidez-moi !

La voix n'était pas celle de Jane. Elle sortait de sa bouche, mais n'avait rien de comparable avec sa voix habituelle. Cette voix, à peine déformée par la panique, avait sa propre couleur, sa propre intonation.

— Je vais mourir ici ! A l'aide ! Sortez-moi de là !

Carol s'était levée de son fauteuil, elle aussi.

— Arrête mon petit. Calme-toi.

— Je brûle ! Je brûle ! hurla la jeune fille, tout en donnant de grandes claques sur ses vêtements pour éteindre des flammes imaginaires.

— Non ! dit Carol, d'un ton ferme.

Elle contourna la table basse, puis réussit à saisir Jane par un bras. Elle reçut quelques coups au passage.

Jane se débattit, tenta de se libérer.

Carol la retint et commença à lui parler, doucement mais fermement. Elle finit par la calmer.

Jane cessa de lutter, mais se mit à suffoquer.

— La fumée, dit-elle, avec des haut-le-cœur. Il y a trop de fumée.

Encore une fois, Carol réussit à l'apaiser.

Finalement, Jane se laissa tomber dans son fauteuil. Elle était blême et avait le front constellé de petites gouttes de sueur. Ses yeux bleux, fixés sur un point lointain dans l'espace et le temps, paraissaient habités par une présence invisible.

Carol s'agenouilla près du fauteuil de la jeune fille et lui prit la main.

— Ma douce, est-ce que tu m'entends ?

— Oui.

— Ça va mieux ?

— J'ai peur...

— Il n'y a pas de feu.

— Il y en avait un. Il avait pris partout, dit Jane, avec cette voix qui ne lui appartenait pas.

— Mais l'incendie est fini. Il n'y a plus de feu nulle part.

— Si tu le dis.

— C'est vrai, je le sais. Maintenant dis-moi comment tu t'appelles.

— Laura.

— Te souviens-tu de ton nom de famille.

— Laura Havenswood.

Carol en rougit de contentement.

— Très bien. C'est parfait. Où habites-tu Laura ?

— A Shippenburg.

Shippenburg était une jolie petite ville, à moins d'une heure de voiture de Harrisburg, dans la campagne.

— Tu connais ton adresse à Shippenburg ? demanda Carol.

— J'habite une ferme, légèrement en retrait de Walnut Bottom Road.

— Alors tu pourrais m'y emmener si je te le demandais ?

— Oh oui. C'est un très bel endroit. Un grand portail avec des montants de pierre marque l'entrée de notre propriété, au bord du chemin. Puis il y a une longue allée bordée d'érables. La maison est entourée de grands chênes. Il fait frais en été, sous l'ombre des grands arbres.

— Quel est le prénom de ton père ?

— Nicholas.

— Et son numéro de téléphone ?

La jeune fille fronça les sourcils.

— Son quoi ?

— Quel est le numéro de téléphone de ta maison ?

Jane secoua la tête.

— Je ne comprends pas ce que vous voulez dire.

— Tu as le téléphone, chez toi ?

— Mais qu'est-ce qu'un téléphone ? demanda la jeune fille.

Carol la regarda, intriguée. Sous hypnose, l'adolescente ne pouvait pas jouer les naïves, lui faire ce genre de plaisanterie idiote. Tandis qu'elle l'observait attentivement, Carol vit Laura plisser le front, écarquiller les yeux. De nouveau, elle se mit à respirer difficilement.

— Laura, écoute-moi. Tu vas te calmer, te relaxer et...

La jeune fille se tordait dans tous les sens sur son siège. Haletant et poussant des cris perçants, elle glissa du fauteuil, roula sur le sol, heurta la table basse. Elle se tortillait, frissonnait, tournait la tête de gauche à droite, comme si elle avait une crise d'épilepsie, ce qui n'était pourtant pas le cas. Elle tapotait frénétiquement ses vêtements, semblant croire de nouveau qu'ils avaient pris feu. Elle appelait une femme nommée Rachel et suffoquait sous l'effet d'une fumée imaginaire.

Il fallut presqu'une minute à Carol pour la calmer, ce qui dénotait une sérieuse perte de contrôle de la part de la psychiatre. Tout médecin hypnotiseur doit pouvoir calmer un patient en quelques secondes seulement. Apparemment, Laura avait survécu à un incendie extrêmement traumatisant, dans lequel elle avait peut-être perdu un parent très cher. Carol voulait découvrir la nature exacte de ce traumatisme, mais ce n'était pas le moment. Elle avait mis si longtemps à calmer sa patiente qu'il lui fallait désormais interrompre la séance au plus vite.

Dès que Jane se fut rassise dans son fauteuil, Carol s'agenouilla près d'elle. Elle lui demanda de se souvenir de tout ce qui s'était passé durant la séance. Puis elle fit peu à peu sortir la jeune fille de son état hypnotique.

Jane se frotta les yeux, secoua la tête, s'éclaircit la voix, puis regarda Carol.

— J'ai l'impression que ça n'a pas marché, hein ?

De nouveau, elle avait sa voix d'avant la séance, celle de Jane.

Mais pourquoi sa voix a-t-elle changé sous hypnose ? se demanda Carol.

— De quoi pourrais-je me souvenir ? dit Jane. De toute cette histoire à propos du cerf-volant ? J'avais tout à fait conscience de ce que tu essayais de faire, du procédé que tu employais pour m'hypnotiser. J'imagine que c'est pour ça que ça n'a pas marché.

— Mais ça « a » marché, lui assura Carol. Et tu devrais pouvoir te souvenir de tout.

La jeune fille paraissait sceptique.

— Mais me souvenir de quoi ? Qu'est-ce qui s'est passé ? Qu'as-tu découvert ?

Carol la regarda fixement.

— Laura.

L'adolescente ne cilla même pas. Elle paraissait à peine perplexe.

— Tu t'appelles Laura, dit Carol.

— Qui te l'a dit ?

— Toi.

— Laura ? Non. Je ne crois pas.

— Laura Havenswood.

La jeune fille fronça les sourcils.

— Ce nom ne m'évoque rien.

— Tu m'as également dit que tu habitais à Shippenburg, précisa Carol.

— Où est-ce ?

— A environ une heure d'ici.

— Je n'ai jamais entendu parler de cet endroit.

— Tu vis dans une ferme, avec une allée bordée d'érables. Il y a aussi de grands chênes autour de la maison.

— Ça ne me dit vraiment rien, soupira Jane.

— Je ne l'ai pourtant pas inventé ! dit Carol. Et toi non plus, vraisemblablement. Il est quasiment impossible de mentir sous hypnose.

— Alors, tout ça doit être exact. Malheureusement, ces

détails ne me rappellent rien. Laura, Shippenburg, une ferme, non, je ne vois vraiment pas.

Carol était restée agenouillée auprès de Jane. Elle se releva, puis fléchit ses jambes ankylosées.

— Je n'ai encore jamais vu de patient réagir comme toi. Ils se souviennent toujours des événements revécus sous hypnose. Mais toi pas. Pourtant, le simple fait d'entendre ton nom devrait provoquer une réaction chez toi.

— Bah ! non, tu vois.

— Etrange...

La jeune fille leva les yeux vers Carol.

— Et maintenant, que faisons-nous ?

Carol réfléchit quelques instants.

— Nous allons faire vérifier ta nouvelle identité par les autorités.

Carol se dirigea vers son bureau, décrocha le combiné, puis composa le numéro de la police d'Harrisburg.

L'inspecteur chargé du dossier de Jane Doe lui promit de vérifier les informations concernant la famille Havenswood sur-le-champ, et de la rappeler rapidement.

Quatre heures plus tard, à quinze heures cinquante-cinq, le téléphone sonna. C'était l'inspecteur Lincoln Werth.

Tandis que Carol l'écoutait, Jane était assise sur le bord du bureau, guettant les expressions de la jeune femme, un rien tendue.

— Docteur Tracy, dit Werth, j'ai passé l'après-midi au téléphone avec la police de Shippenburg, puis avec le shérif du comté. J'ai bien peur qu'il s'agisse d'une quête sans espoir.

— Qu'est-ce qui vous fait croire ça ?

— Nous n'avons trouvé personne du nom d'Havenswood à Shippenburg, ni dans les environs. Ils ne figurent pas sur la liste des abonnés au téléphone et...

— Peut-être n'ont-ils pas le téléphone.

— Bien entendu, nous avons envisagé cette possibilité, dit Werth. Nous n'avons pas tiré de conclusions hâtives, croyez-moi. Nous avons cherché dans toutes les directions : la compagnie d'électricité, le bureau des impôts locaux. Nous avons découvert que personne du nom d'Havenswood ne possède de ferme dans le secteur.

— Ils pourraient être métayers, suggéra Carol.

— Ils pourraient, oui. Mais à mon avis, ils n'existent pas. La jeune fille aura menti.

— Et pourquoi ?

— Je ne sais pas. Peut-être que toute cette histoire d'amnésie n'est qu'un cauchemar. Si ça se trouve, il s'agit d'une banale fugueuse.

— Non, certainement pas.

Carol regarda Jane. Il y avait quelque chose de si pur dans ses yeux !

— En outre, poursuivit Carol, il est impossible de mentir si effrontément sous hypnose.

Bien que Jane n'entendît que la moitié de la conversation, elle avait compris qu'il n'y avait pas de Havenswood dans la région. Son visage s'assombrit. Elle se dirigea vers les étagères et se plongea dans la contemplation des statuettes Mickey.

— Cette histoire est vraiment étrange, tout de même, dit Lincoln Werth.

— Etrange ? s'enquit Carol.

— Eh bien, lorsque j'ai donné la description exacte de la ferme, le shérif et tous les officiers de police ont immédiatement reconnu l'endroit. Il existe réellement.

— Alors pourquoi...

— Mais aucun Havenswood n'y habite. C'est la famille Ohlmeyer qui possède la ferme. Ils sont très connus et très bien vus dans la région. Il y a Oren Ohlmeyer, sa femme et ses deux fils. Ils n'ont jamais eu de fille, m'a-t-on dit. Avant qu'Oren ne possède la maison et les terres, celles-ci appartenaient à son père, qui les avait achetées à la fin du siècle dernier. L'un des hommes du shérif est allé là-bas. Il leur a demandé s'ils connaissaient une jeune fille nommée Laura Havenswood. Ils ont dit que non. Ils ne connaissaient d'ailleurs personne répondant à sa description.

— Ainsi, la ferme existe bien, dit Carol songeuse.

— Oui. C'est drôle, hein ? remarqua Werth.

La Volkswagen rouge roulait en direction de la maison, dans des rues inondées par un soleil automnal.

— Tu crois que je faisais semblant d'être hypnotisée ? demanda soudain la jeune fille.

— Mon Dieu non ! Tu étais réellement en état d'hypnose. Et puis, tu n'es certainement pas une assez bonne actrice pour avoir inventé l'histoire de l'incendie.

— L'incendie.

— Je suppose que tu as oublié cela aussi.

Carol lui raconta qu'elle avait appelé à l'aide et suffoqué sous l'effet d'une fumée imaginaire.

— Ta peur était vraie. Elle venait d'une expérience vécue. Je serais prête à parier n'importe quoi là-dessus.

— Je ne me souviens de rien. Tu crois que j'ai été bloquée dans un incendie, une fois dans ma vie ?

— Possible.

Un feu passa au rouge devant elle. Carol arrêta la voiture.

— Tu n'as aucune cicatrice. Donc, si tu as été bloquée dans un incendie, tu en es sortie indemne. Mais il se pourrait également que tu aies perdu un être cher dans un incendie, sans avoir été là toi-même. Dans ce cas, tu as peut-être confondu, sous hypnose, ta peur de perdre cette personne avec ta peur de mourir. Suis-je bien claire ?

— Je crois que je te suis, oui. Mon amnésie pourrait être due à cet incendie — enfin, au choc qu'il a provoqué en moi. Et si mes parents ne se sont pas manifestés jusqu'ici, c'est peut-être qu'ils sont morts, brûlés vifs.

Carol prit la main de la jeune fille.

— Ne te tourmente pas avec ça, ma douce. Je peux me tromper. Mais il s'agit d'une éventualité à laquelle tu devrais néanmoins te préparer.

La jeune fille se mordit la lèvre, tout en acquiesçant d'un hochement de tête.

— Cette perspective m'effraie un peu mais je ne me sens pas vraiment triste. Tu comprends, je ne me souviens pas du tout de mes parents. Alors, l'idée qu'ils soient morts ne m'affecte pas.

Derrière elles, le chauffeur d'une Datsun actionna son klaxon.

Le feu était passé au vert. Carol appuya sur l'accélérateur.

— Nous essaierons d'éclaircir le mystère de l'incendie durant la séance de demain.

— Tu crois toujours que je suis Laura Havenswood ?

— Eh bien, pour le moment, nous continuerons à t'appeler Jane. Mais je pense que tu es Laura Havenswood, oui.

— La police n'a pourtant retrouvé aucune trace de ma famille, lui rappela la jeune fille.

— Effectivement, dit Carol, mais on ignore encore si tu t'appelles Havenswood ou non. En revanche, on sait d'une manière certaine que tu n'as jamais vécu à Shippenburg. Mais tu as dû y aller au moins une fois, parce que la ferme existe. En tout cas tu l'as au moins vue, ne serait-ce qu'en passant devant. Apparemment, même sous hypnose, même replongée dans une période de ta vie d'avant ton amnésie, tes souvenirs demeurent confus. J'ignore pourquoi, et comment c'est possible. Je n'ai encore jamais vu de cas comme le tien. Mais nous allons travailler à faire ressurgir tous tes souvenirs, à les démêler. Le problème réside peut-être dans la nature des questions que je t'ai posées, et dans ma façon de te les poser. Nous n'avons qu'à continuer la thérapie et attendre que ta mémoire revienne.

Elles roulèrent un moment en silence. Puis Jane reprit la parole.

— Je n'espère qu'à moitié que ma mémoire revienne rapidement, avoua Jane. Surtout depuis que tu m'as parlé de votre chalet dans les montagnes. J'ai vraiment envie d'y aller.

— Oh, mais tu iras, ne t'inquiète pas. Nous partirons vendredi. Et même si la séance de demain se passe bien, cela m'étonnerait fort que nous éclaircissions le mystère de Laura Havenswood. Je te l'ai dit, cette thérapie sous hypnose risque d'être longue.

— J'ai comme l'impression que tu vas m'avoir sur les bras un bon bout de temps.

Carol poussa un profond soupir, singeant la lassitude.

— Il semblerait, oui. Oh, tu représentes une charge si

lourde, si terrible pour moi. Je ne sais pas si je te supporterai bien longtemps.

Carol posa une main sur son cœur, dans un geste mélodramatique qui fit glousser Jane.

— Tu sais quoi ? dit celle-ci.

— Quoi ?

— Je t'aime beaucoup, moi aussi.

Elles se regardèrent et se sourirent.

Au feu rouge suivant, Jane parla de nouveau.

— J'ai comme une intuition à propos de ces montagnes, dit-elle.

— Ah oui, laquelle ?

— Je crois qu'on va vraiment s'amuser là-bas. Tu verras, ce sera génial. Une vraie aventure.

Ses yeux bleus brillèrent tout à coup d'un éclat particulier.

Après le dîner, Paul proposa de jouer au scrabble. Il installa la grille cartonnée sur la table du salon. Carol expliqua les règles du jeu à Jane, qui ne se souvenait pas si elle avait déjà joué au scrabble ou non. A tour de rôle ils jetèrent le dé, pour déterminer qui allait commencer. Ce fut Jane qui joua la première. Elle marqua vingt-deux points, profitant du score doublé du premier mot de la partie : LAME.

— Pas mal, pour un début, remarqua Paul.

Il espérait sincèrement qu'elle gagne. En effet, la moindre petite victoire, le compliment le plus anodin, lui faisaient tellement plaisir ! Mais il n'allait certes pas la laisser gagner au scrabble. Elle devrait mériter sa victoire. D'ailleurs, Paul jouait toujours très sérieusement aux jeux de société. Il s'investissait à fond dans n'importe quelle partie, comme dans son travail.

— J'ai comme l'impresson, dit-il à Jane, que tu es ce genre de gamine qui prétend n'avoir jamais joué au poker de sa vie, et qui ramasse le pot à chaque coup.

— Alors, tu jouerais pour de l'argent ? demanda Jane.

— Ah non, sûrement pas !

— Tu as peur ?

— J'en tremble d'avance. Tu aurais gagné la maison à la fin de la partie.

— Mais je vous permettrais de rester.

— Quelle générosité !

— Je n'exigerais pas un loyer trop élevé.

— Oh, cette enfant a vraiment un cœur d'or !

Tandis qu'ils plaisantaient, Carol avait étudié son groupe de lettres.

— J'ai là un mot qui colle parfaitement avec celui de Jane, annonça-t-elle. Avec le A de lame, elle fit le mot sang.

```
 S
LAME
 N
 G
```

— Vu les mots que vous avez trouvés, dit Paul, je crois qu'on peut s'attendre à une partie sanglante.

Jane et Carol eurent un rire gentiment moqueur, puis piochèrent de nouvelles lettres.

A sa grande surprise, Paul s'aperçut qu'il avait de quoi poursuivre le thème morbide entamé par les deux femmes. Il ajouta un T, un U et un R au E de lame, formant le verbe TUER.

```
   T
 S U
LAME
 N R
 G
```

— C'est vraiment étrange, dit Carol.

— Et ça continue annonça Jane, en posant quatre lettres après le T de TUER, formant le mot TOMBE.

Paul regardait fixement la grille de mots. Et soudain, il se sentit mal à l'aise. La probabilité que les quatre premiers mots d'une partie de scrabble aient un tel rapport entre eux devait être très faible. Un sur dix mille ? Non. Sûrement beaucoup plus. Un sur cent mille ? Une chance sur un million ?

Carol leva les yeux de son groupe de lettres.

— Vous n'allez pas croire ça, annonça-t-elle.

Puis elle posa trois nouvelles lettres sur la grille.

```
      T O M B E
  S   U   O
L A M E   R
  N   R   T
  G
```

— MORT ? fit Paul. Oh, non. Trop c'est trop. Enlève ce mot et fais-en un autre.

— Mais je ne peux rien faire d'autre avec les lettres que j'ai !

— Ce n'est pas vrai, objecta Paul. Tu aurais pu placer ton O, ton R et ton T au-dessus du E de TOMBE pour faire TORE.

— Effectivement, concéda Carol. Mais dans ce cas, j'aurais marqué moins de points. Je n'aurais pas pu profiter de la case « mot compte double ».

Tout en écoutant l'explication de Carol, Paul ressentit comme un grand froid, un vide immense en lui. Un peu comme s'il marchait sur une corde raide, tout en sachant qu'il allait tomber d'un moment à l'autre dans un gouffre sans fond.

Il se sentit envahi par une sensation de déjà vu si intense, qu'il lui sembla perdre le souffle. Il n'avait pourtant pas le souvenir d'une partie de scrabble ressemblant, même vaguement, à celle-ci. Alors pourquoi cette impression d'avoir déjà vécu tout ça ? La réponse lui vint instantanément. Ce qui lui était atrocement familier dans cette situation, c'était la sensation terrifiante de vide et de froid éprouvée à la vue des mots sur la grille.

Paul avait ressenti la même angoisse dans le grenier, la semaine précédente, lorsque la source du mystérieux martèlement lui avait paru se situer dans l'air, juste au-dessus de son nez. Quand chaque coup lui avait semblé provenir d'une autre dimension de l'espace et du temps.

Et à présent, devant cette grille de scrabble, il se sentait de nouveau confronté à un phénomène surnaturel et terrifiant.

— Ecoute, dit-il à Carol, pourquoi ne tires-tu pas de nouvelles lettres, après avoir remis celles-ci dans la pioche. Tu pourrais faire un autre mot que MORT.

Il vit que cette suggestion la surprenait.

— Et pourquoi ? s'enquit-elle.

Paul fronça les sourcils.

— Nous jouons gentiment au scrabble en famille. Alors, lame, sang, mort, tombe, tuer sont-ils vraiment les mots qui conviennent à une telle situation ?

Carol l'observa pendant quelques instants. Son regard perçant le mit mal à l'aise.

— Mais il s'agit seulement d'une coïncidence, dit-elle, visiblement surprise de le voir réagir ainsi.

— Je le « sais », dit-il, quoiqu'il ne le pensât pas.

Mais il ne pouvait trouver une explication rationnelle à son affreux pressentiment : l'agencement des mots sur la grille de scrabble était l'œuvre de quelque force obscure, puissante, et non une simple coïncidence.

— Un hasard, oui. N'empêche que ça me fait froid dans le dos, dit-il, maladroitement.

Il se tourna vers Jane, cherchant une alliée.

— Et toi, ça ne t'effraie pas ?

— Si, un peu, admit la jeune fille. Mais je trouve cela fascinant en même temps. Je me demande combien de temps encore nous allons trouver des mots du même ordre.

— Moi aussi, je me pose la question, dit Carol.

Elle donna une tape amicale sur l'épaule de son mari.

— Tu sais quel est ton problème, chéri ? Eh bien, tu n'as aucune curiosité scientifique. Et maintenant, arrête de nous embêter, et joue. C'est à toi.

Paul prit quatre nouvelles lettres dans la pioche. Il les posa sur son support en bois, les regarda quelques instants puis frissonna.

« Mon Dieu ! »

Il tanguait de nouveau sur un fil, au-dessus d'un abîme.

— Alors ? fit Carol.

Une coïncidence. Il « fallait » que ce soit une coïncidence.

— Eh bien ? s'enquit Carol.

Il leva les yeux vers elle.

— Qu'as-tu trouvé ? demanda Carol.

Incapable de répondre, Paul tourna son regard vers Jane.

Elle était penchée sur la table, aussi impatiente que Carol de savoir si l'enchaînement morbide se poursuivait ou non.

Paul baissa les yeux sur sa rangée de lettres. Le mot était toujours là. Terrifiant, mais bien réel.

— Paul ? dit Carol.

Il agit alors avec une telle rapidité, que ni Jane ni Carol n'eurent le temps de protester. Il ramassa prestement ses lettres, puis les jeta dans la pioche. Il fit de même avec les cinq mots terribles posés sur la grille.

— Paul, pour l'amour de Dieu ! s'exclama Carol.

— Nous allons faire une autre partie. Ces mots ne vous gênaient peut-être pas, mais moi si. Je désire me détendre. Si j'ai envie d'entendre parler de mort et de sang, je peux toujours regarder les informations à la télé.

— Quel mot avais-tu trouvé ? demanda Carol.

— Je ne sais plus, éluda-t-il. De toute façon, il ne collait pas avec les mots sur la grille. Allez, faisons une nouvelle partie.

— Mais tu avais pourtant un mot, insista Carol.

— Non.

— Moi aussi je crois que tu en avais un, renchérit Jane.

— Alors, tu nous le dis ? le pressa Carol.

— Bon, bon. J'en avais un, oui. C'était un mot obscène. Un mot qu'un gentleman ne prononce pas devant des dames.

Les yeux de Jane pétillèrent de curiosité.

— Vraiment ? fit-elle. Allez, dis-le nous. Ne sois pas si coincé !

— Coincé ? Mais vous n'avez donc aucune pudeur, mademoiselle ?

— Aucune pudeur, non.

— Ne seriez-vous pas un rien vulgaire ?

— Très vulgaire. J'adore les propos obscènes. Allez, dis-nous ton mot.

— Vous devriez avoir honte toutes les deux, dit-il.

Peu à peu, il réussit, tout en plaisantant, à leur faire oublier leur curiosité. Ils firent une nouvelle partie, banale, cette fois-ci.

Plus tard, au lit, Paul fit l'amour à Carol. Il n'était pas particulièrement excité. Il désirait simplement se rapprocher d'elle.

Après que les murmures amoureux eurent cessé pour

laisser place à un silence complice, Carol lui demanda de nouveau quel était son mot.

— Huuummm ? fit-il, faisant semblant de ne pas comprendre.

— Ton mot obscène, au scrabble. Tu ne l'as tout de même pas oublié.

— Ce n'était rien d'intéressant.

— Ah, ah ! s'exclama Carol. Après tout ce que nous venons de faire dans ce lit, tu n'as pas besoin de ménager ma pudeur !

— Je n'avais pas trouvé de mot obscène, dit-il — ce qui était vrai. En réalité, je n'avais pas trouvé de mot du tout — ce qui était un mensonge. J'ai simplement pensé que ces cinq mots étaient dangereux pour Jane.

— Dangereux ?

— Oui. Tu m'as raconté qu'elle avait peut-être perdu ses parents dans un incendie, une tragédie dont elle pourrait se souvenir d'un moment à l'autre. Ce soir, elle avait besoin de se détendre, de s'amuser. Or, comment ce jeu aurait-il pu lui être bénéfique s'il lui rappelait sans cesse la mort probable de ses parents ?

Carol se redressa légèrement sur ses coudes, puis se pencha vers Paul, ses seins frôlant la poitrine de son mari.

— Est-ce vraiment la seule raison qui t'a fait interrompre la partie ?

— TU trouves que j'ai eu tort ? Que j'en ai trop fait ?

— Peut-être, peut-être pas. De toute façon, c'était plutôt morbide.

Elle lui embrassa le nez.

— Tu sais pourquoi je t'aime tant ?

— Parce que je suis un amant formidable.

— Certes, mais ce n'est pas pour ça que je t'aime.

— Pour mes gros biceps, alors.

— Non, pas pour ça.

— Parce que j'ai toujours les ongles bien nets ?

— Non plus.

— J'abandonne.

— Tu es si sensible, si attentif aux autres. Tu voulais que Jane se distraie, s'amuse ce soir. Voilà pourquoi je t'aime.

— Je pensais que c'était pour mes yeux noisette.

— Non.

— Mon profil grec ?

— Tu plaisantes ?

— Ah, j'y suis ! C'est le troisième orteil de mon pied gauche qui te fait craquer, celui qui est un peu plus long que les autres.

— Oh, je n'avais pas pensé à ça ! Tu as raison. C'est cet orteil qui me rend folle.

Ils éclatèrent de rire et s'étreignirent tendrement. Puis ils s'embrassèrent et eurent de nouveau envie l'un de l'autre. Carol eut un violent orgasme quelques secondes seulement avant Paul. Lorsque finalement ils s'allongèrent côte à côte pour la nuit, Paul se sentit agréablement épuisé.

Carol s'endormit néanmoins avant lui. Il regardait fixement le plafond de la chambre obscure et pensait à la partie de scrabble.

LAME, SANG, MORT, TOMBE, TUER...

Il pensait au mot qu'il avait caché à Jane et à Carol, au mot qui l'avait contraint d'interrompre brusquement la partie. Lorsque ç'avait été son tour de jouer, il lui restait trois lettres, dont un C. Il en avait donc pioché quatre autres. La première fut un A. La deuxième un R. Il savait déjà quelles seraient les lettres suivantes, il aurait voulu arrêter. Mais sa curiosité l'avait poussé à continuer. Alors il avait pioché un O, puis un L.

C... A... R... O... L...

LAME, SANG, MORT, TOMBE, TUER, CAROL.

Bien entendu, Paul n'aurait pu placer ce mot sur la grille, la règle du jeu interdisant l'usage des noms propres. Mais là n'était pas la question. L'important était que Paul eût tiré les lettres du nom de sa femme dans l'ordre. Rien que d'y penser, cela lui donnait le frisson.

Ce pourrait être un mauvais présage, se dit-il, l'annonce qu'il va arriver quelque chose à Carol. Juste après que les deux cauchemars de Grace Mitowski se furent avérés prophétiques.

Paul repensa alors à tous les événements étranges survenus dans leur vie depuis peu : l'incident chez O'Brian, le martèlement suspect dans la maison, l'intrus qui courait dans le jardin le soir de l'orage. Paul sentait que tous ces événements étaient liés, mais il ne voyait pas comment.

LAME, SANG.

MORT, TOMBE.

TUER, CAROL.

Si ces mots constituaient réellement un avertissement, en quoi celui-ci pouvait-il l'aider à protéger Carol d'un éventuel danger ? D'où venait cette menace, et quelle forme prendrait-elle ? Paul ne voyait pas la nécessité de raconter à Carol qu'il avait tiré les lettres de son nom.

Il ne voulait pas l'inquiéter.

Alors, allongé sous ses couvertures, glacé, il s'inquiétait pour elle.

A deux heures du matin, Grace était encore en train de lire dans son bureau. Il n'était pas question qu'elle se couchât avant une heure ou deux. Les incidents de cette dernière semaine avaient fait d'elle une insomniaque.

Ce jour-là pourtant avait été relativement vide d'événements. Certes, Aristophane se comportait toujours d'une manière bizarre — il la fuyait, il l'épiait — mais il n'avait plus rien détérioré dans la maison. En outre, il utilisait à nouveau sa litière. Autant de signes encourageants. Par ailleurs, Grace n'avait plus reçu de coups de téléphone du prétendu Léonard. En somme, elle avait vécu une journée normale.

Et pourtant...

Elle était toujours tendue et incapable de dormir, parce qu'elle se sentait dans l'œil du cyclone. Elle avait l'impression que le calme qui l'entourait n'était qu'illusoire, que le tonnerre grondait autour d'elle, sans qu'elle pût l'entendre. Elle s'attendait à se retrouver plongée dans la tourmente d'un moment à l'autre, et dans cette attente, elle ne pouvait trouver la paix.

Elle entendit un bruit furtif, et leva les yeux de son livre.

Aristophane venait de passer discrètement la tête dans l'encadrement de la porte.

Leurs yeux se rencontrèrent.

Pendant une seconde, Grace eut l'impression de plonger son regard dans celui d'un être d'une intelligence supérieure, doué de sagesse et d'expérience.

Aristophane cracha.

Ses yeux ressemblaient à deux boules de cristal vert, bleu, glacé.

— Qu'est-ce que tu veux mon chat ?

Il détourna dédaigneusement la tête, puis regagna le couloir sans hâte, de sa démarche souple et élégante, exactement comme s'il n'avait pas été en train de l'épier. Ils savaient pourtant l'un et l'autre qu'il l'avait espionnée.

M'espionner ? se dit-elle. Est-ce que je deviendrais folle ? Pour qui un chat ferait-il de l'espionnage ? L'Arabie Chaoudite ? Le Matou-Grosso ? Felinegrad ? Ces mauvais jeux de mots ne réussirent même pas à lui arracher un sourire.

Assise dans son fauteuil, son livre posé sur les genoux, elle commençait à s'interroger sur sa santé mentale.

[illegible] regard [illegible] pour d'un [illegible] jusqu'[illegible] de [illegible] et d'expérience.

[illegible]

— Vous ressemblez à deux [illegible] de [illegible].

— Qu'est-ce que tu [illegible] ?

Il téléphona [illegible] [illegible] comme [illegible] avait [illegible] [illegible] l'autre qu'il [illegible] est-ce que [illegible] ? Pour [illegible] [illegible] ? [illegible] ne réussissent [illegible]

[illegible]

9

JEUDI APRÈS-MIDI.

Comme d'habitude, les doubles rideaux du bureau étaient tirés. Les deux lampadaires diffusaient une faible lumière dorée, et les nombreuses incarnations de Mickey arboraient un sourire sympathique.

Carol et Jane étaient assises dans les fauteuils à oreillettes.

Le jeune fille entra rapidement en état d'hypnose. Pour les patients, c'était généralement plus facile la deuxième fois, et Jane ne fit pas exception à la règle.

Carol utilisa de nouveau l'image des aiguilles inversant le cours du temps. En trente secondes, elle avait fait revenir Jane dans le passé, à l'époque d'avant son amnésie. La jeune fille eut un mouvement convulsif et se redressa sur son siège, raide comme la justice. Ses yeux s'ouvrirent comme ceux d'une poupée. Elle regardait « à travers » Carol, le visage contracté sous l'effet d'une immense terreur.

— Laura ? dit Carol.

La jeune fille porta les deux mains à son cou, dans une grimace de douleur. Elle se mit à respirer bruyamment. Elle semblait revivre l'expérience traumatisante de la séance précédente, mais cette fois, elle ne cria pas.

— Les flammes ne peuvent pas t'atteindre, dit Carol,

d'une voix apaisante. Tu ne souffres pas, ma chérie. Détends-toi. Sois calme. Il n'y a pas de fumée. Alors respire normalement et relaxe-toi.

La jeune fille ne l'écouta pas. Elle se mit à transpirer. Elle eut de violents haut-le-cœur.

Ayant encore une fois perdu le contrôle de la situation, Carol redoubla d'efforts pour calmer sa patiente. Mais en vain.

Jane se mit à gesticuler comme une furie, frappant l'air de ses poings serrés.

Soudain, Carol comprit que la jeune fille voulait parler, mais qu'elle n'y parvenait pas.

Des larmes coulèrent le long de ses joues. Elle remuait les lèvres, essayant désespérément d'en faire sortir des mots. Outre la peur, il y avait maintenant de la frustration dans son regard.

Carol saisit rapidement un bloc-notes et un stylo sur son bureau.

— Ecris-le moi, ma chérie.

La jeune fille serra si fort le stylo, que les articulations de ses doigts blanchirent. Elle baissa les yeux sur le bloc-notes. Elle cessa d'avoir des haut-le-cœur, mais se mit à trembler de tous ses membres.

Carol s'agenouilla près de son siège, afin de pouvoir lire sur le bloc de papier.

— Que veux-tu me dire ?

La main tremblant comme celle d'une vieille femme, Jane griffonna sur le bloc deux mots à peine lisibles : « Aide-moi. »

— Pourquoi as-tu besoin d'aide ?

De nouveau, Jane écrivit : « Aide-moi. »

— Pourquoi n'arrives-tu pas à parler ?

— Tête.

— Sois plus précise.

— Ma tête.

— Qu'est-ce qu'elle a ta tête ?

La jeune fille entreprit de former une lettre sur le bloc, puis sauta à la ligne suivante et recommença, mais en vain. Elle fit une troisième tentative, toujours sans succès. Alors elle se mit à gribouiller frénétiquement la feuille de papier.

— Arrête ! dit Carol. Relaxe-toi, nom d'une pipe. Sois calme.

Jane cessa de gribouiller. Elle demeura silencieuse, les yeux fixés sur la feuille de papier.

Carol arracha la feuille griffonnée, et la jeta sur le sol.

— Très bien. Maintenant tu vas répondre à mes questions calmement et aussi précisément que possible. Comment t'appelles-tu ?

— Millie.

Carol regardait ce nom manuscrit et se demandait ce qui était arrivé à Laura Havenswood.

— Millie ? Tu es bien sûre que ce soit ton nom ?

— Millicent Parker.

— Où est Laura ?

— Qui est Laura ?

La jeune fille avait l'air hagard. Des gouttes de sueur commençaient à sécher sur sa peau fine et blanche. Ses yeux bleus étaient totalement vides d'expression. Sa mâchoire inférieure pendait, comme désarticulée.

Carol passa une main devant le visage de la jeune fille. Celle-ci ne broncha pas. Elle ne feignait donc pas d'être hypnotisée.

— Où habites-tu, Millicent ?

— Harrisburg.

— C'est donc ici, en ville. Quelle est ton adresse ?

— Front Street.

— Au bord du fleuve ? Tu connais le numéro de la rue ?

La jeune fille l'écrivit.

— Comment s'appelle ton père ?

— Randolph Parker.

— Comment s'appelle ta mère ?

La jeune fille fit un gribouillis sur la feuille de papier.

— Comment s'appelle ta mère ? répéta Carol.

L'adolescente fut de nouveau en proie à des tremblements spasmodiques. Elle eut des haut-le-cœur et porta encore une fois ses mains à sa gorge. Le stylo fit un trait noir sur son menton.

Visiblement, la plus petite allusion à sa mère l'effrayait. C'était là un territoire de son inconscient qu'il faudrait explorer. Mais plus tard.

Carol réussit à la calmer. Après quoi elle lui posa une nouvelle question.

— Quel âge as-tu, Millie ?

— C'est mon anniversaire demain.

— Vraiment ? Et quel âge auras-tu ?

— Je ne les aurai pas.

— Qu'est-ce que tu n'auras pas ?

— Mes seize ans.

— Pour le moment, tu as quinze ans ?

— Oui.

— Et tu penses que tu ne vivras pas jusqu'à ton seizième anniversaire. C'est bien ça ?

— Vivrai pas.

— Et pourquoi ?

La jeune fille se mit à transpirer de nouveau. Des gouttes de sueur se formaient sur ses tempes et son front.

— Pourquoi ne vivras-tu pas jusqu'à ton seizième anniversaire ? insista Carol.

Encore une fois, la jeune fille gribouilla rageusement la feuille de papier.

— Arrête immédiatement, dit Carol, d'un ton ferme. Relaxe-toi, reste calme et réponds à mes questions.

La jeune femme arracha la feuille de papier griffonnée, puis la jeta sur le sol.

— Pourquoi ne vivras-tu pas assez longtemps pour fêter ton seizième anniversaire, Millie ?

— Tête.

Nous y revoilà, pensa Carol.

— Que veux-tu dire ? Quel est le problème lié à ta tête ?

— Tranchée.

Carol regarda fixement ce mot pendant quelques instants. Puis elle leva les yeux vers la jeune fille.

Millie-Jane luttait pour rester calme, mais elle battait nerveusement des paupières. Elle avait des yeux terrifiés. Des rigoles de sueur coulaient sur son front, ses lèvres avaient perdu pratiquement toute couleur et son teint était cireux.

Elle se remit à écrire d'une manière frénétique. Mais ses mots étaient tous les mêmes : « Tranchée, tranchée, tranchée, tranchée... » La tête exagérément penchée sur le bloc de papier, la main crispée sur le stylo, elle semblait habitée par quelque terrible obsession.

Doux Jésus, pensa Carol, on croirait assister à un reportage en direct de l'enfer.

Laura Havenswood. Millicent Parker. L'une hurlant de terreur, dévorée par les flammes, l'autre victime de décapitation. Mais quel rapport y avait-il entre ces filles et Jane Doe ? Elle ne pouvait pas être « les deux ». Peut-être n'était-elle aucune d'entre elles. Avait-elle réellement connu ces jeunes filles, ou bien sortaient-elles tout droit de son imagination ?

Mais que se passe-t-il ici, à la fin ? se demanda Carol.

De sa main, elle entoura la main qui écrivait. Elle retint le stylo pour l'empêcher de trembler. D'une voix très douce, elle dit à Millie-Jane que tout allait bien et qu'elle devait se relaxer.

Les paupières de la jeune fille cessèrent de s'agiter. Elle se laissa aller contre le dossier de son siège.

— Très bien, dit Carol. Je crois que ça suffit pour aujourd'hui, ma chérie.

Toujours grâce à sa montre imaginaire, elle ramena la jeune fille dans le présent.

Pendant quelques secondes, tout se passa bien. Puis soudain la jeune fille bondit de son siège, laissa tomber sur le sol le bloc de papier, et balança le stylo à travers la pièce. Son pâle visage devint écarlate, brusquement envahi par une expression de rage.

Carol se remit debout. Elle s'approcha de la jeune fille.

— Que se passe-t-il, mon petit ?

L'adolescente avait un regard sauvage. Elle se mit à crier avec une telle force que Carol reçut de la salive dans la figure.

— Merde ! Elle l'a fait, cette salope ! Cette ignoble salope !

La voix n'était pas celle de Jane.

Ni celle de Laura.

Mais une nouvelle voix. Avec sa propre intonation. Carol eut le pressentiment que ce n'était pas non plus la voix de Millicent Parker, la jeune fille muette. Elle soupçonnait qu'une identité toute nouvelle venait de faire surface.

La jeune fille se tenait debout, très raide. Les poings sur les hanches, elle semblait fixer l'infini, le visage déformé par la colère.

— Cette ignoble salope l'a fait ! Elle a osé me le faire encore une fois !

La jeune fille continua à proférer des insultes d'une voix aiguë. La moitié des mots qu'elle employait étaient obscènes. Carol tenta de la calmer, mais ce ne fut pas simple, cette fois. Pendant plus d'une minute, l'adolescente continua à jurer et à pousser des gémissements. Elle finit néanmoins par retrouver le contrôle d'elle-même. Elle cessa de crier, mais son visage exprimait toujours la colère.

Carol lui fit face et la prit par les épaules.

— Comment t'appelles-tu ? demanda-t-elle.

— Linda.

— Quel est ton nom de famille ?

— Bektermann.

Il s'agissait bien d'une nouvelle identité, comme l'avait soupçonné Carol.

— Où habites-tu, Linda ?

— Second Street.

— A Harrisburg ?

— Oui.

Carol lui demanda son adresse exacte, et la jeune fille la lui donna. Cette rue se situait à quelques centaines de mètres seulement de l'endroit où prétendait habiter Millie Parker.

— Comment s'appelle ton père, Linda ?

— Herbert Bektermann.

— Quel est le nom de ta mère ?

Cette question produisit le même effet sur Linda que sur Millie. La jeune fille devint de nouveau très agitée et se remit à crier.

— La salope ! Oh, mon Dieu, qu'est-ce qu'elle m'a fait ! L'immonde salope ! Je la hais ! Je la hais !

Ebranlée par ce mélange de haine et de douleur dans la voix de la jeune fille, Carol la calma rapidement.

— Quel âge as-tu, Linda ?

— C'est mon anniversaire demain.

Carol fronça les sourcils.

— Est-ce donc à Millicent que je m'adresse, à présent ?

— Qui est Millicent ?

— Alors c'est toujours à Linda que je parle ?

— Oui.

— Et c'est ton anniversaire demain ?

— Oui.

— Tu auras quel âge ?

— Je n'assisterai pas à mon anniversaire.

Carol battit des paupières.

— Tu veux dire que tu ne vivras pas assez longtemps pour fêter ton anniversaire ?

— Exactement.

— S'agit-il de ton seizième anniversaire ?

— Oui.

— Alors, tu as quinze ans pour le moment ?

— Oui.

— Pourquoi as-tu peur ?

— Parce que je sais que je vais mourir.

— Comment peux-tu le savoir ?

— Parce que je le suis déjà.

— Tu es déjà en train de mourir ?

— Non, je suis déjà morte.

— Tu es déjà morte ?

— Je vais l'être.

— Sois plus précise, s'il te plaît. Essaies-tu de me dire que tu es déjà morte ? Ou bien que tu as peur de mourir très bientôt ?

— Oui.

— Quelle est la bonne réponse ?

— Les deux.

— Comment peux-tu penser que tu vas mourir, Linda ?

— Elle me tuera.

— Qui ?

— La salope.

— Ta mère ?

La jeune fille se plia en deux et porta sa main droite à sa taille, comme si elle venait de recevoir un coup. Elle hurla, fit deux pas en titubant, puis s'écroula sur le sol avec un bruit sourd. Une fois par terre, elle continua à crisper sa main sur son côté droit. Elle agitait ses jambes en tous sens et se tordait de douleur. Une douleur imaginaire, mais qu'elle ressentait réellement.

Effrayée par l'ampleur que prenait la situation, Carol s'agenouilla près d'elle, lui prit la main, et lui demanda instamment de se calmer. Lorsqu'enfin la jeune fille se détendit, Carol la ramena rapidement dans le présent et la fit sortir de son état d'hypnose.

Jane cligna des yeux, regarda Carol. Elle tâta le sol d'une main, comme pour s'assurer qu'elle était bien allongée là.

— Wouah, mais qu'est-ce que je fais par terre ?

Carol l'aida à se relever.

— Tu ne te souviens de rien ?

— Non. Je t'ai encore appris des choses sur moi ?

— Non, je ne pense pas. Tu m'as dit être une fille du nom de Millicent Parker. Après quoi tu as dit t'appeler Linda Bektermann. Mais naturellement, tu ne peux être ces deux filles-là « et » Laura à la fois. Aussi je suppose que tu n'es ni l'une ni l'autre.

— Je crois que tu as raison, dit Jane. Ces deux noms ne me rappellent rien, pas plus que celui de Laura Havenswood. Mais qui « sont » ces filles ? Où ai-je bien pu pêcher ces noms, et pourquoi t'ai-je dit qu'ils étaient les miens ?

— Si seulement je le savais ! Mais nous éclaircirons ce mystère tôt ou tard, je te le promets. Nous irons chercher tout au fond de toi, mon petit, et nous trouverons une explication à tout ça.

Mais que trouverons-nous tout au fond, dans les ténèbres de ton inconscient ? se demanda Carol. Quelque chose que nous regretterons après coup d'avoir déterré ?

Le jeudi après-midi, Grace Mitowski s'occupa de ses roses, dans son jardin. La journée était chaude, le temps clair, et elle éprouvait le besoin de se dépenser physiquement. Par ailleurs, une fois dans le jardin, elle n'entendrait pas le téléphone sonner, et ne serait donc pas tentée d'y répondre. Et c'était mieux ainsi, car elle se sentait pas encore prête, psychologiquement, à répondre à un nouveau coup de fil du prétendu Léonard. Elle n'avait toujours pas décidé de l'attitude à adopter vis-à-vis de ce mauvais plaisant qui se faisait passer pour son défunt mari.

Les roses avaient souffert du mauvais temps. Les dernières fleurs de la saison auraient dû être à l'apogée de leur beauté. Or elles avaient perdu beaucoup de leurs pétales. Néanmoins, le jardin était gai, coloré, agréable à regarder.

Grace avait laissé sortir Aristophane afin qu'il se donnât de l'exercice. Mais elle gardait un œil sur lui, au cas où il aurait des velléités de s'échapper. Elle était bien décidée à le tenir à l'abri de quiconque aurait voulu l'empoisonner. Cependant, le siamois ne semblait pas avoir l'humeur vagabonde. Il restait près d'elle, rampait sous les rosiers, ou chassait avec obstination quelques papillons.

Grace était à genoux devant une rangée de roses cramoisies, retournant la terre avec un déplantoir, lorsque quelqu'un lui dit : « Vous avez un jardin magnifique. »

Surprise, elle leva les yeux et vit un homme mince, au teint bilieux, vêtu d'un costume froissé et très démodé. Quant à sa chemise et à sa cravate, elles semblaient dater d'avant guerre. L'homme paraissait tout droit sorti d'une photographie des années quarante. Il avait des cheveux clairsemés, blond pâle. Ses yeux étaient d'une teinte inhabituelle, marron très clair, presque beige. Il avait le visage anguleux, émacié. Il ressemblait à un prêteur sur gages parcimonieux d'un roman de Dickens. Il devait avoir dans les cinquante ans.

Grace vit que la barrière blanche qui séparait sa propriété de la rue était ouverte. L'homme avait dû apercevoir les rosiers en passant sur le trottoir et vouloir les admirer d'un peu plus près.

Il y avait de la gentillesse dans ses yeux. Il ne ressemblait pas à un intrus.

— Vous devez avoir plus de vingt variétés de roses ici.

— Trente-six, exactement, dit Grace.

— Tous mes compliments, c'est vraiment splendide, dit-il en hochant la tête.

Sa voix grave tranchait avec son aspect physique.

— Vous vous occupez seule de ce jardin ?

Grace s'assit sur ses talons, le déplantoir à la main.

— Bien sûr. Et j'y prends beaucoup de plaisir. En un sens, ce jardin ne serait plus vraiment le mien si un jardinier venait m'aider.

— Très vrai ! s'exclama l'étranger. Je vous comprends tout à fait.

— Vous êtes nouveau dans le voisinage ? demanda Grace.

— Non, non. J'ai vécu tout près d'ici, mais il y a très longtemps.

L'homme inspira profondément et sourit de nouveau.

— Ah, la senteur des roses ! Il n'y a pas de plus doux parfum au monde ! Oui, vous avez vraiment un jardin splendide.

— Merci.

Il claqua des doigts, comme s'il venait d'avoir une idée.

— Je devrais écrire quelque chose là-dessus. Cela serait du plus grand intérêt. Ce petit coin de rêve, caché dans un jardin tout simple. Oui, ce serait pour moi comme une bouffée d'air frais.

— Etes-vous écrivain ?

— Reporter, dit-il, tout en continuant à inspirer profondément et à savourer le parfum des roses.

— Vous travaillez pour un journal local ?

— Le *Morning News*. Mon nom est Palmer Wainwright.

— Grace Mitowski.

— Avez-vous lu certains de mes articles ?

— Désolée, je ne lis pas le *Morning News*. Je suis abonnée au *Patriot News*, que je reçois chaque matin.

— Ah bon, fit-il. C'est aussi un bon journal. Mais naturellement, si vous n'achetez pas le *Morning News*, vous n'avez pas pu lire mes papiers sur l'affaire Bektermann.

Grace comprit que Wainwright désirait s'entretenir avec elle encore un moment. Aussi se remit-elle sur ses pieds. Elle fit bouger ses jambes ankylosées.

— L'affaire Bektermann ? Cela me dit quelque chose.

— On en a parlé dans tous les journaux, bien entendu. Moi, j'ai fait une série de cinq articles. De la bonne copie, vous pouvez me croire. Cela m'a d'ailleurs valu d'être nominé pour le prix Pulitzer.

— Vraiment ? Eh bien, c'est quelque chose, dit Grace,

ne sachant pas trop si elle devait le prendre au sérieux, mais ne voulant pas l'offenser.

— Oui, poursuivit-elle, c'est vraiment quelque chose. Une nomination pour le prix Pulitzer, bravo.

Grace eut soudain l'impression que la conversation prenait un tour étrange. Elle sentit que Wainwright n'était pas entré dans son jardin pour admirer ses roses, ni pour discuter quelques instants, mais pour lui parler à elle, une complète étrangère, de sa sélection pour le prix Pulitzer.

— Mais je n'ai pas eu le prix, dit Wainwright. Cela dit, pour moi, une nomination c'est presque aussi bien qu'un prix. Vous savez, parmi les milliers d'articles écrits chaque année, on n'en sélectionne que quelques-uns pour le Pulitzer.

— Rafraîchissez-moi la mémoire, si vous voulez bien, dit Grace. C'était quoi l'affaire Bektermann ?

Il rit, puis hocha la tête.

— Pas ce que je croyais au départ, en tout cas. J'en ai parlé comme d'un drame freudien. Un père très autoritaire, éprouvant une attirance immorale pour sa fille, une mère alcoolique, et une gamine coincée entre les deux. Une adolescente victime de pressions psychologiques intolérables, jusqu'au moment où elle « craque ». C'est ainsi que j'ai vu les choses. Et je me suis pris pour un brillant psychologue, j'ai cru avoir saisi les nuances les plus subtiles de la tragédie des Bektermann. En réalité, je n'étais pas allé au-delà des apparences. La véritable histoire dépasse l'imagination. Aucun journal respectable n'aurait accepté de la publier. Si j'avais su la vérité, si je m'étais débrouillé pour la faire paraître, ma carrière eût été brisée.

Mais que se passe-t-il ? se demanda Grace. Cet homme paraît avide de me raconter cette histoire dans les moindres détails, comme s'il était « contraint » de le faire.

— Y a-t-il eu meurtre ? s'enquit-elle.

— Oui, et ça continue. Cette tragédie ne s'est pas terminée là. Cette poursuite diabolique doit cesser. Et c'est pour cela que je suis ici. Pour vous avertir que Carol est mêlée sans le savoir, à cette horrible histoire. Elle court un grave danger. Vous devez l'aider. L'éloigner de la jeune fille.

Grace resta bouche bée, bouleversée par ce qu'elle venait d'entendre.

— Il existe certaines forces, dit calmement Wainwright, des forces obscures et puissantes qui veulent...

Poussant un cri perçant. Aristophane bondit sur Wainwright avec une haine démentielle. Il atterrit sur la poitrine de l'étranger, essaya d'atteindre son visage.

Grace laissa échapper un cri terrifié et recula d'un pas.

Wainwright tituba sur le côté, saisit le chat à deux mains, et tenta, mais en vain, de l'éloigner de son visage.

— Ari ! hurla Grace. Arrête ça tout de suite !

Aristophane planta ses griffes dans le cou de l'homme et ses crocs dans sa joue.

Wainwright ne criait pas, comme il aurait dû le faire. Il demeurait sinistrement silencieux tout en luttant avec le chat, bien que cette créature parût déterminée à lui déchiqueter le visage.

Grace s'avança vers l'étranger, désirant l'aider, mais ne sachant comment.

Le siamois poussait des cris aigus. Il arracha un petit morceau de chair de la joue de Wainwright.

— Oh, mon Dieu, non !

Grace se baissa, saisit le déplantoir, hésita. Elle craignait de blesser l'homme, et non le chat.

Wainwright fit soudain volte-face, se mit à courir, trébucha contre un rosier rouge, le chat toujours accroché à lui. Il sauta par-dessus une haie d'un mètre de haut, atterrit sur la pelouse, puis disparut.

Grace courut jusqu'à la haie, regarda de tous côtés et comprit que l'homme s'était tout bonnement volatilisé. Il n'y avait plus qu'Aristophane sur le gazon. Celui-ci contourna rapidement la haie, traversa le jardin comme une flèche, grimpa les marches du porche, puis se faufila dans l'entrebâillement de la porte de derrière.

Mais où était passé Wainwright ? S'était-il envolé ? Ou mis à l'abri derrière quelque buisson touffu, perdant tout son sang ?

Le vaste jardin de Grace offrait au moins une douzaine de cachettes possibles à un homme de la taille de Wainwright. La vieille dame le chercha derrière chaque gros buisson. Nulle part elle ne trouva trace du reporter.

Elle jeta un coup d'œil à la barrière ouverte. Non, il n'aurait pas eu le temps de sortir par là sans qu'elle le remarquât.

Effrayée, troublée, Grace cligna des yeux dans le jardin inondé de soleil, essayant de comprendre.

Dans l'annuaire téléphonique d'Harrisburg, il n'y avait pas de Randolph Parker, ni d'Herbert Bektermann. Cela n'étonna pas vraiment Carol.

Après que son dernier patient fut parti, elle et Jane se rendirent à l'adresse indiquée par Millicent Parker.

C'était une imposante demeure victorienne, sur Front Street. Mais plus personne n'y habitait depuis longtemps. La pelouse avait été pavée, transformée en parking. Et sur la grille, à l'entrée, une plaque indiquait la raison sociale des occupants de la maison :

MAUGHAM ET CRICHTON
CABINET MÉDICAL

De nombreuses années auparavant, cette partie de Front Street avait abrité les plus belles maisons d'Harrisburg. Mais durant les vingt dernières années, la plupart de ces magnifiques demeures du passé avaient été rasées. A leur place, s'érigeaient désormais des immeubles modernes et sans âme. Néanmoins, certaines vieilles maisons avaient survécu à cette fièvre de modernité. On en avait restauré les façades et converti l'intérieur à un usage commercial. Une partie de Front Street était cependant restée très résidentielle, mais plus au nord, pas à l'endroit où Millicent Parker les avait envoyées.

Maugham et Crichton était un cabinet médical où travaillaient sept médecins : deux généralistes et cinq spécialistes. Carol eut une brève conversation avec la réceptionniste, une femme nommée Polly. Celle-ci lui apprit qu'aucun des sept docteurs ne s'appelait Parker. En outre, le cabinet médical se trouvait à cette adresse depuis dix-sept ans.

Carol se demanda si Jane n'avait pas été soignée par l'un des praticiens du cabinet, et si son inconscient n'avait pas, pour quelque obscure raison, associé l'adresse de Front Street à Millicent Parker. Mais Polly, qui travaillait chez Maugham et Crichton depuis la création du cabinet, n'avait jamais vu la jeune fille. Néanmoins, elle regarda si une Laura Havenswood, une Millicent Parker ou une Linda Bektermann figuraient au fichier des patients. Recherche qui s'avéra infructueuse, comme de bien entendu.

Grace sortit sur le trottoir, regarda à droite et à gauche. Pas de Palmer Wainwright à l'horizon.

Elle rentra dans son jardin, referma la barrière derrière elle, puis se dirigea vers la maison.

Wainwright l'attendait, assis sur le perron.

Elle s'arrêta net, à trois mètres de lui, complétement éberluée.

Il se leva des marches.

— Votre visage, dit-elle d'une voix blanche.

Son visage ne portait aucune marque.

Palmer sourit comme s'il ne s'était rien passé et fit deux pas vers elle.

— Grace...

— Le chat, dit-elle. Je l'ai vu... planter ses griffes dans votre cou... et votre joue...

— Ecoutez, dit-il, faisant encore un pas dans sa direction, il existe certaines forces, des forces obscures, puissantes, qui veulent faire de nos vies des tragédies, qui aimeraient que tout se termine dans un bain de sang. Mais nous ne devons pas les laisser agir, Grace. Il faut les empêcher de frapper, cette fois. Vous devez éloigner Carol de la jeune fille. Il en va de leur survie, à toutes les deux.

Grace le regarda, bouche bée.

— Mais qui êtes-vous, à la fin ?

— Qui êtes-vous « vous » ? Voilà la question. Vous n'êtes pas seulement Grace Mitowski.

Il est fou, pensa Grace. Ou alors c'est moi qui débloque.

— C'est vous qui m'appelez au téléphone, et qui imitez la voix de Léonard.

— Non, dit-il. Je suis...

— Ça ne m'étonne pas qu'Ari vous ait sauté dessus. C'est vous qui essayez de l'empoisonner. Et il l'a senti.

Mais alors, pourquoi ce visage sans nulle trace de blessures ? Comment Palmer avait-il pu cicatriser aussi rapidement ?

Grace refoula ces pensées. Elle avait dû se tromper, imaginer qu'Ari avait réellement attaqué cet homme.

— Oui, dit-elle, c'est vous qui essayez de me rendre folle depuis quelque temps. Sortez de chez moi, espèce de salaud.

— Grace, il y a des forces qui s'allient pour...

Il paraissait tout à fait normal. Il ne semblait pas dangereux. Et il continuait à déblatérer sur les forces du mal.

— ... Dieu et le Diable, le bien et le mal. Vous êtes du côté des forces du bien, Grace. Mais le chat... ah, le chat, c'est une autre histoire. Vous devez vous méfier de lui en permanence.

— Sortez de chez moi, dit-elle.

Il fit encore un pas vers elle.

Elle donna un coup de déplantoir dans sa direction, manquant son visage de quelques centimètres seulement. Puis elle frappa dans l'air, encore et encore, sans intention réelle de le blesser. Elle voulait seulement l'écarter de son chemin, car il se trouvait entre elle et la maison. Puis elle réussit à le contourner. Alors elle s'élança vers la porte de derrière, espérant que ses vieilles jambes d'arthritique n'allaient pas la lâcher. Elle parcourut quelques mètres, et s'aperçut de son erreur. Jamais elle n'aurait dû tourner le dos à un fou. Aussi fit-elle volte-face, haletante, certaine de le voir fondre sur elle, peut-être avec un couteau à la main...

Mais il n'était plus là.

Envolé, évaporé dans les airs. Encore une fois.

Durant les quelques secondes où Grace lui avait tourné le dos, il n'avait certes pas eu le temps d'aller se cacher derrière un buisson. Même un homme beaucoup plus jeune que lui, en excellente condition physique, même un coureur émérite n'aurait pu atteindre la barrière en un temps si court.

Alors, où était-il passé ?

Où donc avait-il disparu ?

En sortant de chez Maugham et Crichton, Carol et Jane se rendirent à une autre adresse sur Front Street, celle indiquée par Linda Becktermann. Carol gara la voiture devant une jolie maison de style français. C'était une demeure, vieille d'un demi-siècle environ, mais en très bon état. Ses occupants étaient absents pour le moment, mais il y avait un nom sur la boîte aux lettres : Nicholson, et non Bektermann.

Elles sonnèrent à la grille de la maison d'à côté, et parlèrent à la voisine, Jane Gunther. Celle-ci leur confirma que la famille Nicholson habitait la maison de style français.

— Mon mari et moi vivons ici depuis six ans, expliqua Mrs Gunther. Les Nicholson étaient déjà là lorsque nous sommes arrivés. Je crois les avoir entendu dire qu'ils se sont installés en 1965.

Non, Jane Gunther ne connaissait personne du nom de Bektermann.

Carol et Jane reprirent la voiture pour rentrer à la maison.

— J'ai vraiment l'impression de te faire perdre ton temps, dit Jane, durant le trajet.

— Sûrement pas, la rassura Carol. J'aime bien jouer les détectives. En outre, si je réussis à te faire retrouver la mémoire, à remporter cette victoire sur ton inconscient, alors je pourrais écrire sur ton cas dans n'importe quel magazine de psychologie, voire en faire un livre. Tu vois, grâce à toi ma chérie, je pourrais devenir riche et célèbre.

— Lorsque tu seras riche et célèbre, m'adresseras-tu encore la parole ? plaisanta Jane.

— Sans aucun doute. Mais bien sûr, il faudra que tu prennes rendez-vous une semaine à l'avance.

elles échangèrent un sourire complice.

Sur le cadran du téléphone de la cuisine, Grace composa le numéro du *Morning News*.

La standardiste n'avait aucun numéro de poste attribué à Palmer Wainwright.

— D'après moi, dit-elle, il ne travaille pas ici. En tout cas, il n'est pas reporter. Peut-être est-ce l'un des nouveaux pigistes.

— Pourriez-vous me passer le directeur du journal ?

— Oui, je vous passe le bureau de Mr Quincy.

Mr Quincy était absent, et sa secrétaire ignorait si un reporter du nom de Palmer Wainwright travaillait au journal.

— Je suis nouvelle, ici, s'excusa-t-elle. Je suis arrivée lundi. Aussi je ne connais pas encore tout le monde. Mais si vous me laissez votre numéro, je demanderai à Mr Quincy de vous rappeler.

Grace laissa son numéro à la jeune femme.

— Dites à Mr Quincy que le Dr Grace Mitowski désire lui parler. Précisez que je ne le retiendrai pas longtemps.

Grace utilisait rarement son titre honorifique, mais dans des cas comme celui-là, c'était bien pratique. Les gens rappellent toujours un docteur.

— Est-ce très urgent, Docteur Mitowski ? Parce que Mr Quincy ne sera pas de retour en ville avant demain matin.

— Ça ira, dit Grace. Mais demandez-lui de m'appeler dès qu'il arrive, même très tôt.

Après avoir raccroché, Grace se dirigea vers la fenêtre. Elle regarda ses roses, songeuse.

Mais comment Wainwright avait-il pu disparaître ainsi ?

C'était la troisième fois que Paul, Carol et Jane préparaient le dîner ensemble. La jeune fille s'intégrait de mieux en mieux parmi eux.

Si elle reste avec nous encore une semaine, pensa Paul, on aura l'impression qu'elle a toujours été là.

Ils mangèrent une salade de cœurs de palmiers, des aubergines à la Parmigiana avec des spaghetti, puis de la glace à la pistache.

— Il n'y aurait pas moyen, dit Paul, en achevant son dessert, de retarder notre petit voyage à la montagne de quelques jours ?

— Pourquoi ? demanda Carol.

— Je suis un peu en retard sur mon planning, expliqua-t-il. J'ai écrit les deux tiers du chapitre le plus difficile, et je n'ai vraiment pas envie de tout laisser en plan pour partir à la montagne. Je ne profiterais pas de mes vacances. Si nous partions dimanche plutôt que demain, cela me laisserait le temps de terminer ce chapitre. Et il nous resterait tout de même huit jours à séjourner au chalet.

Carol secoua la tête en signe de désapprobation.

— Ecoute, dit-elle, la semaine dernière nous avons pris la décision de changer de mode de vie, de consacrer du temps à nos loisirs et ne plus nous laisser envahir par le travail. Vrai ou faux ?

— Tu as raison, admit Paul. Mais juste pour cette fois...

Il s'interrompit au milieu de sa phrase, car il vit que Carol ne capitulerait pas.

Lorsqu'elle décidait de ne pas faire de compromis, il n'y avait aucun moyen de la convaincre de changer d'avis.

Paul poussa un soupir.

— O.K. J'abandonne. Nous partirons demain. J'emporterai ma machine et mon manuscrit. Je peux très bien finir ce chapitre au chalet et...

— Pas question ! l'interrompit Carol. Si tu emmènes ta machine, tu ne t'arrêteras pas à la fin de ce chapitre. Tu continueras à écrire. Et tu le sais. Tu ne pourras pas résister à la tentation et nos vacances seront fichues.

— Mais je ne peux pas laisser ce chapitre en plan pendant dix jours ! plaida-t-il. Sinon, lorsque je le reprendrai, j'aurais perdu toute spontanéité.

— Très bien, dit Carol. Voilà ce que nous allons faire. Jane et moi partirons pour la montagne demain matin comme prévu. Toi, tu restes là, tu finis ton chapitre, et tu nous rejoins dès que possible.

Paul fronça les sourcils.

— Je ne suis pas sûr que ce soit une bonne idée.

— Pourquoi ?

— Eh bien, vous allez vous retrouver toutes seules là haut. L'été est fini. Il n'y aura pas beaucoup de campeurs dans les bois. Quant aux autres chalets, ils risquent d'être inoccupés.

— Enfin, Paul, nous ne risquons pas de rencontrer le Yeti. Il ne rôde pas dans les montagnes de Pennsylvanie !

Elle lui sourit.

— C'est gentil de t'inquiéter pour nous, mon chéri. Mais tout ira bien, crois-moi.

Plus tard dans la soirée, après que Jane fut couchée, Carol entreprit de faire ses bagages.

Debout devant le placard ouvert, Paul regardait sa femme choisir des vêtements pour le voyage.

— Ecoute, je veux que tu sois franche avec moi, d'accord ?

— Ne le suis-je pas toujours ? Franche à propos de quoi ?

— De Jane. Y a-t-il un risque qu'elle soit dangereuse ?

Carol se retourna et le regarda, visiblement surprise par sa question.

— Jane ? Dangereuse ? Elle risque de briser des cœurs, certes. Et si la beauté pouvait tuer, elle laisserait probablement pas mal de cadavres derrière elle.

Paul refusa de rire de ce trait d'esprit.

— Je parle sérieusement, Carol. Et je voudrais que tu réfléchisses avant de partir seule avec elle.

— Mais c'est tout réfléchi, Paul. Elle a perdu la mémoire, d'accord. Mais à part ça, elle est très équilibrée. En réalité, il faut vraiment qu'elle ait une personnalité très stable pour assumer aussi bien son amnésie. A sa place, j'aurais peut-être déjà sombré dans la dépression. Mais Jane a du ressort. En outre, c'est un caractère souple. Les gens comme elle ne peuvent être dangereux.

— Jamais ?

— Pratiquement jamais. Ce sont les personnalités rigides qui craquent.

— Mais après ce qui s'est passé durant vos séances d'hypnose, n'est-il pas légitime de s'interroger sur son potentiel de violence ?

— C'est une adolescente tourmentée. Je pense qu'elle a vécu une expérience vraiment terrifiante, si horrible en fait, qu'elle refuse de s'en rappeler, même sous hypnose. Elle brouille les pistes, inconsciemment, fait de la rétention d'informations. Cela ne veut pas dire qu'elle est dangereuse, mais qu'elle a peur, tout simplement. Il me semble évident qu'elle a été victime, à un moment de sa vie, de violence physique ou psychologique. Victime, Paul, et non auteur d'actes violents.

Carol mit deux jeans dans la valise ouverte sur le lit. Paul se rapprocha d'elle.

— Vas-tu continuer ces séances d'hypnose quand vous serez au chalet ?

— Oui. Je pense qu'il vaut mieux arriver à un résultat le plus rapidement possible.

— C'est injuste, dit Paul.

— Hein ?

— Tu vas travailler, alors que moi, je ne suis pas autorisé à emmener mon manuscrit là-haut. C'est une trahison, Docteur Tracy.

— Ah oui ? Je dirigerai ma séance quotidienne d'une demi-heure, alors que toi tu taperas sur ton IBM dix heures par jour, comme un forcené. Fais un peu la comparaison, et ose encore parler de trahison !

Un peu plus tard, lorsqu'ils furent couchés, toutes lumières éteintes, Paul eut une idée.

— Finalement, dit-il, ce livre me prend trop la tête. Après tout, pourquoi n'abandonnerais-je pas ce chapitre pendant dix jours ? Ce serait peut-être même mieux que je ne le reprenne qu'à mon retour. J'aurais eu le temps d'y penser, comme ça. Allons, c'est décidé, je pars avec vous demain, et je n'emmène pas ma machine. Pas même un crayon ! D'accord ?

— Non, dit Carol.

— Et pourquoi pas ?

— Lorsque tu seras là-haut, je veux que tu oublies complètement ce livre. J'ai envie que nous fassions de grandes promenades dans la forêt, du bateau sur le lac, que nous lisions quelques romans distrayants, comme si le mot « travail » n'avait jamais existé pour nous. Or si tu n'as pas terminé ce chapitre avant de partir, tu vas gamberger là-dessus pendant toutes les vacances. Ce qui signifie que nous n'aurons pas un seul vrai moment de détente. Et ne me dis pas le contraire. Je te connais tellement bien ! Alors reste ici, finis ce chapitre, puis viens nous rejoindre dimanche.

Elle l'embrassa tendrement, remonta le drap sur son nez, puis s'apprêta à dormir.

Allongé dans le noir, Paul pensait à la partie de scrabble de la veille.

```
      T O M B E
  S   U   O
L A M E   R
  N   R   T
  G
```

Il pensait également au mot qu'il avait refusé de révéler : CAROL.

Il ne voyait toujours pas l'intérêt d'en parler à sa femme. Que pourrait-elle faire, sinon s'inquiéter ? Il fallait attendre la suite des événements. En admettant que Carol fût menacée, cette menace pouvait avoir des centaines de milliers d'origines possibles. Aussi sa femme ne courait-elle pas plus de risques à la montagne qu'à la ville.

Après tout, peut-être ses six mots-là étaient-ils sortis par hasard. Pourquoi pas ?

Paul fixait le plafond obscur. Il essayait de se persuader que les messages de l'au-delà, présages et autres prémonitions n'existaient pas. Une semaine auparavant, il n'aurait pas eu besoin de s'en convaincre.

Du sang.

Enlève-le. Nettoie-le. Il ne doit pas rester la moindre trace de sang. Personne ne doit savoir ce qui s'est passé. Nettoie-le, vite...

La jeune fille se réveilla dans la salle de bains, dans une lumière éblouissante. Elle avait de nouveau eu une crise de somnambulisme.

Elle fut surprise de constater qu'elle était nue. Ses chaussettes, sa culotte et son tee-shirt étaient éparpillés sur le sol, autour d'elle.

Elle se tenait debout devant le lavabo, et se frottait avec un gant de toilette mouillé. Lorsqu'elle vit son reflet dans le miroir, elle faillit pousser un cri.

Son visage était barbouillé de sang.

Ses bras éclaboussés de ce liquide rouge et collant.

Ses seins fermes et ronds, brillants de cette humeur visqueuse.

Elle sut immédiatement qu'il ne s'agissait pas de son sang. Personne ne l'avait frappée avec un objet tranchant. C'était « elle » qui avait frappé et fait saigner.

« Oh, mon Dieu ! »

Elle gardait les yeux fixés sur son horrible reflet, fascinée à la vue de ses lèvres humides de sang.

« Mais qu'est-ce que j'ai fait ? »

Elle baissa lentement son regard vers son cou cramoisi, puis elle regarda le reflet de son mamelon droit, à la pointe duquel pendait une grosse goutte de sang carmin. La perle de liquide rouge trembla un instant au bout de son mamelon en érection, puis céda à la gravité et tomba.

Jane baissa les yeux vers le sol, pour voir à quel endroit exactement, était tombée la goutte de sang.

Il n'y avait pas de sang par terre.

Alors Jane regarda son corps, et non plus son reflet dans le miroir. A son grand étonnement, elle constata qu'il ne portait pas la moindre trace de sang. Elle toucha ses seins nus. Ils étaient humides, mais seulement parce qu'elle les avait frottés avec un gant de toilette mouillé.

Elle essora le gant. De l'eau claire coula dans le lavabo.

Troublée, Jane se regarda à nouveau dans la glace. Son visage et son corps étaient ensanglantés.

Ce n'est qu'une illusion, se dit-elle. Une vision surnaturelle. En réalité, je n'ai blessé personne.

Tandis qu'elle essayait de comprendre de quoi il retournait, son reflet s'estompa dans la glace et celle-ci devint noire. On aurait dit une fenêtre qui ouvrait sur une autre dimension, car elle ne reflétait rien de ce qui se trouvait dans la salle de bains.

Ce n'est qu'un rêve, pensa-t-elle. Je suis certainement bien au chaud dans mon lit, en train de rêver que je suis dans la salle de bains. Il me suffit de me réveiller pour chasser cette vision sanglante.

Néanmoins, si elle rêvait, pourquoi sentait-elle sous ses pieds le carrelage glacé de la salle de bains ?

Jane frissonna.

Au fond du trou noir, de l'autre côté du miroir, quelque chose oscilla dans les ténèbres.

« Réveille-toi ! »

Un objet argenté, qui brillait par intervalles, se rapprochait et grandissait de plus en plus.

« Mais réveille-toi ! »

Jane aurait voulu courir, mais ses pieds étaient comme rivés au sol.

Elle aurait voulu crier, mais aucun son ne sortit de sa bouche.

En quelques secondes, l'objet brillant envahit toute la surface du miroir, chassant les ténèbres d'où il avait surgi. Puis il sortit du miroir, sans briser la glace, et oscilla devant elle, d'une manière menaçante. C'était une hache en argent qui scintillait d'une lumière fluorescente. Tandis que la lame tranchante se rapprochait inexorablement de sa tête, Jane sentit ses jambes se dérober sous elle et s'évanouit.

A l'aube, Jane se réveilla encore une fois.

Elle était dans son lit, complètement nue.

Elle repoussa ses couvertures, et vit son tee-shirt, sa culotte et ses chaussette éparpillés sur la moquette. Elle les enfila rapidement.

Il n'y avait pas un bruit dans la maison. Les Tracy devaient encore dormir.

A pas de loup, Jane se dirigea vers la salle de bains. Elle hésita un instant sur le seuil, puis entra et alluma la lumière.

Il n'y avait aucune trace de sang dans la pièce. Quant au miroir, il ne faisait que lui renvoyer l'image de son visage angoissé. Rien d'autre.

Très bien, se dit-elle. Peut-être ai-je simplement eu une crise de somnambulisme. Et peut-être me suis-je réellement passé un gant de toilette sur le corps, pour me laver d'un sang imaginaire. Mais le reste était forcément un cauchemar. Une hache ne peut sortir comme ça d'un miroir.

Elle scruta ses yeux au reflet bleu. Elle ne savait pas bien comment interpréter ce regard, son regard.

« Mais qui suis-je ? » dit-elle tout bas.

Grace n'avait pas fait un seul mauvais rêve depuis une semaine. Mais ce soir-là, elle se débattit dans son lit, en proie à un cauchemar qui lui sembla durer une éternité.

Dans ce rêve, une maison brûlait. Une grande et belle demeure victorienne. Grace se trouvait à l'extérieur du bâtiment en flammes. Elle tambourinait à la porte d'une cave et criait : « Laura ! Laura ! ». Elle savait que Laura était là, dans la cave de la maison en feu. Mais elle ne pouvait la délivrer, car la porte était fermée de l'intérieur. Grace frappa de ses poings le battant en bois, jusqu'à ce qu'une vive douleur lui embrasât les mains et les bras. Si seulement elle avait eu une hache ou un outil quelconque pour faire voler la porte en éclats ! Mais elle n'avait que ses poings. Aussi continua-t-elle à tambouriner contre le battant de bois, même lorsque ses poings se mirent à saigner. Elle appelait toujours Laura.

Des fenêtres explosèrent au second étage, et Grace reçut une pluie d'éclats de verre brûlants. Mais elle ne s'en acharna pas moins contre la porte, priant pour que la jeune fille répondît à son appel. La porte résistait, et la jeune fille ne répondait toujours pas. Grace se mit à tousser lorsque le vent envoya la fumée dans sa direction, mais elle continua à tambouriner à la porte comme une forcenée.

Le cauchemar dura toute la nuit, culminant dans l'horreur sans répit. Grace ne se réveilla qu'au petit matin, complètement anéantie.

Avec difficulté, elle s'assit dans son lit. Elle avait des élancements dans la tête, et un goût de cendre dans la bouche.

Le cauchemar avait été si intense que Grace sentait encore sur sa peau la robe qu'elle portait durant l'incendie et qui la serrait, tandis qu'elle frappait de ses poings le battant de bois.

En outre, il y avait une odeur de brûlé dans la chambre.

La senteur âcre de la fumée persista si longtemps dans la pièce après que Grace fut réveillée, qu'elle en vint à penser que sa propre maison était en flammes. Elle enfila rapidement sa robe de chambre et ses chaussons, puis inspecta toutes les pièces de la maison, à la recherche d'un foyer d'incendie.

Il n'y avait pas le feu chez elle.

Néanmoins, elle sentit encore pendant une heure l'odeur du bois brûlé.

10

Vendredi matin, à neuf heures, Paul s'assit à son bureau et téléphona à Lincoln Werth, l'inspecteur chargé de rechercher les parents de Jane Doe. Il informa Werth que Carol emmenait la jeune fille en vacances à la montagne pendant quelques jours.

— C'est une bonne idée, dit Werth. De toute façon, nous n'avons toujours aucune piste. Et je crains que la situation n'évolue pas de sitôt. Nous ne cessons d'étendre le champ de nos recherches, mais sans résultat. Hier, nous avons envoyé un télex et la photo de Jane à tous les postes de police de sept états environnants. Mais j'ai le sentiment que nous pourrions télégraphier jusqu'à Hong Kong sans trouver personne qui connaisse la gamine.

Après avoir parlé à Werth, Paul descendit au garage, où Carol et Jane chargeaient leurs bagages dans la Wolkswagen. Afin de ne pas inquiéter la jeune fille, Paul ne mentionna pas les prévisions pessimistes de l'inspecteur de police.

— Il ne voit aucun inconvénient à ce que vous quittiez la ville pendant quelques jours. Je lui ai laissé l'adresse du chalet. Comme ça, si les parents de Jane se manifestent en votre absence, Werth pourra prévenir le shérif du comté qui viendra vous demander de rentrer.

Avant de partir, Carol embrassa Paul. Jane l'embrassa aussi. Elle lui fit un chaste et timide baiser sur la joue.

Paul resta sur le seuil de la maison, jusqu'à ce que la Volkswagen rouge fût hors de vue.

Il avait fait beau pendant une semaine. Mais des nuages s'amoncelaient de nouveau dans le ciel. Des nuages gris et bas, au diapason de l'humeur de Paul.

Lorsque la sonnerie du téléphone retentit dans la cuisine, Grace s'arma de courage à l'idée d'entendre la voix de Léonard. Elle s'assit sur une chaise avant de décrocher. Mais à son grand soulagement, ce fut Ross Quincy, le rédacteur en chef du *Morning News*, qui s'annonça à l'autre bout de la ligne.

— Vous désirez obtenir des informations sur l'un de nos reporters, Docteur Mitowski ?

— Oui. Il s'agit de Palmer Wainwright.

Il y eut un silence à l'autre bout du fil.

— Il travaille bien pour vous, n'est-ce pas ?

— Euh... Palmer Wainwright a effectivement travaillé pour le *Morning News*.

— Il a failli obtenir le prix Pulitzer, je crois.

— Oui. Bien sûr... Mais il y a déjà un certain nombre d'années.

— Oh ?

— Eh bien, si vous vous y connaissez un peu, vous devez savoir que c'était pour sa série d'articles sur l'affaire Bektermann.

— Oui. Je le sais.

— En 1943.

— Il y a si longtemps que ça ?

— Euh... Docteur Mitowski, que voulez-vous savoir exactement sur Palmer Wainwright ?

— J'aimerais lui parler. Nous nous sommes rencontrés, et il faut absolument que nous nous revoyions... Il s'agit de... d'une affaire personnelle.

Quincy eut un moment d'hésitation.

— Wainwright est-il un ami que vous avez perdu de vue depuis longtemps ? demanda-t-il.

— Oh, non. Absolument pas.

— Bon, alors je crois que je peux vous le dire : J'ai bien peur que Palmer Wainwright ne soit mort.

— Mort ! s'exclama Grace, interloquée.

— Hélas, oui. C'était un homme maladif. Mais visiblement, vous n'étiez plus en contact avec lui depuis longtemps ?

— Pas si longtemps que ça, éluda-t-elle.

— Ça doit faire au moins trente-cinq ans, dit Quincy. Il est mort en 1946.

Grace sentit soudain comme un souffle d'air glacé dans son cou.

— Vous devez vous tromper, dit-elle, d'une voix mal assurée.

— Hélas non. J'étais pigiste, à l'époque, et j'avais une grande admiration pour Palmer Wainwright. Sa mort m'avait beaucoup attristé.

— Mais parlons-nous seulement du même homme ? demanda Grace. Il était mince, avec un visage anguleux, des yeux marron clair, le teint bilieux. Et une voix grave qui ne collait pas bien avec son physique.

— Absolument, c'est tout à fait Palmer.

— Il avait environ cinquante-cinq ans ?

— Non, il n'avait que trente-six ans lorsqu'il est mort, mais il en faisait bien vingt de plus. Il a eu toute une série de maladies, et puis à la fin, le cancer. Ça l'a vieilli prématurément. Il avait beau être un battant, il n'a pas résisté plus de trois mois.

Ainsi il est mort depuis trente et un ans, se dit Grace. Mais je l'ai vu, pas plus tard qu'hier. Nous avons parlé, et...

— Docteur Mitowski ? Vous êtes toujours là ?

— Oui, pardonnez-moi. J'imagine que votre temps est précieux. Néanmoins, j'aimerais que vous me parliez de l'affaire Bektermann. En fait, c'est le sujet dont je voulais m'entretenir avec Mr Wainwright.

— Il s'agit d'une tragédie familiale, dit Quincy. La fille des Bektermann est devenue folle la veille de son seizième anniversaire. Apparemment, elle croyait que sa mère voulait la tuer avant qu'elle n'atteigne ses seize ans. Ce qui était faux, bien entendu. Mais la jeune fille en était persuadée. Elle a poursuivi sa mère, une hache à la main. Son père et l'un de ses cousins se sont interposés. Elle les a tués. Finalement, sa mère a réussi à lui arracher la hache des mains. Mais cela n'a pas découragé la jeune fille dans sa folie meurtrière. Elle a saisi un tisonnier et s'apprêtait à l'abattre sur la tête de sa mère, quand celle-ci, acculée, a dû la frapper avec la hache. Elle l'a atteinte au niveau de la taille. Une blessure profonde. La jeune fille est morte le lendemain à l'hôpital. Mrs Bektermann fut acquittée, elle n'avait agi qu'en état de légitime défense. Mais ça l'a tellement secouée d'avoir tué sa propre enfant qu'elle a fait une grave dépression et a finalement dû être internée.

— Voilà donc l'histoire qui a failli valoir un prix Pulitzer à Mr Wainwright, dit Grace.

— Oui. Les autres reporters ont traité cette affaire sur le mode sensationnel. Mais Palmer en a parlé avec beaucoup de sensibilité et de psychologie. Il a mis en relief les problèmes émotionnels au sein de cette famille. Le père, un homme dominateur, se montrait extrêmement exigeant avec sa fille, et avait pour elle une attirance suspecte. Quant à la mère, elle était en compétition avec le père. C'était à celui qui aurait le plus d'influence sur la jeune fille. Lorsque la mère a compris qu'elle perdait la partie, elle s'est mise à boire. A un moment donné, la jeune fille a craqué. Elle n'a plus supporté toutes ces pressions dont elle était l'objet. Palmer l'a très bien expliqué.

Grace remercia Ross Quincy pour son amabilité, puis elle raccrocha.

Elle resta assise quelques minutes, essayant d'interpréter les événements récents à la lumière de ce qu'elle venait d'apprendre. Si Wainwright était mort en 1946, alors à qui avait-elle parlé la veille, dans le jardin ?

En outre, quel rapport y avait-il entre les meurtres dans la famille Bektermann et Carol ? Et puis elle, Grace, qu'avait-elle à voir dans tout ça ?

Certains propos de Wainwright lui revinrent en mémoire : « Cette poursuite infernale et sans fin... Il faut la faire cesser... Je suis venu vous dire que Carol court un grand danger... Eloignez-la de la jeune fille... »

Grace commençait à croire que ces avertissements avaient une signification cachée. Et elle avait peur.

Je suis parfaitement saine d'esprit, se dit-elle. Oui, en dépit des événements étranges survenus ces dernières vingt-quatre heures, elle ne doutait plus de disposer de toutes ses facultés mentales. Le fait qu'il existât une explication à ces phénomènes surnaturels l'effrayait désormais bien plus que l'éventualité de devenir sénile.

Elle se souvint d'une autre phrase de Wainwright : « Vous n'êtes pas seulement Grace Mitowski. »

Elle savait ne pouvoir saisir la clef du mystère. Mais elle n'ignorait pas qu'il y avait en elle un obscur savoir, de très vieux souvenirs, profondément enfouis, qui ne demandaient qu'à ressurgir. Elle avait peur de les faire remonter à la surface de sa conscience, tout en sachant qu'elle devait le faire. Pour sauvegarder Carol d'un affreux danger. Et pour se garder elle-même d'un malheur imminent.

Soudain, elle sentit une odeur de fumée et de bois brûlé dans la cuisine. Elle entendait distinctement le crépitement des flammes, bien qu'il n'y eût pas le feu dans la maison.

Son cœur se mit à battre frénétiquement et sa bouche devint très sèche.

Grace ferma les yeux et elle vit la maison en flammes, aussi nettement que dans son rêve. Elle voyait la porte de la cave. Et elle s'entendait crier, appeler Laura.

Elle savait que ce n'avait pas été seulement un rêve. C'était un très lointain souvenir, qui ressurgissait à présent, lui rappelant qu'elle n'était pas seulement Grace Mitowski.

Elle ouvrit les yeux.

On étouffait dans la cuisine, tellement il faisait chaud.

Elle se sentit entraînée par des forces dont elle ignorait l'origine. Et elle se dit : Est-ce vraiment ce que je veux ? Découvrir la vérité et voir bouleversée toute ma conception du monde ? Pourrais-je l'assumer ?

L'odeur de la fumée imaginaire se fit plus forte.

Le crépitement des flammes inexistantes plus présent.

Je crois qu'il est trop tard pour reculer, pensa Grace.

Elle tendit les mains devant elle et les regarda, stupéfaite. Sa chair était meurtrie, sanglante, brûlée. Des éclats de bois étaient plantés dans les paumes de ses mains. Ils provenaient de la porte de la cave, sur laquelle elle avait tambouriné il y avait si longtemps.

Lorsque le téléphone sonna, à dix heures, Paul travaillait à son roman depuis une heure. Les phrases commençaient à couler toutes seules. Aussi décrocha-t-il le combiné d'un geste agacé.

— Oui ? fit-il, avec un brin d'impatience dans la voix.

A l'autre bout du fil, il entendit la voix d'une inconnue.

— Pourrais-je parler au Dr Tracy, s'il vous plaît ?

— Lui-même.

— Oh... euh... non... le Dr Tracy dont je parle est une femme.

— C'est mon épouse, oui. Elle est en vacances pour quelques jours. Puis-je prendre un message ?

— Oui. Pourriez-vous lui dire que Polly, de chez Maugham et Crichton a appelé ?

Paul nota son nom sur un bloc de papier.

— C'était à quel sujet ? s'enquit-il.

— Votre femme est passée au cabinet médical hier, avec une jeune fille amnésique, et...

— Oui, dit Paul, soudain intéressé. Je suis au courant.

— Le Dr Tracy essaie de retrouver une jeune fille nommée Millicent Parker.

— Exact. Je crois hélas que vous n'avez pu l'aider.

— Pas sur le moment, effectivement. Mais hier, l'un de nos médecins s'est souvenu du nom. Le Dr Maugham lui-même.

— Ecoutez, plutôt que d'attendre que ma femme vous rappelle, pourquoi ne me raconteriez-vous pas ce que vous avez appris. Je lui transmettrai l'information.

— Si vous voulez. Voilà, le Dr Maugham a acheté la propriété il y a dix-huit ans. Il a supervisé les travaux de restauration de la maison. C'est un passionné d'histoire. Aussi a-t-il voulu savoir à qui avait appartenu cette maison. Il m'a dit que la demeure fut bâtie en 1902, par un certain Randolph Parker. Cet homme avait une fille qui s'appelait Millicent.

— En 1902 ? s'étonna Paul.

— Absolument.

— Intéressant.

— Mais vous ne connaissez pas encore la meilleure partie de l'histoire, dit Polly, avec un rien d'excitation dans la voix. Il semblerait qu'en 1905, la veille du seizième anniversaire de Millie, un drame se soit produit. Mrs Parker se trouvait dans la cuisine, en train de décorer un beau gâteau pour sa fille, quand celle-ci est arrivée derrière elle, sur la pointe des pieds, et l'a poignardée dans le dos à quatre reprises.

D'émotion, Paul en cassa le crayon qu'il tenait dans la main depuis le début du récit de Polly. Un morceau roula sur son bureau, puis tomba par terre.

— Elle a donné des coups de couteau à sa propre mère ? demanda Paul, espérant avoir mal entendu.

— C'est vraiment incroyable, non ?

— Elle l'a tuée ?

— Non. D'après les journaux de l'époque, la jeune fille aurait utilisé un couteau avec une lame courte. Il ne s'est pas enfoncé assez loin pour atteindre les organes vitaux. Louise Parker — la mère — a réussi à saisir un couperet à viande, espérant ainsi tenir sa fille à distance. Mais Millie devait être en pleine crise de folie furieuse, parce qu'elle s'est à nouveau précipitée sur Mrs Parker, son couteau à la main. Sa mère a donc été obligée de se servir du couperet à viande.

— Mon Dieu ! s'exclama Paul.

— Eh oui, fit Polly, apparemment ravie de provoquer chez lui une réaction horrifiée. Elle a frappé sa fille à la gorge, lui tranchant pratiquement la tête. N'est-ce pas atroce ? Mais que pouvait-elle faire d'autre ? Se laisser poignarder par son enfant ?

Complètement abasourdi par cette nouvelle, Paul repensait à la séance d'hypnose dirigée la veille par Carol. Sa femme lui avait tout raconté dans les moindres détails. Il se souvint de ce moment où Jane prétendait être Millie Parker : ne pouvant plus parler parce qu'elle avait la tête tranchée, et devant écrire ses réponses sur une feuille de papier.

— Vous êtes toujours là ? s'enquit Polly.

— Oh, désolé. L'histoire s'arrête là ?

— Pourquoi, vous trouvez que ce n'est pas assez ?

— Si, dit-il. C'est même trop.

— Je ne sais pas si cette information sera de quelque utilité au Dr Tracy.

— Je suis sûr que oui.

— En tout cas, je ne vois pas en quoi cela peut avoir un rapport avec la jeune fille amnésique.

— Moi non plus, dit Paul.

— Cette jeune fille ne peut être Millicent Parker, puisque celle-ci est morte il y a soixante-six ans !

Grace était penchée sur son bureau, en train de chercher un mot dans le dictionnaire :

> RÉINCARNATION : Doctrine selon laquelle l'âme, après la mort, revient dans un nouveau corps.

Superstition que cela ? Sottise ? Non-sens ?

Il n'y a encore pas si longtemps, ç'auraient été les mots qu'elle aurait employés pour définir le concept de réincarnation. Mais plus maintenant.

Grace ferma les yeux, et fit revenir l'image de la maison en flammes sans effort. Elle ne regardait pas cette scène : elle y participait. Elle tambourinait à la porte de la cave. Elle n'était pas Grace Mitowski alors, mais Rachel Adams, la tante de Laura.

Outre la scène de l'incendie, Grace avait des souvenirs très précis de la vie de Rachel. Elle connaissait ses pensées les plus intimes, ses espoirs, ses rêves, ses craintes, parce que ces pensées, ces espoirs, avaient été les siens.

Elle rouvrit les yeux. Il lui fallut un certain temps pour se replonger dans le présent.

RÉINCARNATION

Elle referma le dictionnaire.

Aidez-moi, mon Dieu, pensa-t-elle. Est-ce que j'y crois vraiment ? Est-il possible que j'ai déjà vécu ? Que Carol ait déjà vécu ? Que cette jeune fille qu'ils appellent Jane Doe se soit également réincarnée ?

Si c'était le cas — si on lui avait permis de se souvenir de l'une de ses existences passées, afin qu'elle pût sauver la vie de Carol dans son incarnation actuelle — alors elle perdait un temps précieux.

Elle prit le téléphone pour appeler les Tracy, se demandant comment elle allait leur expliquer tout ça. Il n'y avait pas de tonalité.

Grace appuya à plusieurs reprises sur le support du combiné.

Toujours rien.

Elle raccrocha, puis elle suivit le fil du téléphone jusqu'à la prise. Non, il n'avait pas été débranché, mais « mâché », puis sectionné.

Aristophane.

Elle se souvint alors de certains propos tenus la veille par Wainwright dans le jardin : « Il existe des forces obscures et puissantes qui se nourrissent de tragédies. Elles voudraient que l'histoire du monde s'achève dans un bain de sang... Il y a les forces du bien et les forces du mal. Vous êtes du côté du bien, Grace. Mais le chat... ah, le chat... Vous devez vous méfiez de lui à tout instant. »

Elle se souvint des événements surnaturels survenus la semaine précédente. Elle s'aperçut alors que le chat en faisait partie intégrante. Depuis le début, il avait joué un rôle à son insu. Mercredi dernier, par exemple. Lorsqu'elle s'était réveillée de ce cauchemar, après sa sieste. Elle avait titubé jusqu'à la fenêtre du bureau, pour regarder ces éclairs d'une luminosité incroyable. Encore à moitié endormie, elle avait eu l'impression qu'un être monstrueux, sorti tout droit de son cauchemar, l'avait suivie jusque dans le bureau. Par la suite, elle avait assimilé cette crainte irrationnelle à l'état dans lequel elle se trouvait après son cauchemar. A présent, elle savait qu'un « esprit », une « présence » s'était effectivement trouvé dans la pièce avec elle. Et maintenant cet esprit habitait le corps du chat.

Grace sortit de son bureau, traversa le salon en toute hâte.

Dans la cuisine, le fil du téléphone avait également été sectionné.

Et toujours pas d'Aristophane à l'horizon.

Néanmoins, Grace savait qu'il n'était pas loin, peut-être même suffisamment près pour l'observer sans qu'elle le voie. Elle sentait sa présence. Ou celle de l'esprit.

Elle tendit l'oreille. La maison était parfaitement silencieuse. Trop silencieuse.

Elle aurait voulu franchir les quelques mètres qui la séparaient de la porte de derrière, puis s'enfuir de la maison. Mais elle sentait que toute tentative de quitter les lieux déclencherait une attaque immédiate de l'ennemi.

Elle pensa aux crocs du chat, à ses griffes. C'était un beau siamois, certes, mais aussi une machine à tuer, un véritable petit fauve. Bien qu'il fût apparemment apprivoisé, son instinct sauvage, carnassier, demeurait vivace. Les souris, les oiseaux et les écureuils ne le craignaient pas sans raison. Mais pouvait-il tuer une femme ?

Oui, pensa Grace, mal à l'aise. Aristophane pourrait me tuer s'il me sautait dessus par surprise. Il pourrait me crever les yeux, me sectionner la carotide avec ses crocs.

La meilleure chose qu'elle eût à faire était de rester dans la maison, et de ne pas provoquer l'hostilité du chat avant d'avoir trouvé une arme capable de l'occire.

Le dernier appareil téléphonique se trouvait dans la chambre du deuxième étage. Grace se rendit dans cette pièce, toujours sur ses gardes. Elle savait déjà que le fil du troisième téléphone serait sectionné. Et effectivement, il l'était.

Néanmoins, elle avait bien fait de monter dans la chambre. Il y avait là quelque chose d'intéressant. Le revolver. Elle ouvrit le tiroir de sa table de nuit, et prit le pistolet à l'intérieur. Il était chargé. Grace avait le pressentiment qu'elle allait s'en servir.

Un bruissement.

Juste derrière elle.

Avant qu'elle n'ait eu le temps de se retourner pour faire face à son adversaire, il avait bondi sur elle. Avec une telle force qu'elle avait failli tomber.

Aristophane sifflait et crachait, prenant appui sur le dos de la vieille dame.

Heureusement, elle ne perdit pas l'équilibre. Elle se retourna brusquement, souhaitant désespérément le faire tomber avant qu'il ne la blessât.

Il avait planté ses griffes dans les vêtements de Grace. Et bien qu'elle portât un chemisier et un pull-over, elle sentait la pointe de ses ongles acérés lui piquer la peau. Aristophane n'avait nulle intention de lâcher sa proie.

Grace leva les épaules et rentra son menton dans sa poitrine, afin de protéger son cou. Elle lança son poing derrière elle, frappa dans le vide, recommença et atteignit le chat, mais si faiblement que cela ne servit à rien.

Aristophane poussa un cri aigu, et tenta de lui mordre le cou. Mais elle avait rentré sa tête dans ses épaules, et cela le gêna. En outre, elle avait des cheveux épais, ce qui protégeait sa nuque des griffes meurtrières.

Il lui fallait tuer ce petit salaud. Il avait cessé d'être l'animal aimé, familier, pour se transformer en une bête immonde, haïssable.

Elle aurait voulu se servir du revolver qu'elle tenait fermement dans la main droite. Mais elle n'avait aucune chance de toucher Aristophane sans se blesser aussi.

Elle le frappa à plusieurs reprises avec sa main gauche, son épaule d'arthritique protestant douloureusement à chaque fois.

Le chat renonça provisoirement à l'attaquer au cou. Mais il lui griffa la main tandis qu'elle le frappait, lui faisant plusieurs entailles au niveau des articulations des doigts.

En quelques instants, sa main fut ensanglantée. Les coupures la piquaient si fort que ses yeux se remplirent de larmes malgré elle.

L'odeur ou la vue du sang excita le chat. Il poussa un cri de sauvage allégresse.

Grace commençait à envisager l'impensable — qu'elle allait perdre cette bataille.

« Non ! »

Elle lutta contre la peur qui menaçait de la paralyser, contre ce sentiment de panique qui bloquait ses pensées. Et soudain elle eut une idée, une idée qui pouvait lui sauver la vie. Elle se dirigea en titubant vers une portion nue du mur, fit une rapide volte-face, puis s'élança de toute ses forces contre la cloison, écrasant le chat, espérant lui briser l'échine. Le choc provoqua une vive douleur dans les épaules de Grace. L'animal enfonça davantage ses griffes dans son dos. Il poussa un cri si aigu qu'on aurait dit un cri de bébé. Mais il restait bien accroché à elle. Aussi essaya-t-elle de l'écraser contre le mur encore une fois. Sans succès. Elle s'apprêtait à recommencer, lorsque le chat sauta à terre, roula sur lui-même, se remit sur ses pattes, puis fila devant elle. Il boitait légèrement.

Parfait. Elle l'avait blessé.

Elle s'adossa contre le mur, leva le bras droit à l'horizontale, visa la bête, appuya sur la gâchette.

On n'entendit aucune détonation. Grace avait oublié de faire sauter le cran de sécurité.

Le chat franchit la porte en hâte, puis disparut dans le couloir du deuxième étage.

Grace se précipita vers la porte, la ferma, puis s'adossa contre le panneau de bois, le souffle court.

Sa main droite saignait toujours, son dos la piquait, mais elle avait remporté la première manche. Le chat boitait. Il souffrait peut-être autant qu'elle. En outre, c'était lui qui avait battu en retraite.

Mais elle ne crierait pas victoire avant d'être sortie vivante de la maison, et de s'être assurée que Carol était saine et sauve.

Le récit de Polly avait profondément troublé Paul. Après avoir raccroché, il ne sut que faire.

Persuadé que Carol courait un grave danger, il ne pouvait continuer à écrire.

Il aurait voulu appeler Lincoln Werth, lui demander de contacter le chef du poste de police le plus proche du chalet, afin qu'il envoie immédiatement un policier là-haut. Celui-ci attendrait Carol et Jane à leur arrivée, puis les ramènerait à la maison. Mais rien qu'à l'idée de la conversation qu'il aurait avec Werth, Paul se sentait découragé.

« — Vous voulez qu'un officier de police aille les attendre au chalet ?

— Oui.

— Pourquoi ?

— Je pense que ma femme est en danger.

— Quel genre de danger ?

— Je crois la jeune fille capable de la tuer.

— Qu'est-ce qui vous fait croire ça ?

— Sous hypnose, elle a prétendu être Millie Parker.

— Qui est-ce ?

— Une jeune fille qui a essayé de tuer sa mère, une fois.
— Quand cela ?
— En 1905.
— Alors elle ne doit plus être toute jeune ! Jane Doe n'a que quinze ans.
— Vous ne me suivez pas. Millie Parker est morte depuis soixante-six ans et...
— Doucement, doucement ! Qu'est-ce que vous me racontez ? Que votre femme pourrait se faire assassiner par une gamine morte au début du siècle ?
— Non, bien sûr.
— Alors, que voulez-vous dire ?
— Je... je ne sais pas. »

Werth penserait qu'il avait bu toute la nuit, ou commencé sa journée en fumant un joint.

Par ailleurs, il était injuste d'accuser Jane d'être une meurtrière en puissance. Et si Carol avait raison ? Si cette gamine n'était effectivement qu'une victime ? Hormis ce qu'elle racontait sous hypnose, rien ne pouvait laisser supposer qu'elle fût capable de violence.

Mais pourquoi avait-elle prétendu être Millie Parker ? Où avait-elle entendu ce nom ? Le fait même de s'y référer n'était-il pas inquiétant ?

Paul fit pivoter sa chaise face à la fenêtre. Des nuages gris ardoise filaient vers l'ouest, comme de sinistres vaisseaux porteurs d'orage.

LAME, SANG, MORT, TOMBE, TUER, CAROL.

Il faut que j'aille au chalet, décida-t-il subitement. Et il se leva de sa chaise.

Peut-être s'inquiétait-il pour rien, mais il ne pouvait pas rester assis là, à s'interroger...

Il monta dans sa chambre, et jeta à la hâte quelques affaires dans une valise. Après un bref moment d'hésitation, il décida d'emporter son calibre 38.

— Nous arrivons bientôt ? s'enquit Jane.
— Dans une vingtaine de minutes, répondit Carol.

D'habitude il faut en tout deux heures et quart. Et nous sommes tout à fait dans les temps.

Les montagnes étaient vertes, avec des sommets arrondis. De légères notes rouge et or dans le feuillage des arbres trahissaient l'approche de l'automne. Toutes les essences, excepté les pins, changeraient de couleur durant les prochaines semaines. Mais pour le moment, le vert prédominait encore. A l'orée de la forêt, il y avait des fleurs sauvages roses et bleues.

— C'est vraiment magnifique sur les hauteurs, dit Jane, tout en laissant son regard errer sur le paysage.

Les bas-côtés de la route étaient bordés de rhododendrons très verts.

— J'adore les montagnes de Pennsylvanie, dit Carol.

Elle ne s'était pas sentie aussi détendue depuis des semaines.

— C'est si paisible, ici, reprit-elle. Tu verras, après deux jours passés au chalet, on oublie le reste du monde.

Carol s'engagea dans une courbe, puis sur un tronçon ascendant de la route, où les branches des arbres se rejoignaient pour former un tunnel de verdure. Lorsqu'elles débouchèrent de sous les frondaisons, elles virent des nuages s'amonceler dans le ciel d'une manière menaçante.

— J'espère qu'il ne va pas pleuvoir, dit Jane. Cela gâcherait notre première journée ici.

— La pluie ne gâchera rien du tout, lui assura Carol. Si jamais nous devons rester à l'intérieur, nous ferons un bon feu dans la cheminée, puis des grillades sur la cendre. Et nous avons des jeux de société pour nous occuper ; Le Monopoly, le Scrabble, le Cluedo, et encore bien d'autres. Nous ne devrions pas trop tourner en rond !

— Tu as raison. Je crois qu'on va bien s'amuser, dit Jane enthousiaste.

De gros nuages noirs dérivaient toujours dans le ciel.

11

Grace était assise au bord du lit, son revolver calibre 22 à la main. Elle essayait d'envisager toutes les possibilités d'en réchapper. Il y en avait peu.

En réalité, plus elle y réfléchissait, et plus elle se disait que le chat avait toutes les chances d'emporter ce duel.

Certes, elle pouvait sortir de la maison par la fenêtre de la chambre, mais elle risquait de se rompre le cou. Si seulement elle avait eu vingt ans de moins, elle aurait tenté sa chance. Mais à soixante-dix ans, avec ses os fragiles et ses articulations enflées, sauter du deuxième étage sur un patio en béton relevait carrément du suicide. En outre, son objectif n'était pas seulement de quitter la maison, mais encore d'en sortir entière, afin de pouvoir se rendre chez Paul et Carol.

Il y avait bien une autre solution : Ouvrir la fenêtre et appeler à l'aide. Mais elle craignait qu'Aristophane — ou l'entité qui avait pris possession de lui — n'attaque quiconque viendrait à son secours, et elle ne voulait pas avoir la mort d'un voisin sur la conscience.

C'était sa propre bataille. Et elle devait la mener seule.

Elle réfléchit à toutes les issues possibles une fois parvenue au rez-de-chaussée, — si jamais elle y arrivait — mais aucune voie vers la sortie ne lui parut moins dangereuse qu'une autre. Le chat pouvait se trouver n'importe où. La chambre était le seul endroit de la maison où elle fût en sécurité. Si elle s'aventurait hors de ce refuge, le chat la guetterait et l'attaquerait, qu'elle tentât de sortir par la porte principale, par celle de derrière, ou par une fenêtre du rez-de-chaussée. Tapi dans l'ombre, ou perché sur une étagère, le siamois attendrait de pouvoir lui sauter dessus.

Certes, elle avait le revolver. Mais Aristophane, stratège par nature, risquait de créer un effet de surprise. Si jamais il bénéficiait de deux ou trois secondes d'avance sur elle, il aurait largement le temps de lui sectionner la carotide ou de lui crever les yeux avec ses griffes pointues. Curieusement, bien qu'elle crût désormais en la réincarnation, elle avait peur de mourir. En outre, à présent qu'elle sentait une volonté divine au-delà du réel, sa vie n'en avait qu'une signification plus grande.

Elle ne voulait pas mourir.

De toute façon, bien qu'elle n'eût, au mieux, que cinquante pour cent de chances de quitter cette maison vivante, Grace ne pouvait rester enfermée éternellement dans cette chambre. Elle n'avait rien à boire ni à manger. Et surtout, si elle ne sortait pas de là d'ici quelques minutes, elle risquait d'arriver trop tard pour sauver Carol.

Si jamais Carol est tuée parce que je n'ai pas eu le courage d'affronter ce maudit chat, alors ma vie n'aura plus aucun sens.

Grace fit sauter la sécurité du revolver.

Elle se leva du lit et se dirigea vers la porte.

Pendant près d'une minute, elle resta l'oreille collée contre le panneau de bois cherchant à repérer le moindre bruit signalant la présence d'Aristophane. Elle n'entendit rien de suspect.

Le revolver dans la main droite, elle se servit de sa main gauche meurtrie pour tourner le bouton de la porte. Elle l'ouvrit avec d'infinies précautions, centimètre par centimètre, s'attendant que le chat fonçât à l'intérieur dès qu'il le pourrait. Mais il ne se montra pas.

Finalement, Grace passa sa tête dans le couloir. Elle regarda à gauche, à droite.

Pas de chat à l'horizon.

Grace fit un pas dans le couloir, puis s'immobilisa, craignant de s'éloigner de la porte de la chambre.

Vas-y ! se sermonna-t-elle. Du cran, Gracie !

Elle fit encore un pas vers l'escalier. Puis un autre, essayant de ne pas perdre son sang-froid.

Il lui semblait que les escaliers étaient à un kilomètre.

Elle jeta un coup d'œil derrière son épaule.

Toujours pas d'Aristophane.

Elle s'intima l'ordre de poursuivre sa marche vers l'escalier. Le plus long chemin qu'elle eût jamais parcouru.

Paul boucla sa valise, en saisit la poignée, s'éloigna du lit — puis sursauta, effrayé, lorsque la maison trembla comme si un boulet de canon venait de l'atteindre.

« TONG ! »

Il leva les yeux vers le plafond.

« TONG ! TONG ! TONG ! »

Le mystérieux martèlement avait cessé depuis cinq jours. Certes, Paul ne l'avait pas totalement oublié, mais il avait réussi à le chasser de son esprit. Et voilà qu'à présent...

« TONG ! TONG ! TONG ! »

Ce bruit angoissant faisait trembler les fenêtres, se répercutait contre les murs. Paul avait la sensation que ses dents et ses os vibraient.

« TONG ! »

Après avoir passé des jours entiers à essayer de déterminer la nature de ce bruit, Paul comprit tout à coup de quoi il s'agissait. *C'était une hache.* Ce n'était pas un martèlement. Il y avait un léger craquement à la fin. C'étaient des *coups de hache.*

« TONG ! »

Le fait d'avoir identifié ce bruit ne l'aida absolument pas à en situer la source. C'était donc une hache, et non un marteau. Et après ? Pourquoi ces coups répétés faisaient-ils trembler toute la maison ? Que ce fût un marteau, une hache ou un saucisson ne changeait rien à l'affaire.

Soudain, et sans raison précise, Paul pensa au couperet avec lequel Louise Parker avait tranché la gorge de sa fille en 1905. Puis il repensa à l'orage dément qui avait ravagé le bureau de O Brian, et à l'intrus qu'il avait vu dans le jardin, le soir de la tourmente. Et à la partie de Scrabble morbide. Et aux rêves prémonitoires de Grace. Alors il comprit que la hache serait la concrétisation de la menace suggérée par ces différents événements. Intuitivement, il sentit que cet objet tranchant mettrait en péril la vie de Carol.

« TONG ! TONG ! »

Un tableau se décrocha du mur et tomba sur le sol.

Paul sentit son sang se glacer dans ses veines.

Il lui fallait se rendre au chalet. Le plus vite possible.

Il se dirigea vers la porte de la chambre. Celle-ci lui claqua sous le nez. Personne n'avait pu y toucher. Il n'y avait eu aucun courant d'air. Alors ? On aurait dit qu'une main invisible l'avait refermée à toute volée.

Soudain, Paul vit quelque chose bouger en face de lui. Le cœur battant follement, le souffle bloqué dans sa gorge serrée, il leva instinctivement sa valise devant sa tête pour se protéger.

L'une des deux portes de la penderie s'ouvrait lentement. Il s'attendait que quelqu'un en sorte. Mais lorsque la porte fut entièrement ouverte, Paul ne vit rien d'autre que des vêtements sur des cintres. Puis la porte se referma, et l'autre s'ouvrit. Elles s'ouvrirent en même temps, se refermèrent, s'ouvrirent encore, et ainsi de suite, toujours sur le même rythme.

« TONG ! TONG ! »

Une lampe se renversa sur l'une des tables de nuit.

Un autre tableau se décrocha du mur.

« TONG ! »

Sur la commode, deux figurines en porcelaine — une danseuse et son partenaire — commencèrent à tourner ensemble, comme subitement animés d'un souffle de vie. Tout d'abord, ils dansèrent lentement. Puis ils se mirent à tournoyer de plus en plus vite, jusqu'à glisser de la commode et s'écraser sur le sol.

Le chalet était en bois, niché sous l'ombre des grands arbres. Depuis la véranda, située sur le devant, on avait une vue excellente sur le lac.

C'était l'une des quatre-vingts maisons de vacances

lovées dans la vallée. Chacune disposait d'un demi-hectare de terres. Toutes situées sur la rive sud du lac, elles n'étaient accessibles que par un chemin privé, recouvert de gravier, serpentant au bord de l'eau.

Carol bifurqua dans son propre chemin de gravillons, roula encore une centaine de mètres, puis gara la voiture juste devant l'entrée principale du chalet. Jane et elle sortirent de la Volkswagen et demeurèrent silencieuses un moment, respirant l'air pur à pleins poumons.

— C'est charmant, dit finalement Jane.

— Oui, vraiment, hein ?

— Quel silence !

— Ce n'est pas aussi calme quand la plupart des chalets sont occupés. Mais en cette saison, il n'y a probablement personne, excepté Peg et Vince Gervis.

— Qui ça ?

— Les gardiens. Des gens bien. L'association des copropriétaires les emploie à l'année. Ils habitent le dernier chalet à l'extrémité sud du lac. Durant la morte saison, ils font plusieurs rondes par jour. Leur présence décourage les rôdeurs et les pyromanes.

Au loin, sur la rive nord du lac, des éclairs zébrèrent le ciel. Un coup de tonnerre retentit.

— Nous ferions mieux de décharger la voiture avant qu'il ne pleuve, dit Carol.

Grace s'attendait à être attaquée dans l'escalier, parce que c'était là qu'elle serait la plus vulnérable. Si jamais le chat apparaissait brusquement, et que, de peur, elle perdît l'équilibre, elle pouvait tomber et se casser une jambe ou le col du fémur. Alors, tandis qu'elle serait étourdie par le choc, le chat bondirait sur elle, planterait ses crocs dans sa chair. Aussi descendit-elle l'escalier dos au mur, afin d'avoir une vue d'ensemble des lieux.

Mais Aristophane ne se montra pas. Grace atteignit le rez-de-chaussée sans incident.

Elle regarda à gauche et à droite dans le couloir. Toujours pas de chat en vue.

Grace disposait de deux issues possibles : la porte principale ou la porte de derrière, qui donnait dans la cuisine.

Dans un cas comme dans l'autre, le chemin à emprunter pour sortir de la maison était dangereux. Elle hésitait sur l'itinéraire à suivre, quand elle se souvint qu'elle avait laissé les clefs de sa voiture dans la cuisine, accrochées à un clou. Il lui faudrait donc passer par la porte de derrière.

Elle avança avec précaution dans le couloir jusqu'à un guéridon sur lequel était posé un vase. Elle saisit le vase de sa main gauche ensanglantée, puis poursuivit son chemin, dos au mur, jusqu'à la porte ouverte de la salle à manger. Toujours sur ses gardes, elle risqua un œil dans la pièce. Rien ne trahissait la présence éventuelle du chat. Ce qui ne voulait pas dire qu'il ne se cachait pas là. Il y avait de nombreux coins d'ombre. Les doubles rideaux étaient partiellement tirés, et dehors, il faisait sombre.

Aristophane était-il tapi quelque part dans l'ombre ? Afin de s'en assurer, Grace lança le vase dans la pièce. Tandis que l'objet en porcelaine se fracassait à grand bruit sur le sol, Grace tendit le bras, saisit le bouton de la porte, qu'elle referma aussitôt. A prèsent, si Aristophane se trouvait à l'intérieur, il était prisonnier.

Mais elle n'entendit aucun bruit dans la pièce. Cela signifiait qu'elle n'avait probablement pas réussi à enfermer la bête furieuse. En effet, s'il avait été là, le chat se serait manifesté par des grattements rageurs contre la porte. Au moins disposait-elle à présent d'une pièce où se réfugier au rez-de-chaussée.

Sans cesser de surveiller les alentours, Grace avança à pas de loup jusqu'au seuil de la cuisine. Après un instant d'hésitation, elle pénétra dans la pièce, son revolver braqué droit devant elle. Elle inspecta les lieux du regard avant de s'y aventurer. La petite table et les chaises. Le réfrigérateur, le fil du téléphone mâchonné et sectionné. Le double évier. L'alignement de meubles de rangement, sur lesquels étaient posés le casier à bouteille, le bocal à gâteaux et la boîte à pain.

Pas de chat à l'horizon.

Le ronflement du réfrigérateur cessa subitement, et le silence se fit parfait.

Très bien, pensa-t-elle. Serre les dents et vas-y, Gracie.

Elle progressa lentement à travers la pièce, inspectant

du regard toutes les cachettes possibles. Toujours pas de chat en vue.

Peut-être l'ai-je blessé plus gravement que je ne le pensais, se dit-elle, pleine d'espoir. Peut-être s'est-il traîné jusque dans un coin pour mourir.

Grace arriva devant la porte qui s'ouvrait sur le jardin.

Elle retenait sa respiration, prête à agir au moindre bruit suspect.

Elle décrocha les clefs du petit panneau de bois ovale.

Elle posa la main sur la poignée de la porte.

Le chat feula.

Grace poussa un cri involontaire et tourna la tête vers la droite, dans la direction d'où venait le bruit.

Elle se trouvait face aux meubles de rangement. Et soudain elle le vit, tapi entre le casier à bouteilles et la boîte à biscuits. Lorsqu'elle était entrée dans la cuisine Grace ne l'avait pas repéré : elle n'avait eu alors qu'une vue de profil des placards.

Le chat se trouvait à environ trois mètres d'elle, et c'était peu, car il fonça comme un éclair au-dessus des meubles en enfilade.

Cette confrontation ne dura que quelques secondes, mais Grace eut l'impression de les vivre au ralenti. Elle recula d'un pas, buta contre un mur, leva son arme, et tira deux coups successifs. Le bocal à biscuits explosa, et des éclats de bois volèrent dans la pièce. Mais le chat continua à fondre dans sa direction, les babines retroussées. Grace comprit alors que ce n'était pas si facile d'atteindre une cible mouvante, même à si petite distance. Elle fit feu encore une fois. Mais sa main tremblait, et elle ne fut pas étonnée d'entendre la balle ricocher contre une surface dure. Ce fut alors que le chat s'élança d'un meuble et bondit vers elle. Elle tira. Cette fois-ci elle l'atteignit. Il miaula plaintivement, puis s'écrasa sur le sol, sans vie.

Elle s'en était sortie de justesse.

Paul se demandait quelles étaient les intentions de l'esprit frappeur. Le poltergeist essayait-il de l'empêcher d'aller sauver Carol, ou bien de le convaincre, par ses manifestations bruyantes, de se rendre au chalet au plus vite ?

Sa valise à la main, Paul s'avança vers la porte qu'un être immatériel lui avait claqué au nez. Alors qu'il saisissait la poignée, la porte se mit à vibrer sur ses gonds. Faiblement tout d'abord, puis furieusement.

« Tong... Tong... Tong... TONG ! »

Paul retira sa main, n'osant plus sortir.

« TONG ! »

Le bruit des coups venait maintenant de la porte. Le solide panneau de chêne ne résista pas plus à l'impact de l'objet tranchant qu'une fine planche de contreplaqué. Il y eut un affreux craquement et la porte se fendit en son milieu.

Paul recula encore d'un pas.

Puis la hache porta un nouveau coup sur le panneau de chêne, et une deuxième fente apparut, parallèle à la première. Des éclats de bois volèrent dans la pièce.

Cette fois, il ne peut s'agir d'un poltergeist, se dit Paul, Il y a forcément quelqu'un derrière la porte, en train de manier une véritable hache.

Paul se sentait atrocement vulnérable. Il parcourut la chambre du regard, dans l'espoir de repérer une arme de fortune. Mais il ne vit rien qui pût lui être utile.

Le calibre 38 se trouvait à l'intérieur de sa valise. Mais il était trop tard pour l'ouvrir, et Paul regretta de ne pas avoir gardé son arme à la main.

«TONGTONGTONGTONG ! »

La porte de la chambre explosa en une douzaine de morceaux et en d'innombrables éclats de bois.

Paul se protégea le visage de son bras : il pleuvait des échardes tout autour de lui.

Lorsqu'il baissa son bras, Paul ne vit personne de l'autre côté de la porte. Ce massacre était donc bien l'œuvre de l'esprit frappeur.

«TONG ! »

Paul enjamba les restes de la porte, puis sortit dans le couloir.

La boîte à fusibles se trouvait dans la cuisine à l'intérieur du garde-manger. Carol appuya sur le disjoncteur et la lumière fut.

Hormis le fait qu'il n'y avait pas le téléphone, le chalet disposait de toutes les commodités.

— Tu ne trouves pas qu'il fait frisquet, ici ? demanda Carol.

— Un peu, oui, acquiesça Jane.

— Nous avons une chaudière à gaz. Mais c'est plus agréable de faire du feu. Allons vite chercher du bois.

— Tu va devoir abattre un arbre ? s'inquiéta la jeune fille.

— Non, ce ne sera pas nécessaire ! s'esclaffa Carol. Viens voir.

Carol conduisit Jane dans un petit jardin, derrière le chalet. On y accédait par une véranda ouverte et un escalier de quelques marches. Le jardin jouxtait une prairie à l'herbe haute grimpant vers une forêt qui commençait cinquante mètres plus loin.

Lorsqu'elle se retrouva dans ce paysage familier, Carol s'immobilisa brusquement. Elle venait de s'apercevoir que cette prairie et ces arbres étaient ceux de son cauchemar. Jusqu'alors elle n'avait pas songé à faire le rapprochement entre les deux lieux.

— Quelque chose ne va pas ? demanda Jane.

— Euh, non. Allons chercher ce bois.

La jeune fille la suivit jusqu'à la remise à bois, accolée à la face sud-ouest du chalet.

Un coup de tonnerre éclata dans le lointain. La pluie n'avait pas encore commencé à tomber.

Carol introduisit une clef dans le gros cadenas qui maintenait fermée la porte de la remise, puis elle glissa le cadenas dans sa poche. Elle ne le remettrait en place que lors de leur départ, dans une dizaine de jours.

La porte de la remise grinça sur ses gonds. Carol tira sur une chaîne commandant l'électricité, et une ampoule de cent watts éclaira un tas de bûches, stockées là à l'abri des intempéries.

Carol prit un cageot posé sur les bûches et le tendit à la jeune fille.

— Si tu le remplis quatre ou cinq fois, nous aurons largement de quoi nous chauffer jusqu'à demain matin.

Lorsque Jane revint avec son cageot vide une première fois, Carol était en train de fendre une grosse bûche en quatre avec une hache. Elle prenait appui sur un billot avec son pied.

— Mais qu'est-ce que tu fais ? demanda la jeune fille.

Elle s'était arrêtée net et regardait la hache d'un air inquiet.

— Lorsque je fais du feu, dit Carol, je place d'abord du petit bois dans l'âtre, puis de petites bûches, comme celle-ci, et enfin, une très grosse bûche. Généralement, ça prend bien. Tu vois, je suis une vraie femme des bois.

La jeune fille fronça les sourcils.

— La hache paraît vraiment tranchante, dit-elle.

— Mais il le faut !

— Tu es sûre que ce n'est pas dangereux ?

— J'ai coupé du bois des centaines de fois, ici, et à la maison. J'ai l'habitude, ma chérie. Ne t'inquiètes pas. Je ne risque pas de me trancher les orteils.

Carol ramassa une nouvelle bûche, et entreprit de la couper en quatre.

Jane alla dans la remise, où elle remplit son cageot de bois. Lorsqu'elle revint vers le chalet avec son chargement, elle jeta un coup d'œil derrière son épaule à plusieurs reprises, tout en fronçant les sourcils.

Carol donnait un coup de hache dans une autre bûche.

« TONG ! »

Sa valise à la main, Paul parcourut le couloir du deuxième étage en direction de l'escalier. Le poltergeist l'accompagnait. De chaque côté du couloir, les portes s'ouvraient à toute volée, claquaient furieusement, s'ouvraient à nouveau, puis claquaient encore et encore, de plus en plus fort. Il avait l'impression d'avancer au milieu d'un tir de canon.

Tandis qu'il entamait la descente de l'escalier, le lustre accroché au plafond commença à décrire des cercles au bout de sa chaîne, comme animé par un courant d'air que Paul ne sentait pas.

Au premier étage, les tableaux s'étaient décrochés des murs, des chaises étaient renversées. Le canapé du salon tanguait furieusement sur ses quatre pieds de bois. Dans la cuisine, les casseroles accrochées au mur s'entrechoquaient sur un rythme effréné.

Lorsqu'il arriva dans le garage, Paul savait qu'il n'aurait pas besoin d'emmener sa valise au chalet. Le revolver suffirait amplement. Au départ, il n'avait pas eu l'intention de débarquer ainsi, en manches de chemise, un revolver à la main. C'eût été commettre une grave injustice à l'égard de Jane, si tout avait été normal. Mais à présent, il ne doutait plus d'arriver en plein drame. Aussi prit-il son arme dans sa valise, puis abandonna-t-il celle-ci sur le sol du garage.

Alors qu'il reculait dans l'allée, Paul vit la Ford bleue de Grace Mitowski tourner au coin de la rue, à toute allure. Grace se gara devant la maison dans un hurlement de freins, bondit hors de la voiture, puis fonça vers la Pontiac de Paul. Il ne l'avait encore jamais vue courir aussi vite. Elle ouvrit la porte côté passager, puis introduisit la tête dans l'habitacle. Sa chevelure était en désordre, son visage blanc comme de la craie et maculé de sang.

— Mon Dieu, Grace, que t'est-il arrivé ?

— Où est Carol ? demanda Grace, sans répondre à la question de Paul.

— Partie au chalet.

— Quand ça ?

— Ce matin.

— Mais quand exactement ?

— Il y a trois heures environ.

Il y avait une folle angoisse dans les yeux de Grace.

— La jeune fille est partie avec elle ?

— Oui.

La vieille dame ferma les yeux. Paul comprit qu'elle était sur le point de craquer, et qu'elle tentait de se ressaisir. Elle rouvrit les yeux au bout de quelques instants.

— Il faut foncer au chalet, tout de suite, dit-elle.

— C'est ce que je m'apprêtais à faire.

Paul vit les yeux de Grace s'agrandir lorsqu'elle aperçut le revolver, posé sur le siège passager.

Elle leva son regard vers lui.

— Tu as donc compris ce qui se passe ? s'étonna-t-elle.

— Pas vraiment, dit-il, en rangeant le pistolet dans la

boîte à gants. Mais je sais que Carol court un danger. Un affreux danger.

— Elles courent un danger toutes les deux, rectifia Grace.

— Toutes les deux ? Tu veux dire la jeune fille aussi ? Mais je croyais que Jane était celle qui...

— Oui, dit Grace. Elle va essayer de tuer Carol. Mais c'est peut-être elle qui va mourir. Comme les autres fois.

— Comme les autres fois ? dit Paul, interloqué.

Il vit que Grace avait la main blessée.

— Il faudrait soigner ça, dit-il.

— Nous n'avons pas le temps.

— Mais que se passe-t-il exactement ? demanda-t-il, son inquiétude cédant brièvement le pas à la frustration. Je sais que des événements tragiques se préparent, mais je ne vois pas de quoi il s'agit.

— Moi si, dit-elle. En réalité, j'ai appris des choses vraiment troublantes.

— Si tu as découvert quoi que ce soit de tangible, de concret, nous devrions prévenir la police. Ils pourraient passer un coup de fil au shérif du comté, là-haut, qui enverrait des hommes au chalet. Sûr qu'ils arriveraient avant nous.

— J'ai des informations en béton, du moins selon mon point de vue, dit Grace. Mais la police verra les choses d'un autre œil. Les flics me prendront pour une vieille dame sénile. Ils voudront m'enfermer dans un bel asile de vieillards, bien au calme. Au mieux, ils me riront au nez.

Paul pensa au poltergeist, aux figurines dansantes, à la porte réduite en mille miettes, aux chaises renversées.

— Oui, je comprends tout à fait ce que tu veux dire, dit-il.

— Nous devons régler cette histoire nous-mêmes, insista Grace. Partons. Je te raconterai tout ce que je sais durant le trajet. A chaque minute qui passe, je me sens de plus en plus mal, à l'idée de ce qui pourrait arriver là-haut, dans les montagnes.

Paul s'engagea dans la rue en marche arrière. Ils s'éloignèrent rapidement de la maison, filant en direction de l'autoroute. Dès qu'ils se retrouvèrent sur la voie rapide, Paul accéléra encore.

Vous mettez combien de temps pour y aller, d'habitude ?

— Environ deux heures et quart.

— Trop long.

— Nous allons faire mieux, crois-moi.

Sur le compteur, l'aiguille frisa les 150 km/h..

12

Elles avaient apporté une grande quantité de nourriture dans ces cartons et des glacières. Elles transportèrent ces provisions dans la maison, les rangèrent dans l'armoire et le réfrigérateur. Elles avaient décidé de sauter le déjeuner, dans le but de se gaver sans complexe, le soir au dîner.

— Très bien, dit Carol, en sortant une feuille de papier d'un tiroir. Voici la listes des choses que nous devons faire pour rendre cet endroit vivable.

Elle lut à haute voix :

— Oter les housses en plastique des sièges ; épousseter les meubles ; nettoyer l'évier, la salle de bains et faire les lits.

— Et tu appelles ça des vacances ? demanda Jane.

— Où est le problème ? Tu ne le trouves pas attrayant mon programme ?

— Oh, si. Vraiment très excitant.

— En fait, le chalet n'est pas si grand. A deux, nous devrions pouvoir faire tout ça en une heure, une heure et demie.

Elles venaient juste de commencer le ménage, lorsqu'on frappa à la porte. C'était Vince Gervis, le gardien, un homme large d'épaules, avec de gros biceps, de grandes mains, et un sourire à l'avenant.

— Je faisais ma ronde. J'ai vu votre voiture. Je suis passé vous dire bonjour.

Carol lui présenta Jane comme étant sa nièce. — mensonge plausible. Puis ils discutèrent de tout et de rien.

— Docteur Tracy, demanda Gervis, où est l'autre Dr Tracy ? J'aimerais le saluer, lui aussi.

— Oh, il n'est pas monté avec nous, expliqua Carol. Il nous rejoindra dimanche, quand il aura terminé un travail important qu'il ne pouvait laisser en chantier.

Gervis fronça les sourcils.

— Quelque chose ne va pas ? s'enquit Carol.

— Eh bien... Ma femme et moi avions l'intention d'aller faire des courses en ville, puis de dîner au restaurant. C'est ce que nous faisons le vendredi, en général. Mais il n'y a personne ici, en ce moment, excepté vous et Jane. Alors, ça m'ennuie de vous abandonner comme ça.

— Ne vous inquiétez pas pour nous, dit Carol. Tout ira bien. Allez en ville avec Peg, comme prévu.

— Euh... je n'aime pas trop cette idée de vous laisser seules ici, loin de tout. Non, vraiment, je me ferais du souci.

— Mais personne ne viendra nous importuner, Vince. La propriété est clôturée, et il faut une carte magnétique pour ouvrir le portail.

— N'importe qui peut enjamber la clôture et venir rôder par ici.

Il fallut plusieurs minutes à Carol pour le convaincre de ne pas bouleverser ses projets à cause d'elles.

Peu après le départ de Vince, la pluie se mit à tomber. Ces millions de gouttes d'eau crépitant sur les millions de feuilles alentour avaient un effet apaisant sur Carol.

Jane, en revanche, trouva ce bruit assez déplaisant.

— Je ne sais pas pourqui, dit-elle, mais ce crépitement me fait penser au feu. Comme si des milliers de flammes étaient en train de dévorer tout ce qui nous entoure. J'entends comme un grésillement...

La pluie obligea Paul à ralentir. Il roulait désormais à 90 km/h, ce qui n'était pas très prudent, vu le temps. Mais la situation exigeait qu'il prît certains risques.

Les essuie-glaces frappaient doucement le bord du pare-brise sur un rythme régulier, et les pneus sifflaient agréablement sur le macadam mouillé.

Dehors, il faisait de plus en plus sombre. On se serait cru au crépuscule, plutôt qu'en milieu de journée. La Pontiac traversait des rideaux de pluie opaques, soulevant sur son passage des gerbes d'eau.

L'auto semblait être un petit vaisseau, lancé sur les courants d'une vaste mer glacée, le dernier refuge de chaleur et de lumière, à des milliers de kilomètres à la ronde.

— Tu ne croiras probablement pas ce que je vais te raconter, dit Grace, et c'est compréhensible.

— Après ce qui m'est arrivé aujourd'hui, la détrompa Paul, je suis prêt à croire n'importe quoi.

Et peut-être est-ce l'intention cachée du poltergeist, pensa-t-il. Peut-être a-t-il voulu me préparer à croire l'histoire de Grace. En réalité, si l'esprit frappeur ne l'avait pas retardé, Paul aurait quitté la maison sans rencontrer Grace.

— J'essaierai de t'expliquer la situation le plus simplement possible, dit Grace. Mais il ne s'agit pas, hélas, d'un sujet facile.

Elle mit sa main gauche blessée dans sa main droite. Ses coupures commençaient à cicatriser.

— Tout a commencé en 1865, à Shippenburg. La famille qui nous intéresse s'appelait Havenswood.

Paul lui jeta un coup d'œil, surpris par le nom.

Grace regardait droit devant elle, tandis que la voiture filait à travers le paysage détrempé.

— La mère s'appelait Willa, et sa fille, Laura. Elles ne s'entendaient pas très bien, pas bien du tout, même. Et c'était leur faute à toutes les deux. Mais passons sur les raisons de leurs constantes dissensions. L'important ici, c'est qu'un jour du printemps 1865, Willa envoya Laura faire du ménage à la cave. Elle savait pourtant que sa fille détestait cet endroit. Mais il s'agissait d'une punition. Et tandis que Laura se trouvait dans la cave, le feu se déclara dans la maison. Elle n'a pas pu s'échapper et elle a brûlé vive. Au moment de mourir, elle a dû maudire sa mère de l'avoir envoyée à la cave. Peut-être a-t-elle cru que Willa avait provoqué l'incendie — ce qui est inexact. En fait, c'est Rachel Adams, la tante de Laura, qui avait mis le feu à la maison par accident. Mais la jeune fille aura pensé que sa mère voulait se débarrasser d'elle. Laura avait des problèmes émotionnels. Elle était tout à fait capable de s'imaginer une chose pareille. Quant à sa mère, elle aussi déséquilibrée, elle pouvait fort bien pousser à la paranoïa.

Quoi qu'il en soit, poursuivit Grace, Laura a eu une mort atroce. Son dernier souhait aura sûrement été de pouvoir se venger. Elle ignorait que sa mère avait également péri dans l'incendie.

Voilà pourquoi, se dit Paul, la police n'a retrouvé aucune trace de la famille Havenswood. Il aurait fallu remonter jusqu'au milieu du siècle dernier.

— Depuis 1865, continua la vieille dame, Laura a cherché à se venger dans deux et peut-être même trois incarnations successives. Crois-tu en la réincarnation, Paul ? Peux-tu imaginer qu'en 1943, la veille de son seizième anniversaire, Laura Havenswood, réincarnée en Linda Bektermann, une fille de quinze ans, a essayé de tuer sa mère, Mrs Bektermann, la réincarnation de Willa Havenswood ? C'est une histoire vraie. Mais Laura, alias Linda, n'a pas réussi à assouvir sa vengeance. Mrs Bektermann l'a tuée avec une hache, en état de légitime défense.

Et croiras-tu, dit Grace, que Willa s'est de nouveau réincarnée, sous l'apparence de Carol cette fois ? Que Laura est de nouveau vivante ?

— C'est Jane ?

— Oui.

Carol et Jane firent le ménage dans le chalet en une heure et quart. Carol constata avec satisfaction que la jeune fille ne réchignait pas à la besogne.

Lorsqu'elles eurent fini de nettoyer, elles s'installèrent dans les deux fauteuils, face à l'énorme cheminée, un verre de Coca Cola à la main.

— Il est trop tôt pour préparer le dîner, dit Jane. Et il pleut trop pour que nous allions nous promener. Alors à quel jeu de société voudrais-tu jouer ?

— A ce que tu voudras. Tu n'as qu'à fouiner dans le placard, et choisir celui qui te plaît. Mais avant cela, je crois que nous devrions faire une petite séance d'hypnose. Ainsi, nous en serons débarrassées.

— Nous allons continuer la thérapie ici, en vacances ? demanda la jeune fille.

Visiblement, cette idée ne l'enchantait pas.

— Bien sûr, répondit Carol. Il nous faut progresser un peu chaque jour.

— Bon... d'accord.

— Parfait. Déplaçons ces fauteuils pour nous faire face.

Sur leur gauche, les flammes créaient des ombres mouvantes dans l'âtre.

Dehors, la pluie tombait sur les feuilles des arbres, crépitait sur le toit d'une manière incessante. Effectivement, se dit Carol, cela ressemble davantage au bruit du feu qu'à celui de la pluie.

Jane entra en état d'hypnose en trente secondes. Puis elle demeura silencieuse pendant plusieurs minutes.

Enfin, elle parla.

Avec la voix de Laura.

— Maman ? C'est toi ?

— Laura ?

La jeune fille avait les yeux fermés.

— C'est toi ? répéta-t-elle d'une voix tendue. C'est toi Maman ?

— Détends-toi, dit Carol.

Mais au lieu de se relaxer, Jane se raidissait de plus en plus. Elle rentra la tête dans les épaules, serra les poings sur ses genoux. Deux lignes soucieuses apparurent sur son front. Sa bouche se crispa. Elle pencha son buste légèrement en avant, vers Carol.

— Je voudrais que tu répondes à quelques questions, dit celle-ci. Mais tu dois te détendre d'abord. Tu vas desserer les poings. Tu vas...

— Non !

Les yeux de la jeune fille s'ouvrirent. Elle se leva de son fauteuil et se posta devant Carol, tremblante.

— Assieds-toi, ma chérie.

— Je ne m'assiérai pas. J'en ai assez de faire toujours ce que tu me demandes. Assez de tes punitions.

— Assieds-toi, répéta Carol, gentiment, mais fermement.

La jeune fille lui lança un regard furieux.

— Tu m'as envoyée dans cet endroit horrible, dit-elle, avec la voix de Laura. Tu as osé me faire ça.

Après quelques instants d'hésitation, Carol décida de continuer dans cette voie.

— De quel endroit veux-tu parler ?

— Tu le « sais », dit la jeune fille, sur un ton accusateur. Je te « hais ».

— Où se trouve cet endroit affreux que tu viens de mentionner ? insista Carol.

— C'est la cave.

— Qu'y a-t-il de si horrible dans la cave ?

La haine apparut dans les yeux de la jeune fille. Ses lèvres étaient retroussées sur ses dents dans un rictus sauvage.

— Laura ? Réponds moi. Qu'y a-t-il de si effrayant dans la cave ?

La jeune fille la gifla.

Cette gifle violente et inattendue étourdit Carol. Pendant un instant, elle ne put croire qu'on l'avait réellement frappée.

La jeune fille la gifla de nouveau, du revers de la main.

Puis elle recommença, encore plus fort que les autres fois.

Carol saisit les fins poignets de son agresseur, mais celle-ci se libéra, lui donna un coup de pied dans les tibias. La jeune femme poussa un cri, s'affaissa un instant dans son fauteuil. L'adolescente tenta de la saisir à la gorge. Carol se dégagea avec difficulté, puis entreprit de se lever de son siège. Jane la fit retomber dans la position assise, puis se jeta sur elle. Carol sentit la jeune fille lui mordre l'épaule, et soudain elle prit peur. Le fauteuil bascula sur le côté, et elles roulèrent toutes les deux sur le sol.

On commençait à apercevoir de légers valonnements dans le paysage, mais les montagnes étaient encore loin.

La pluie tombait plus fort que jamais. De grosses gouttes s'écrasaient et rebondissaient très haut sur la chaussée. Paul leva légèrement le pied de l'accélérateur.

— La réincarnation, dit-il, songeur. Il y a quelques minutes à peine, je te disais que j'étais prêt à croire n'importe quoi. Mais la réincarnation, tout de même, c'est difficile à avaler. Comment diable en es-tu arrivée à accorder foi à cela ?

Grace lui parla alors des coups de téléphone de Léonard, de la visite du reporter décédé depuis tant d'années, de son combat à mort avec Aristophane.

— Je suis Rachel Adams, Paul. Ma vie antérieure m'a été révélée dans le but que je mette un terme à ce cycle infernal. Willa n'a pas déclenché l'incendie. C'est moi qui ai mis le feu à la maison, d'une manière tout à fait accidentelle. Aussi n'y a-t-il aucune raison pour que la jeune fille cherche à se venger. Il s'agit d'un affreux malentendu, d'une tragique erreur. Si j'ai la possibilité de parler à Jane, pendant qu'elle est Laura, sous hypnose, alors je saurai la persuader que sa mère n'a jamais eu l'intention de la tuer. Je peux la faire sortir de cet engrenage de violence, ici, maintenant, une bonne fois pour toutes. Tu me crois, Paul ?

— Oui, Grace, je te crois.

Néanmoins, le phénomène de la réincarnation était bien plus difficile à admettre que l'existence des esprits frappeurs.

— As-tu déjà entendu parler de Millicent Parker ? demanda Paul.

— Non, jamais, répondit Grace.

La pluie augmenta encore en intensité. Paul mit les essuie-glaces à la vitesse supérieure.

— En 1905, dit-il, la veille de son seizième anniversaire, Millie Parker a essayé de tuer sa mère. Et comme dans l'affaire Bektermann, c'est finalement la mère qui a tué la fille. En état de légitime défense, encore une fois. Et il faut que tu saches ceci : sous hypnose, Jane a prétendu être Laura, Millie, puis Linda. Mais ces noms-là ne signifiaient rien pour nous.

— Et à nouveau Laura, alias Millie cette fois, n'a pu assouvir sa vengeance, remarqua Grace. Je me doutais bien qu'il y avait eu une incarnation entre Laura et Linda.

— Mais pourquoi cette histoire de seizième anniversaire à chaque fois ?

— Laura attendait le jour de ses seize ans avec impatience, expliqua Grace-Rachel. Pour elle, il s'agissait d'un âge symbolique, d'une date magique, à partir de laquelle sa vie allait changer. Elle avait déjà fait une foule de projets. Elle pensait que sa mère la traiterait désormais avec considération. Mais elle a péri dans l'incendie la veille de ce fameux anniversaire.

— Et dans chacune de ses nouvelles incarnations, dit Paul, sa haine pour sa mère augmentait à l'approche de cette date fatidique. Une peur incontrôlable remontait de son inconscient.

Grace acquiesça d'un hochement de tête.

— De l'inconscient de la jeune fille qu'elle était en 1865, précisa la vieille dame. Une identité qui sommeille au fond de la psyché de Jane.

Ils roulèrent en silence pendant quelques minutes.

Paul sentait des gouttes de sueur lui couler dans le dos. Et il avait de nouveau l'impression de marcher sur une corde raide, au-dessus d'un gouffre sans fond.

— Mais Carol n'est pourtant pas la mère de Jane, dit-il finalement.

— Il y a une chose à laquelle tu n'as pas pensé.

— Ah bon ?

— Carol a eu un enfant, alors qu'elle n'était qu'une adolescente. Je sais qu'elle te l'a dit. Je ne dévoile aucun secret.

Paul ressentit comme un grand froid dans l'estomac.

— Mon dieu, dit-il. Tu veux dire que... Jane serait la fille de Carol ?

— Je n'en ai pas la preuve. Mais je parierais qu'il s'agit d'une enfant adoptée. Et que Carol est sa véritable mère.

Elles luttèrent un bon moment sur le sol, près de la cheminée. La jeune fille lançant des coups de poings, Carol essayant de l'en empêcher, sans la blesser. Finalement, Jane sentit que Carol finirait par la maîtriser. Alors elle la repoussa, bondit sur ses pieds, lui donna un coup de pied dans la cuisse, puis fila dans la cuisine.

Carol était complètement étourdie par les coups qu'elle avait reçus, et choquée par cette violence inattendue. Son visage la brûlait. Elle savait qu'elle aurait des bleus. Son épaule saignait à l'endroit où Jane l'avait mordue. Une large tache rouge et humide maculait son corsage.

Elle se leva, tituba sur ses jambes pendant quelques instants. Puis elle partit à la recherche de Jane.

— Attends, ma chérie !

La jeune fille lui répondit avec la voix de Laura. Apparemment, elle se trouvait à l'extérieur de la maison.

— Je te hais ! hurla-t-elle, d'une voix perçante.

Carol arriva dans la cuisine, s'appuya contre le réfrigérateur. La jeune fille était sortie. Elle avait laissé la porte de derrière ouverte.

On entendait la pluie tomber très fort.

Carol se précipita sur la véranda, regarda dehors, dans le jardin, dans la prairie, du côté des arbres. La jeune fille avait disparu.

— Jane ! Laura !

Millicent ? se demanda-t-elle. Linda ? Mais quel nom dois-je employer ?

Carol traversa la véranda, descendit les quelques marches qui menaient dans le jardin. Il pleuvait des cordes. La jeune femme tourna la tête à droite, à gauche, ne sachant dans quelle direction se diriger.

Ce fut alors que Jane apparut. Sortant de la remise à bois, une hache à la main.

« ... et que Carol est sa véritable mère. »

Les mots de Grace revenaient sans cesse dans la tête de Paul.

Pendant quelques minutes, il fut incapable de parler. Il fixait un point dans le lointain, sans vraiment voir la route. A un moment donné, il faillit rentrer dans une Buick qui roulait doucement devant lui. Il enfonça la pédale de freins. Grace et lui furent projetés en avant, vite bloqués dans leurs mouvements par les ceintures de sécurité. Paul ralentit, jusqu'au moment où il retrouva le contrôle de lui-même.

Puis il se mit à parler, d'une manière précipitée.

— Mais comment cette gamine a-t-elle pu découvrir qui était sa vraie mère ? On ne raconte pas ce genre de choses à une fille de son âge ! Comment a-t-elle fait pour nous retrouver ? Doux Jésus, elle s'est jetée exprès sous la voiture de Carol. C'était un coup monté, j'en jurerais !

— Paul, dit Grace, peut-être ses parents ont-ils noté quelque part le nom de sa vraie mère. Jane l'aura découvert par hasard. Peut-être a-t-elle été attirée vers Carol par des forces négatives, comme celles qui ont tenté de m'atteindre à travers Aristophane. Cela expliquerait pourquoi elle était complètement hébétée avant de se jeter sous la voiture.

— Oh non ! s'exclama soudain Paul. Mon Dieu, non !

— Qu'y a-t-il ?

— Tu sais dans quel état est Carol ce jour-là, le jour de l'anniversaire de la naissance de son bébé. Le bébé qu'elle a abandonné. Elle est complètement déprimée. Aussi n'ai-je jamais oublié cette date.

— Moi non plus, dit Grace.

— C'est demain, précisa Paul, d'une voix affolée. Si Jane est la fille de Carol, elle aura seize ans demain.

— Effectivement.

— Alors elle va tenter de tuer Carol aujourd'hui.

Des rideaux de pluie s'abattaient sur Carol. Elle restait là, sans bouger, sur la pelouse détrempée, paralysée par la peur.

La jeune fille se trouvait à cinq mètres d'elle environ, les mains crispées sur le manche de la hache. Ses cheveux trempés tombaient en mèches raides sur ses épaules. Ses vêtements mouillés lui collaient à la peau. Mais elle semblait ne pas sentir la pluie, ni le froid. Elle fixait Carol avec des yeux de démente, le visage déformé par un rictus de haine.

— Laura, dit finalement Carol. Tu vas m'écouter. Tu vas poser cette hache dans l'herbe.

— Espèce de salope pourrie ! gronda la jeune fille, les mâchoires crispées.

Un éclair fendit le ciel, et la pluie scintilla quelques instants sous l'effet d'une lumière stroboscopique jaillie tout droit de l'enfer.

Puis il y eut un violent coup de tonnerre, comme un énorme craquement.

Enfin, Carol put se faire entendre.

— Laura, je veux que tu...

— Je te hais ! dit la jeune fille.

Elle fit un pas vers Carol.

— Arrête-toi immédiatement, lui ordonna Carol, refusant de battre en retraite. Tu vas te détendre, te relaxer.

— La jeune fille avança encore d'un pas.

— Pose cette hache par terre, insista Carol. Chérie, écoute. Tu es en état d'hypnose, tu ne...

— Je ne vais pas te rater cette fois, Maman.

— Je ne suis pas ta mère, dit Carol. Laura, tu...

— Cette fois je vais te couper ta sale tête, salope !

La voix avait changé.

Ce n'était plus celle de Laura, mais celle de Linda Bektermann.

— Je vais te trancher la tête et la poser sur la table de la cuisine, à côté de celle de Papa.

Carol se souvint subitement de son cauchemar, des deux têtes tranchées sur la table d'une cuisine. Mais comment Jane peut-elle savoir de quoi j'ai rêvé ? se demanda-t-elle ?

Carol recula finalement d'un pas, puis de deux. Bien que la pluie fût glacée, la jeune femme commençait à transpirer.

— Je te le demande pour la dernière fois, Linda. Pose cette hache dans l'herbe et...

— Je vais te couper la tête, puis te hacher menu, dit la jeune fille.

C'était la voix de Jane à présent.

Pas celle de l'une de ses précédentes incarnations. Elle était sortie de son état d'hypnose de par sa propre volonté. Elle savait qu'elle était Jane, désormais. Et malgré cela, elle continuait à vouloir se servir de la hache.

Carol fit un pas vers l'escalier menant à la véranda.

La jeune fille se précipita dans la même direction, lui bloquant l'accès de la maison. Puis elle se mit à courir vers Carol avec un méchant sourire.

La jeune femme fit volte-face et s'enfuit à toutes jambes en direction de la prairie.

De grosses gouttes explosaient sur le pare-brise, la chaussée était glissante. Néanmoins, Paul fonçait sur la voie de gauche, le pied au plancher.

— Ce n'étaient que des masques, dit Paul.

— Que veux-tu dire ? demanda Grace.

— Ces différentes identités — Jane Doe, Linda Bektermann, et Millie Parker — n'étaient que des masques derrière lesquels se cachaient toujours la même personne : Laura.

— Aussi devons-nous mettre un terme à cette mascarade une bonne fois pour toutes, dit Grace. Si j'ai la possibilité de lui parler pendant qu'elle est Laura, sous hypnose, elle m'écoutera. Enfin, elle écoutera Rachel. Elle se sentait beaucoup plus proche de sa tante que de sa mère. Je parviendrai à la convaincre que celle-ci n'a jamais eu l'intention de la tuer. Alors elle perdra tout désir de vengeance et ce cycle infernal se terminera là.

— Si toutefois nous arrivons à temps, dit Paul.

— Pourvu qu'il ne soit pas déjà trop tard, ajouta Grace, d'un air sombre.

Carol courait dans la prairie qui grimpait vers la forêt. Coudes au corps, respirant très fort, la jeune femme progressait difficilement sous la pluie et dans l'herbe haute.

Devant elle, il y avait la forêt, son seul refuge possible. Elle y trouverait facilement une cachette, réussirait à semer Jane. Elle avait au moins l'avantage de bien connaître ces bois.

Parvenue à mi-chemin des arbres, Carol risqua un coup d'œil derrière elle. La jeune fille la suivait de près, à une distance d'environ cinq mètres.

Un éclair déchira le ventre des nuages, et la lame de la hache scintilla à deux reprises.

Carol regarda de nouveau devant elle, redoublant d'efforts pour atteindre au plus vite l'orée du bois. Elle craignait de tomber, ou de se tordre une cheville, mais elle atteignit la forêt sans incident. Elle s'y enfonça, se retrouva rapidement dans des sous-bois touffus, parmi les ombres brunes et violettes. Alors elle se dit qu'elle avait une chance

— mince, peut-être, mais néanmoins une chance — de s'en tirer.

Paul était penché sur le volant, scrutant la route détrempée.

— Il y a une chose qui doit être parfaitement claire entre nous, dit-il.

— Laquelle ? demanda Grace.

— Je chercherai à tout prix à sauver Carol.

— Je comprends.

— Si jamais nous arrivons là-haut à un moment critique, je ferai le nécessaire pour protéger Carol.

Grace jeta un coup d'œil en direction de la boîte à gants.

— Tu veux dire que… tu te servirais du revolver ?

— Oui. S'il n'y a pas d'autre solution, je tirerai sur Jane.

— Il est peu probable que nous débarquions au milieu du drame. Ou bien les choses n'auront pas encore commencé, ou tout sera terminé à notre arrivée.

— Je ne la laisserai jamais faire du mal à Carol, dit-il, inflexible. Et si nous devons affronter le pire, je veux que tu me laisses agir.

— Il y a certains aspects de la situation que tu n'as pas envisagés.

— Lesquels ?

— Tout d'abord, il serait aussi tragique que Carol tue cette jeune fille que l'inverse. N'oublie pas que Millie et Linda ont tenté de tuer leurs mères, et qu'elles y ont finalement laissé leur peau. Imagine que Carol soit amenée à tuer Jane, en état de légitime défense. Seize ans après avoir abandonné son enfant, elle culpabilise toujours. Alors si elle découvrait qu'elle venait de tuer sa propre fille…

— Elle ne s'en remettrait jamais, dit Paul, sans hésiter.

— C'est plus que probable. Et que se passerait-il si tu tirais sur la fille de Carol et que tu la tuais ?

Paul réfléchit quelques instants, puis il répondit :

— Cela nous détruirait, l'un et l'autre.

Pendant plusieurs minutes, Carol ne réussit pas à semer sa poursuivante. Elle avait beau emprunter des chemins tortueux, marcher courbée, Jane la suivait à la trace, comme un chien de chasse.

Finalement, Carol réussit à lui échapper. Elle s'accroupit au pied d'un sapin, appuya son dos contre le tronc mouillé du grand arbre. Elle inspira de grandes bouffées d'air, jusqu'à ce que son pouls redevînt normal.

Elle attendit une minute, puis deux, puis cinq.

Elle n'entendait plus que la pluie crépiter sur les feuilles des arbres. Des senteurs de mousse et d'humus emplissaient l'air.

Rien ne bougeait alentour.

Pour le moment, Carol était en sécurité.

Mais elle ne pouvait pas rester assise là, sous ce grand pin, en attendant qu'on lui vînt en aide. Jane renoncerait forcément à la chercher, à un moment ou à un autre. Si toutefois la jeune fille ne s'était pas perdue dans la forêt, elle retournerait au chalet. Elle risquait alors de tuer la première personne qu'elle recontrerait. Même Vince Gervis, avec sa puissante musculature et sa haute stature, ne pourrait rien faire contre une hache.

Carol se releva, s'éloigna de l'arbre, puis se dirigea vers le chalet en faisant des détours. Les clefs de la Volkswagen se trouvaient dans son sac à main, dans l'une des chambres. Il fallait qu'elle les récupère, puis qu'elle fonce en ville demander assistance au shérif.

Mais comment la situation a-t-elle dérapé ? se demanda-t-elle. La jeune fille n'aurait pas dû l'agresser ainsi. Ce potentiel meurtrier ne cadrait pas avec son profil psychologique. Seul Paul avait senti cette violence sous-jacente.

S'attendant à tout instant à voir surgir la jeune fille de derrière un arbre, Carol avança avec d'infinies précautions. Il lui fallut quinze minutes pour atteindre l'orée de la forêt. La prairie était déserte. Tout en bas de la pente, le chalet semblait minuscule sous la pluie battante.

La gamine s'est perdue dans les bois, pensa Carol. Avec tous ces détours, elle a dû s'égarer. Elle ne retrouvera jamais toute seule le chemin de la maison.

Les hommes du shérif n'allaient pas aimer ça. Partir

en forêt, sous la pluie, à la recherche d'une fille dangereuse armée d'une hache.

Carol traversa la prairie en courant.

La porte de derrière était toujours ouverte.

Elle se précipita à l'intérieur, claqua la porte, et tira le verrou. Elle se sentit enfin soulagée.

Elle inspira profondément à plusieurs reprises, retrouva son souffle, puis se dirigea vers la porte de la salle à manger. Elle allait en franchir le seuil, lorsqu'elle eut soudain la terrible intuition qu'elle n'était pas seule.

Elle bondit en arrière, mue par son instinct, juste au moment où la hache fendit l'air, de gauche à droite, à l'endroit exact qu'elle venait de quitter.

La jeune fille se montra, brandissant la hache.

— Salope, siffla-t-elle.

Carol recula jusqu'à la porte qu'elle venait de vérouiller. Les mains dans le dos, elle tâtonna à la recherche du verrou. Elle ne le trouva pas.

La jeune fille se rapprocha encore.

Tout en gémissant, Carol fit volte face, posa la main sur le verrou. Elle entendit la hache siffler dans l'air, juste derrière elle, et sut qu'elle n'aurait pas le temps d'ouvrir la porte. Elle fit un bond sur le côté, et la hache se planta dans le panneau de bois, juste à l'endroit où se trouvait la tête de Carol, une seconde plus tôt.

Avec une force surhumaine, la jeune fille arracha la hache de la porte.

Carol se baissa vivement, dépassa son agresseur, puis fonça dans la salle à manger. Elle chercha des yeux un objet avec lequel se défendre, et ne trouva qu'un tisonnier, près de la cheminée. Elle s'en saisit.

— Je te hais ! grinça Jane, derrière elle.

Carol se retourna brusquement.

La jeune fille brandit la hache.

Carol leva le tisonnier. Elle frappa la lame acérée de la hache, parant le coup.

L'impact du coup se répercuta tout le long du tisonnier, puis dans les mains de Carol. Elle lâcha la tige de fer, qui tomba par terre.

Mais l'impact du coup n'avait pas fait vibrer le manche en bois de la hache. Jane la tenait toujours fermement entre ses mains.

Carol recula jusque sur le bord de la cheminée. Elle sentit la chaleur des flammes contre ses jambes. Elle était coincée.

— Maintenant, je vais t'avoir, dit Jane. Enfin je te tiens.

La jeune fille leva la hache très haut, Carol poussa un cri de douleur anticipé. La porte principale s'ouvrit à toute volée. Paul venait de surgir dans la pièce, avec Grace.

Jane leur lança un bref coup d'œil, mais ne se laissa pas distraire. De toutes ses forces, elle baissa la hache vers le visage de Carol.

La jeune femme s'écroula sur le bord de l'âtre.

La hache avait atteint le manteau de la cheminée. Des éclats de pierre volèrent dans la pièce.

Paul se précipita vers la jeune fille, mais celle-ci le sentit venir. Elle se retourna, donna un coup de hache dans l'air, le fit reculer.

Puis elle se tourna de nouveau vers Carol.

— Espèce de vieille salope, dit-elle, avec un mauvais sourire.

La hache se leva.

Cette fois, elle ne va pas me rater, pensa Carol.

Puis quelqu'un dit : « Des araignées ! »

La jeune fille s'arrêta net dans son mouvement.

La hache paraissait suspendue dans l'air.

— Des araignées ! dit Grace. Il y a plein d'araignées sur ton dos, Laura. Oh, mon Dieu, qu'elles sont grosses ! Fais attention aux araignées, Laura !

Une expression de terreur se peignit sur le visage de la jeune fille. Carol était abasourdie.

— Des araignées ! répéta Grace. De grosses araignées noires et velues, Laura. Enlève-les ! Enlève-les vite de ton dos !

La jeune fille poussa un cri horrifiée, et laissa tomber la hache sur le bord en pierre de la cheminée. Elle se frotta frénétiquement le dos avec ses deux mains. Elle gémissait comme un tout petit enfant.

— Aidez-moi ! fit-elle, d'une voix plaintive.

— Des araignées ! dit Grace, encore une fois, tandis que Paul ramassait la hache et la mettait hors de portée.

La jeune fille essaya d'arracher son chemisier. Elle tomba à genoux, puis roula sur le sol, geignant toujours. Elle se tordit dans tous les sens, essayant de chasser les araignées imaginaires. Puis elle se mit à frissonner, et à pleurer.

— Elle a toujours eu peur des araignées, expliqua Grace. C'est à cause de ça qu'elle craignait d'aller dans la cave.

— La cave ? fit Carol, étonnée.

— C'est là qu'elle est morte, précisa Grace.

Carol ne comprenait plus rien. Mais cela lui importait peu pour le moment. Elle observait la jeune fille, recroquevillée sur le sol. Elle ressentit soudain une immense pitié pour elle. Elle s'agenouilla près de Jane, l'aida à se relever, puis la serra dans ses bras.

— Ça va ? demanda Paul à Carol.

Celle-ci acquiesça d'un hochement de tête.

— Les araignées, geignit la jeune fille, frissonnant d'une manière incontrôlable.

— Ne t'inquiète pas, ma chérie, dit Carol. Il n'y a plus d'araignées sur toi. Elles sont parties.

Puis Carol leva les yeux vers Grace, l'interrogeant du regard.

OUVRAGES DE LA COLLECTION « TERREUR »

Iain Banks
Le seigneur des guêpes

Clive Barker
Secret Show
Le royaume des devins

William P. Blatty
L'Exorciste : la suite

Robert Bloch
L'écharpe
Lori
Psychose
Psychose 2
Psychose 13
Contes de terreur

J. R. Bonansinga
Black Mariah
Pire que le mal

Randal Boyll
Froid devant
Monssstre
Territoires du crépuscule

Marion Zimner Bradley
Sara

Ramsay Campbell
Envoûtement
La secte sans nom
Soleil de minuit

Cathy Cash Spellman
Dans les griffes du diable

Matthew J. Costello
Cauchemars d'une nuit d'été
La chose des profondeurs
Né de l'ombre

Martin Cruz-Smith
Le vol noir

Thomas Disch
Le caducée maléfique

Katherine Dunn
Un amour de monstres

Jeanne Faivre d'Arcier
Rouge flamenco

John Farris
L'ange des ténèbres
Le fils de la nuit éternelle

Raymond Feist
Faërie

Christopher Fowler
Le diable aux trousses

Ray Garton
Crucifax
Extase sanglante

Christopher Golden
Des saints et des ombres

Linda C. Gray
Médium

William Hallahan
Les renaissances de Joseph Tully
Tully

Barbara Hambly
Le sang d'immortalité
Voyage avec les morts

Thomas Harris
Dragon rouge
Le silence des agneaux

James Herbert
Dis-moi qui tu hantes
Fluke
Fog
La lance
Les rats
Le repaire des rats
L'empire des rats
Le survivant
Sanctuaire
Sépulcre
Présages

Shirley Jackson
Maison hantée
La loterie
Le cadran solaire

Graham Joyce
L'enfer du rêve
Requiem

Stephen King
La part des ténèbres
Salem
Dolores Claiborne

Andrew Klavan
Il y aura toujours quelqu'un derrière vous
L'heure des fauves

Dean R. Koontz
Le masque de l'oubli
Miroirs de sang
La mort à la traîne
La nuit des cafards
La nuit du forain
La peste grise
Une porte sur l'hiver
La voix des ténèbres
Les yeux des ténèbres
La maison interdite
Fièvre de glace
Lune froide
La cache du diable
Mr Murder

Steven Laws
Train fantôme
Gideon

Tanith Lee
La danse des ombres
Le festin des ténèbres
Caïn l'obscur

Charles de Lint
Mulengro
Symphonie macabre
Les murmures de la nuit

Bentley Little
Le postier

Charles McLean
Le guetteur

Robert Marasco
Votre vénérée chérie

Graham Masterton
Démences
Le démon des morts
Le djinn
Le jour « J « du jugement
Le miroir de Satan
La nuit des salamandres
Le portrait du mal
Les puits de l'enfer
Rituels de chair
Transe de mort
Manitou
La vengeance de Manitou
L'ombre du Manitou
Le trône de Satan
Apparition
La maison de chair
Les guerriers de la nuit
Les rivages de la nuit
Le Fléau de la nuit
Tengu

Robert McCammon
L'heure du loup
La malédiction de Bethany
Scorpion
Le mystère du lac

Michael McDowell
Les brumes de Babylone
Cauchemars de sable

John Pritchard
Les sœurs de la nuit

Andrew Neiderman
L'avocat du diable

Garfield Reeves-Stevens
Contrat sur un vampire
La danse du scalpel

Anne Rice
Chronique des vampires
1. Entretien avec un vampire
2. Lestat le vampire
3. La reine des damnés
4. Le voleur de corps
La momie
Le lien maléfique
L'heure des sorcières

Anne Rivers Siddons
La maison d'à côté

Fred Saberhagen
Un vieil ami de la famille
Le dossier Holmes-Dracula
Les confessions de Dracula

John Saul
Cassie
Hantises
Créature

Peter Straub
Ghost Story
Julia
Koko

Mystery
Sans portes, ni fenêtres
La gorge

Michael Talbot
La tourbière du diable

Bernard Taylor
Le jeu du jugement

Sheri S. Tepper
Ossements

Thomas Tessier
L'antre du cauchemar

Thomas Tryon
L'autre
La fête du maïs

Jack Vance
Méchant garçon

Lawrence Watt-Evans
La horde du cauchemar

Chet Williamson
La forêt maudite

Paul F. Wilson
La forteresse noire
Liens de sang
Mort clinique

Bari Wood
Amy girl
Double vue

Bari Wood/Jack Geasland
Faux-semblants

T. M. Wright
L'antichambre
Manhattan Ghost Story
L'autre pays

XXX
Michèle Slung présente :
22 histoires de sexe et d'horreur

Douglas E. Winter présente :
13 histoires diaboliques

Achevé d'imprimer en février 1997
sur les presses de l'Imprimerie Bussière
à Saint-Amand (Cher)

POCKET - 12, avenue d'Italie - 75627 Paris Cedex 13
Tél. : 01-44-16-05-00

— N° d'imp. 2739 —
Dépôt légal : janvier 1989.

Imprimé en France